The

Survived Alchemist

with a dream of quiet town life.

02 book two

written by Usata Nonohara
illustration by ox

Kadokawa Fantastic Novels

唔嗯…
好冷…
喝！
……
喝！
颼！
喝！
颼！

呼！
呼！
早啊～
訓練？
早，
剛結束。
那麼就
開始早晨的
準備工作！
バシャ
這是加了
生命甘露的水喔～

ばさっ
哇～！
滋潤
光澤
謝謝祢。

喀啦！
我訂購的煙霧彈作好了嗎？
急救箱裡面有什麼東西？
這裡的腸胃藥很有效喔～
汪汪球？
那會發出犬科動物討厭的氣味，要使用時請扔出去。
賈克爺爺睡著了!?
瑪莉姊姊～！
艾蜜莉、安珀小姐，歡迎光臨。

叮鈴～
歡迎光……
呃，什麼嘛～是林克斯啊。
妳那是什麼口氣啊，
我是客人耶。
我帶伴手禮來了，一起吃吧。
我們這裡不是咖啡廳～
不要這麼死腦筋嘛。
拿去，是雞蛇蛋的鹹可麗餅。

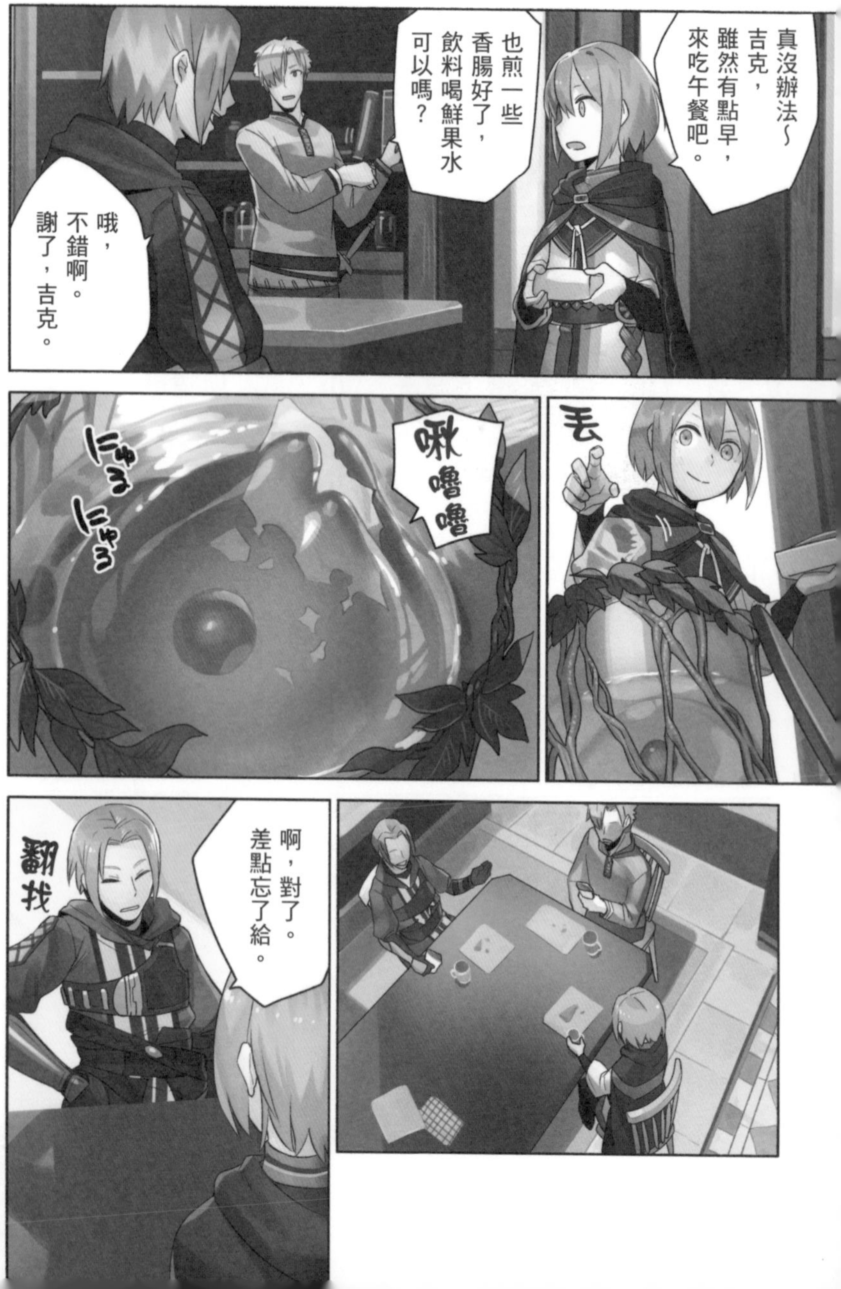
真沒辦法～吉克，雖然有點早，來吃午餐吧。
也煎一些香腸好了，飲料喝鮮果水可以嗎？
哦，不錯啊。謝了，吉克。
丟
啾嚕嚕
にゅるにゅる
啊，對了。差點忘了給。
翻找

來，吉克的是眼罩，有點帥氣吧？
瑪莉艾拉的是這個，
這是個工藝品。
把這裡這樣弄…妳看，這樣就能打開墜子了。
？
喀！
？
咦，這是什麼構造？我完全打不開…
就跟妳說了，這裡要這樣弄……看吧？
然後……
翻找

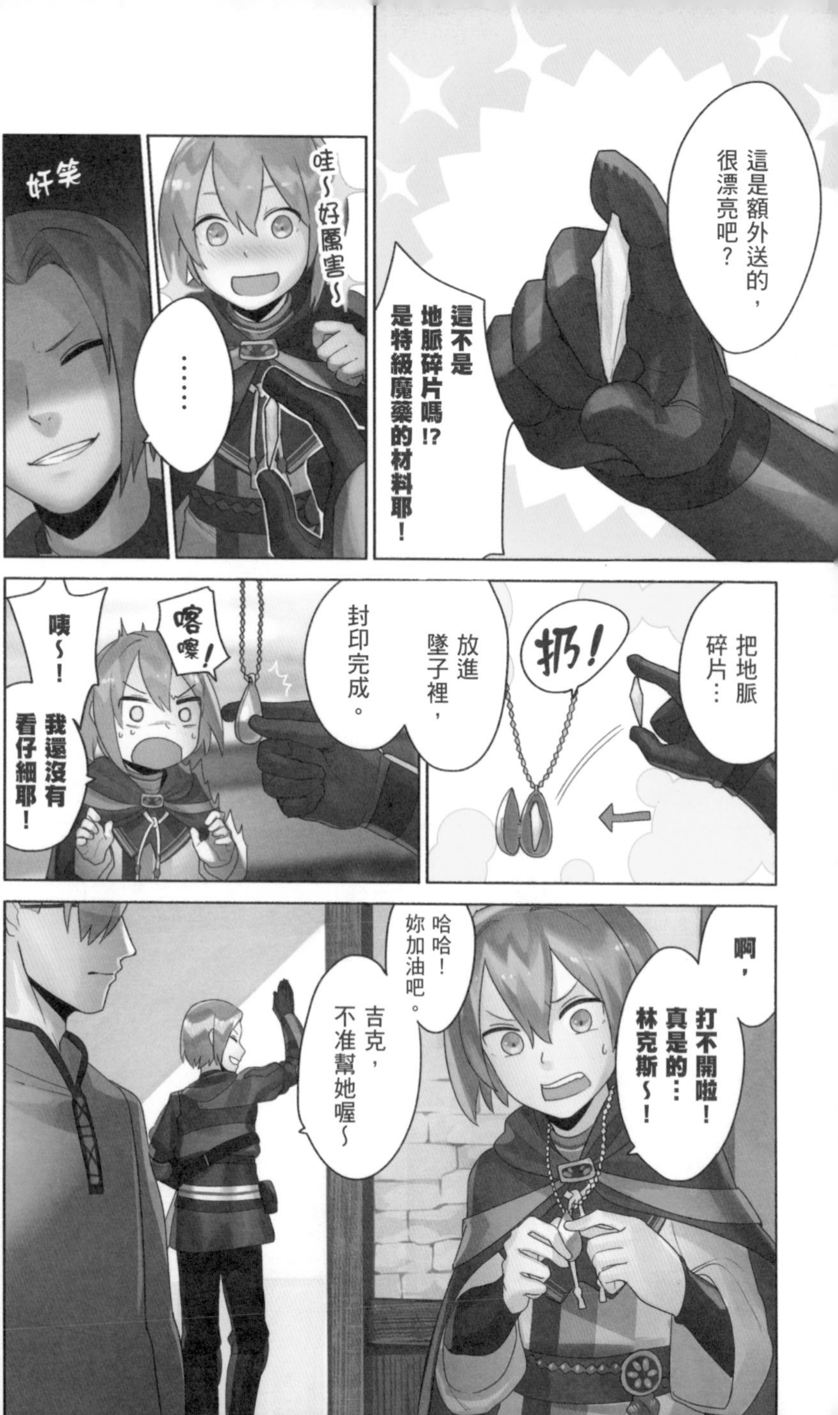

這是額外送的，
很漂亮吧？
這不是
地脈碎片嗎!?
是特級魔藥的材料耶！
哇～好厲害～
……
奸笑
把地脈
碎片…
扔！
放進
墜子裡，
封印完成。
喀嚓！
咦～！
我還沒有
看仔細耶！
啊，
打不開啦！
真是的…
林克斯～！
哈哈！
妳加油吧。
吉克，
不准幫她喔～

倖存
鍊金術師的
城市慢活記

The survived alchemist
with a dream of quiet town life.

[作者]のの原兎太
[插畫]ox

written by Usata Nonohara
illustration by ox

02
book two

Kadokawa Fantastic Novels

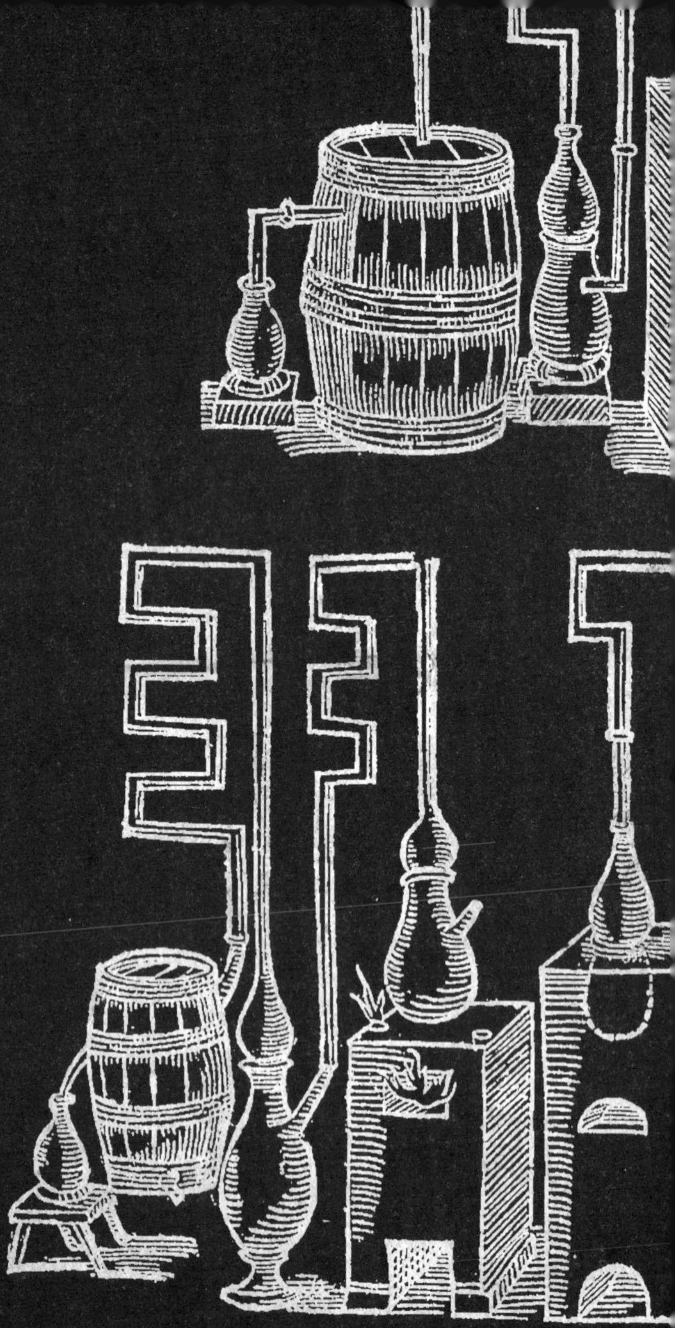

The survived alchemist
with a dream of quiet town life.

02 Contents

The

Survived

Alchemist

with a dream

of quiet town life.

02

book two

序章

咆哮宣告了起始

Prologue

01

月亮高掛天空。

渾圓的月亮飄浮在萬里無雲的夜空中，盡情綻放光輝，就好像夜晚的世界原本就如此明亮似的；可是月光幾乎都被繁茂的樹木遮蔽，只有幽暗的微光能照射到撥開枝葉形成的這條道路上。

白天充滿了生氣的林木在月光中只剩下漆黑的輪廓，延伸到路上的樹梢看似痛苦掙扎的人群拚命伸出手求救的身影。實際上，夏季期間往道路方向生長的樹梢確實會敲打到鐵箱般的馬車，阻擋馬車的行進。簡直就像是要提供獵物給棲息在森林裡的魔物一樣。

這裡是魔森林，眾多魔物蠢蠢欲動的魔之領域。在就連白天也十分陰暗的這座森林裡，死亡的陰影比浮現在月光中的樹木陰影還要濃烈。

兩名騎兵和三輛裝甲馬車在森林中奔馳，劃破了黑暗。

那是黑鐵運輸隊的裝甲馬車。對他們來說，這裡是曾經往來多次的道路。騎兵與馬車甩掉追趕上來的魔物，只砍殺妨礙行進的魔物，在魔森林中奔馳著。

這是他們過去一貫的做法。

可是這一次——

「哎呀～除魔魔藥的效果實在太厲害了！幾乎沒有魔物會靠近嘛。」

駕著奔龍的林克斯這麼說。一行人這次使用了除魔魔藥。連接迷宮都市和帝都的幹道原本就不會出現多強的魔物。只有森狼或黑狼、哥布林，頂多偶爾遇到半獸人或半獸人將軍。這些魔物如果只有幾隻，B級冒險者應付起來都沒有問題。只不過，魔物數量眾多，又會不分晝夜地發動攻擊，所以要具備A級的實力才能夠單獨穿越森林。

黑鐵運輸隊通常會派出兩名騎兵開路，並靠著厚重的裝甲強行通過，所以跑得慢的哥布林和半獸人不成問題。棘手的反而是森狼或黑狼這類狼系的魔物，牠們會成群結隊地不斷追逐，死纏爛打地反覆攻擊奔龍的腳或是馬車的裝甲比較薄的地方。

可是一旦使用了除魔魔藥，對氣味很敏感的狼系魔物就不會靠近。頂多偶爾會有對氣味很遲鈍的哥布林跑到路上，被馬車直接撞飛而已。

一行人過去都要花時間對付狼系魔物，單趟就要用兩天半的時間才能穿越魔森林，這次卻在兩天之內就通過了。既然如此就不需要這麼厚重的裝備，於是馬車的裝甲已經在回程時改薄，簡化了裝備。經過了輕量化，隊伍的行進速度就愈來愈快，照這個情況看來只需要一天半，今天傍晚應該就能抵達迷宮都市了。

「不要太大意了，林克斯。除魔魔藥只對雜兵有效。到了B級，對狗也沒用。」

另一名騎兵——雙劍士愛德坎對林克斯這麼說。

「我知道啦，愛德哥。都是因為你說這種話，看吧，出現稀奇的傢伙了。」

林克斯和愛德坎兩名騎兵加快速度，揮劍砍向從前方撲過來的三個紅黑色物體。愛德坎對付兩隻，林克斯對付一隻。

愛德坎的雙劍直接瞄準魔物張開的血盆大口，從嘴巴深處順勢往後腦杓揮砍。右手的劍揮到底時刺向了第二隻魔物的身體，牠卻踩著被砍死的第一隻魔物，往後方跳開。

撲向林克斯的一隻魔物也躲開了他投擲的五把短劍中的三把，並咬住第四把。第五把短劍雖然擦過了身體，卻被附著在表皮的紅黑色瘴氣阻擋，並沒有造成致命傷。

「天啊～竟然躲得開？」

林克斯跳下奔龍，與魔物對峙。這樣子比較容易戰鬥。奔龍迅速跑回裝甲馬車旁邊。

「好了，快上啊，臭狗。我來讓你解脫。」

魔物發出長長的低吼。

雖然外觀是大型的狼，身體表面卻覆蓋著像是浸泡過黏血一樣不斷滴落的紅黑色瘴氣。瘴氣一滴一滴落到地面之後，就像是生出小蒼蠅一樣沸騰，詭異地蠕動後漸漸消失。牠的雙眼發紅，眼球顫抖著四處轉動，不知道究竟是在看著哪裡。和身體不成比例的巨大嘴巴裡長著好幾排尖銳的牙齒，嘴裡還流出了鮮血般的唾液。

——黑死狼。

是黑狼吃了人之後進化而成的姿態。

話說回來，聽說大約在一個月之前，帝都有愚蠢的商人連像樣的裝備都沒有準備就進入魔森林，結果全軍覆沒。他似乎帶了好幾名奴隸充當護衛。

是吃了他們的肉嗎——

聽到林克斯的挑釁，三頭狼之中最大的黑死狼露出獠牙。牠就像一陣疾風般，衝向從奔龍背上跳下來的林克斯。

然後一口咬下。

黑死狼的巨大嘴巴一口撕裂了林克斯的頭部到左肩的部位，而林克斯的身體在這個瞬間被黑死狼的影子吞噬，接著消失。

「嘎嗚！」

應該咬死了林克斯的黑死狼叫了一聲，然後猛然一震。牠的身體從腹部到背部竄出了無數把短劍。

林克斯從一邊抽搐一邊倒地的黑死狼的影子中站了起來。

「辛苦了，林克斯。你的技術變好了。」

穩穩地解決掉另一隻黑死狼後，愛德坎這麼說。

「我還差得遠呢，愛德哥。要是可以不用技能，只用劍打贏就好了。呃，唔！」

輕鬆回話的林克斯在下一個瞬間便往後跳了兩公尺左右的距離。

愛德坎也同時後退。

「天啊，連那種東西都來了？我實在是應付不來，愛德哥行嗎？」
「那個我也不行。一定會死。」
出現在兩人面前的是體型相當於熊，以雙足步行的狼——人狼。牠是A級的魔物。
不只如此，牠似乎是從黑死狼進化而成，散發出來的瘴氣讓牠的全身都籠罩著一層紅黑色的霧氣。
「啊啊啊啊啊……」
雖然聲帶更接近人而非狼，牠的咆哮卻彷彿在火中痛苦掙扎的野獸。牠的吶喊使周圍的空間都開始扭曲，就連天上灑落的月光也無處可逃。
「到底要吃多少人才能變成那個樣子？」
「我哪知道。應該是吃自己的同類吧，你看，牠現在也在吃。」
雖然兩人語調輕鬆，背上卻冷汗直流，雙腳則像是被縫在地上一樣動彈不得。人狼正在啃食被砍死的黑死狼，不能從牠身上移開視線。只要被牠當成獵物，B級的兩人肯定連一下子都撐不住。
「愛德哥，要稍微跟牠打打看嗎？」
「算了吧。會馬上掛掉。」
「也對，沒辦法了。」
「隊長，輪到你出場了～」

聽到兩人同聲呼喚，一個男人打開了裝甲馬車的門。他走下馬車的動作沒有絲毫的恐懼或慌亂。

「交給我吧。」

這麼說完，黑鐵運輸隊的最強戰力——A級冒險者迪克隊長跳下了馬車。

迪克拿著一把黑色長槍，走向人狼。他穿慣的盔甲也是黑色。豪邁地走向人狼的身體散發出沉靜的殺氣。看到這副模樣，任誰都會認為他正符合「黑鐵」的名號。

黑鐵運輸隊的工作相當賺錢。他們之中有半數的人都是來自迷宮討伐軍，個性不適合經商，但他們的工作就是運送，躍谷羊商隊無法負擔的貨物會由他們以高額承接。因為是伴隨許多危險的工作，雖然要在接收貨物時代為支付費用，卻是運送已經找到買主的貨物。

他們會花三天輪流駕馭奔龍，穿越魔森林。

（一路上都是雜兵，我剛好覺得有點無聊。）

迪克揚起嘴角一笑，用長槍的尖端對準人狼。

「抱歉打擾你吃飯，但我們正在趕路。剩下的你就留到地獄繼續吃吧。」

咻。

剛才還像野獸般用四隻腳趴在地上啃食黑死狼屍體的人狼忽然消失，然後出現在迪克眼前，揮舞銳利的爪子。

「慢死了。」

然而，人狼揮出的爪子被迪克的槍尖彈開了。人狼不斷揮舞的雙臂全部都被迪克的槍尖彈開，利爪根本無法觸及迪克。

迪克使勁往人狼的腹部一踢。人狼一個踉蹌，往後退下。

「是狗就別給我用兩隻腳走路。」

「唔唔唔……啊啊啊啊……」

對於迪克的挑釁，人狼豎起毛髮。牠雙手著地，不斷顫抖的身體噴發出漩渦般的瘴氣。牠的嘴角裂開，彷彿整個上半身都成了嘴巴，模樣很是駭人。裂開的嘴角有好幾排新的牙齒從肉裡竄出。不知道是血還是瘴氣的紅黑色液體從裂開的口中滴落。

人狼用力踩踏地面。還不到一次眨眼的時間，人狼的利牙便逼近到左邊肩膀，迪克卻用左腳往後退了半步，在側身閃躲時砍下人狼的右手臂。

「唔唔唔嚕嚕……」

人狼或許是沒有痛覺，沒有表現出被砍斷手臂而感到痛苦的樣子，腳一著地便馬上再次撲向迪克。手臂斷掉的切口在轉眼間隆起，連傷口都變得像口腔一般裂開並長出牙齒，就要咬住迪克。

人狼的嘴巴正面瞄準了迪克。足以一口吞食高大身軀的血盆大口中布滿了銳利的牙齒，肯定能夠擋下任何利刃或刀槍。即使貫穿了其中一部分，人狼剩下的左臂和化為口部的右臂恐怕也會襲向迪克。

可是，人狼的嘴巴遭到黑色長槍貫穿。迪克那唯一的一把槍彷彿一片矛林，**同時**刺穿人狼的口腔、身體、左臂、雙腳。其速度遠遠超過人狼的回復速度，馬上就讓人狼化為一堆肉塊。迪克最後一槍貫穿心臟，然後用解決了一件雜事的語氣向林克斯等人說：「結束了。」

「不愧是隊長。」

林克斯並非客套，而是真心表示佩服。

「可惜安珀小姐沒看到，要不然她就會愛上你了。」

雖然最後的一句話很多餘。

「安珀她都知道……吧。」

迪克隊長的句子停頓在奇怪的地方。

「你該不會晚上也對她說『讓妳看看我的用槍技巧』之類的話吧？」

「嗯……？」

「嗚哇，真的假的？你真的說過那種話嗎？」

「太扯啦～隊長太扯了啦～」

林克斯一邊這麼開玩笑，一邊迅速回收人狼的素材。對林克斯來說，迪克是值得仰慕的隊長。雖然林克斯會開他玩笑，但也認為他能夠包容這種揶揄的個性很可靠。今天久違地見識到了隊長戰鬥的樣子。看到他輕鬆應付並擊倒人狼的槍法，讓林克斯對自己身為黑鐵運輸隊隊員的身分感到驕傲。

人狼身上帶有還算大顆的魔石。以A級魔物來說偏小，應該是因為牠才剛進化不久。三隻黑死狼身上也有魔石，林克斯打倒的黑死狼還帶著某種素材。

「哦，是『地脈碎片』。在其他地方還能賣到好價錢，這裡就難了。」

地脈碎片是中階以上的較強魔物體內偶爾會生成的素材，指甲大的透明碎片帶著淡淡的金黃色澤，由於是特級魔藥的原料，所以能賣到很高的價格。因為一旦帶到地脈的範圍之外，它就會馬上縮小並消失，所以才會稱為地脈碎片。這個地脈的範圍內**並沒有**鍊金術師，因此頂多只有迷宮都市的亞格維納斯家會便宜收購作為研究材料，在迷宮都市是沒有多少價值的東西。

與其賤價賣給亞格維納斯家，還不如送給會為這種「漂亮石頭」感到高興的人吧。

「這個也當作送給瑪莉艾拉的伴手禮好了。」

林克斯拋起地脈碎片，然後在空中抓住，再隨手塞進口袋裡。

再過不久就能抵達迷宮都市。

黑鐵運輸隊用焚燒的方式處理掉人狼和黑死狼的屍體，再次朝迷宮都市出發。

02

快要抵達迷宮都市時，黑鐵運輸隊的副隊長——馬洛想起了一名少女。

此刻正值秋季。魔森林在這三週內染上了完全不同的色彩，再前進一段路就會來到與她相遇的地點。

自稱瑪莉艾拉的少女被迪克誤認為「森林精靈」，但馬洛認為這個形容其實出乎意料地精確。原因並不在於那副圍著草裙的裝扮。

而是她對區區的森狼使用了除魔魔藥。

以魔藥的稀有度來說，這簡直是不合常理的判斷。

迷宮都市一帶的地脈自從發生魔森林氾濫（魔物暴動）以來便化為魔物的領域，使得鍊金術師無法與地脈牽起脈線。因此而造成的魔藥短缺是在魔物暴動後進行重建時所要面臨的一大問題，負責管理迷宮都市的邊境伯爵於是藉由魔導具的開發來加以因應。方法就是使用巨大的儲藏設備來管理倖存的鍊金術師所製作的大量魔藥。

只要能夠消滅迷宮，迷宮都市就能重新變回人的領域。鍊金術師可以再次與地脈牽起脈線，也能重啟魔藥的供應。

據說官方建造的儲藏庫裡保存了當時的學者針對消滅迷宮的需求所試算出來的大量魔藥。

一般用來保存魔藥的魔導具是靠刻劃在上頭的魔法陣來延緩魔藥的變質，只要不打開蓋子，即使帶出地脈範圍也能在幾天內防止變質。由於刻有魔法陣，價格稍微偏高，但富有的家庭都能買來代替「藥箱」。

當然了，這樣的東西根本無法維持魔藥的藥效超過百年的時間。

相較之下，據說花費十幾年的歲月才開發出來的儲藏設備是結合了許多魔導具技術的結晶。藉由讓魔藥的魔法效果來源——「生命甘露」在內部對流，並隨時賦予類似鍊金術師在製作的最終步驟所作的「藥效固定」效果，可以抑制魔藥的變質。保存所需的魔石量相當龐大，並非個人能擁有的設備。

迷宮都市的魔藥是由安妲爾吉亞王國的首席鍊金術師家族——亞格維納斯家負責管理。為了負擔高額的儲藏設備維護費用，他們定期提供給軍方的魔藥非常昂貴。除了亞格維納斯家以外，在迷宮都市內擁有宅邸的邊境伯爵家和有權勢的貴族也有小規模魔藥儲藏設備，會定期接受來自亞格維納斯家的魔藥補給。

除此之外，還有「埋藏在魔森林」的傳聞。

這很類似騙小孩的都市傳說。一百多年以前，用魔藥填滿了儲藏設備的鍊金術師就此銷聲匿跡。據說在安妲爾吉亞王國的時代就有生活在魔森林的奇人，所以也有人傳聞有鍊金術師對迷宮都市的魔藥利益感到厭煩，因而隱身到魔森林。傳聞甚至指出，他們在魔森林生活的期間也建造了與迷宮都市同等的魔藥儲藏設備，將魔藥流傳給後世。

「魔森林裡埋藏著寶物（魔藥）」，這可真是能刺激童心的故事。就算真有鍊金術師生活在魔森林，維持儲藏設備所需的魔石又該從何而來？那可是要以城市的規格來管理才能持續運作的設備呢。

然而，這則「都市傳說」之所以能真假難辨地不斷流傳，也是源自於提供給討伐軍或貴族的魔藥種類和數量每隔一定的週期就會增加的現象。

而在那個時候，名叫瑪莉艾拉的少女使用了應該很稀少的魔藥。

03

「因為我需要錢，正打算拿去賣。」

馬洛可不會輕易聽信這種說詞。她為什麼會持有魔藥？為什麼要特地在黑鐵運輸隊的面前展示似的使用呢？

迪克猜想她的目的是販賣，而提出收購的請求，她一口答應了。她身上的服裝破破爛爛且沾滿了灰塵，容貌與言行都和隨處可見的女孩沒有什麼差異。難道這名少女偶然找到了「魔森林的寶物」嗎？

迪克提出市價的一半，她便對價格面有難色，看來並非不懂行情。

魔藥的交易結束後，根據林克斯問出的情報，她似乎不是迷宮都市的居民。她說自己「本來住在森林裡」。從她看到已毀的城市（防衛都市）廢墟便臉色蒼白的模樣看來，她似乎是初次造訪迷宮都市的人。

一百多年以前，厭世的鍊金術師隱居在魔森林的傳聞是真的嗎？這名少女（瑪莉艾拉）說不定就是他們的子孫。移居到魔森林的祖先留下了魔藥，雖然不知道是用了什麼方法，她或許是繼承並管理魔藥的鍊金術師一族之後裔。既然如此，她肯定還持有其他的魔藥。

得出這個結論的馬洛指示年齡相近的林克斯負責監視瑪莉艾拉。

即使看似普通，她也是原本生活在魔森林的女孩。她或許擁有什麼特殊能力，肯定也是因為知道黑鐵運輸隊有管道能夠銷售魔藥才會主動接觸。

雖然馬洛如此深入解讀——

「請把他賣給我！」

瑪莉艾拉表示願意用賣魔藥所得的一半金額買下一名瀕死的奴隸。不管怎麼看，那名奴隸都不是只靠低階魔藥就能治好的狀態。想要情報來源嗎？不可能是單純出於憐憫吧。即便是，她的行為未免也太短視了。

（她的行為模式有點類似迪克呢，真有趣。）

馬洛早就對勾心鬥角的人際關係感到厭倦。揣測對手的真意再加以迴避的過程根本沒有多少樂趣可言。這麼做只會看清醜惡的人性，終究是一片空虛。可是迪克沒有那種特質。他既單純又短視，簡而言之就是愚蠢。迪克沒有什麼心機。他那純粹的武力和正直的心志，以及懂得謹守本分的言行舉止都讓馬洛覺得這才是人應有的模樣。

雖然也是單純因為他能帶來無窮的樂趣，但能夠共同享受人生的同伴可說是不可多得的寶物。

（瑪莉艾拉小姐或許也和迪克是同類。就像迪克擁有高強的武力，她應該也有某種長處……）

抵達「躍谷羊釣橋亭」之後，馬洛看準瑪莉艾拉蒐集完情報的時機提出交易，事情很快就順利談妥了。

應該有很多不肖之徒會想要逼問出儲藏設備的地點，把魔藥全部搶走，但黑鐵運輸隊並不是盜賊。使用暴力搶來的物品，往往會被勢力更強大的人奪走。魔藥就是這麼有價值的物品。只要當個「良好的交易對象」，就能期待得到充足的回報。

瑪莉艾拉所提出的交易條件有三。

第一，販售的魔藥種類由瑪莉艾拉決定。

——沒有庫存的商品也沒得賣，這是當然的。

第二，部分貨款需用物品替代。

——過去生活在魔森林的她應該需要某些特殊的物品。提供不容易取得的物品，以魔藥作為回報。這麼做應該能讓黑鐵運輸隊與她的交易關係更加緊密，反而是一件好事。

第三，祕密洩漏時的支援。

——做不到這一點的對象根本就沒辦法進行魔藥的交易。

從馬洛的角度來看，瑪莉艾拉提出的條件全都是理所當然的內容。她沒有一開始就談起價錢反而讓馬洛感到疑惑。

「那手續費只有三成，不會太便宜嗎？」

「咦？」

可是瑪莉艾拉卻表示願意打折。

她說希望黑鐵運輸隊能用這部分的金額加強保密義務的強度和萬一洩漏情報時的支援。不知道她究竟是天性謹慎，還是想以此為賄賂。不論如何，馬洛也和迪克一樣，已經對往返魔森林的生活感到有點厭倦了。

這名奇異的少女帶來了改變的預兆，讓馬洛隱約感到「似乎有有趣的事情要發生了」。

04

黑鐵運輸隊再次抵達迷宮都市時，已經是傍晚時分。

雖然抵達時刻比以往還要早了整整一天，被夕陽染紅的外牆和生長在周圍的紫紅色布魔敏特草都讓整座城市像是身陷火海，暗示了這個地方的和平並非絕對，讓抵達迷宮都市的安心感蒙上一層陰影。

一行人一如往常地在迷宮都市的西南門提出開門申請時，過去在迷宮討伐軍是馬洛與迪克的部下的士兵早已引頸等候兩人的到來。

「迪克大人、馬洛大人，將軍正在找兩位。請盡速前往宅邸一趟。」

是關於魔藥的事嗎？衛兵接到的命令似乎是待兩人一抵達就馬上將他們帶往將軍身邊。

把交貨的工作交代給黑鐵運輸隊的格蘭道爾和法蘭茲之後，馬洛與迪克便騎乘奔龍趕往金獅子將軍——萊恩哈特．休森華德的宅邸。

黑鐵運輸隊的成員中，除了年輕的林克斯和在帝都相遇的法蘭茲與尤利凱之外，全都是迷宮討伐軍出身。馬洛找來這些所謂來歷複雜的人們所組成的團體就是黑鐵運輸隊。

號稱金獅子將軍的萊恩哈特．休森華德是深受部下信賴的人物，即使有身分差距，他也待年齡相近的馬洛與迪克如朋友。過去曾是部隊長的馬洛與迪克不得不離開軍隊時，他甚至盡心盡力地幫助黑鐵運輸隊成立。馬洛與迪克離開軍隊之後也沒有斷了和萊恩哈特的緣分，黑鐵運輸隊只要接到來自迷宮討伐軍的委託，即使要推掉其他工作也會優先處理。

萊恩哈特是現任休森華德邊境伯爵的長子，與弟弟維斯哈特共同為迷宮都市的管理與迷宮的討伐奉獻心力。

以消滅迷宮為夙願的休森華德邊境伯爵家不論繼承權的高低，都是由具備武力者討伐迷宮，由具備智慧者努力維護迷宮都市的安定。由於在稱為迷宮與魔森林的死亡恐懼旁出生長大，他們才不會為了爭奪繼承權而浪費無謂的勞力，得以治理此地長達兩百年。

萊恩哈特在歷代的休森華德邊境伯爵家之中是特別驍勇善戰，也深具人望的將軍。萊恩哈特不斷挑戰迷宮，智慧過人的弟弟維斯哈特則是兄長的強力後盾。

迷宮的討伐樓層應該就快要抵達五十大關了。根據兩百年前魔森林氾濫的被害狀況，這就是學者推測的迷宮最終樓層。

一旦超過四十樓，迷宮的難度就會大幅提昇。可怕的魔物會到處橫行，討伐也會變得極為困難。可是如果是號稱金獅子將軍的萊恩哈特，說不定能夠成功征服。迷宮說不定會在他的時代毀滅，讓迷宮都市迎向嶄新的時代。

迷宮討伐軍的……不，居住在迷宮都市的人全都這麼想。

「請往這邊走。」

一名彬彬有禮的白髮老人為馬洛與迪克帶路。這裡是坐落在迷宮都市的邊境伯爵宅邸，原本並不是好幾天沒有沐浴更衣的旅人可以進入的場所。可是沒有人上前阻擋，他們就這麼來到萊恩哈特的寢室。

「馬洛、迪克，你們來了啊。」

馬洛與迪克瞠目結舌。沒想到，沒想到竟然會發生這種事。

金獅子將軍萊恩哈特帶著石化的半身，躺在床上。

「為什麼……您這等實力的人會……」

守在一旁的弟弟維斯哈特表示，這是巴西利斯克所造成的傷。

巴西利斯克是強敵。牠們有厚實的鱗片、強韌的利爪，還具有可怕的石化詛咒。石化詛咒非常強大，既使巴西利斯克死亡，石化也不會停止。如果只是單純的石化還能用治癒魔法解除，但要解除詛咒就必須使用特化「解咒」效果的高階魔藥，或是借助出生地的精靈之力進行解咒儀式。

因為萊恩哈特是在這裡的地脈出生的，既然現在無法與精靈交談，就不能使用解咒儀式。除了使用解咒魔藥以外，沒有其他方法能夠拯救萊恩哈特。

石化的速度很緩慢，是因為有維斯哈特和治癒魔法師在旁邊持續施展治癒魔法的關係；只要停止施法，他恐怕馬上就會化為一尊石像。

「現在馬上前往帝都吧。」

馬洛如此提出建言。只要前往帝都，就能取得解咒的特化型魔藥。

「沒用的，馬洛。我們用通訊魔法確認過了，材料似乎不夠。而且憑我這副身體，即使持續施予治癒魔法，或許也撐不到一天。」

聽到萊恩哈特這番話，維斯哈特咬牙。

「別露出這種表情，維斯。我們正在討伐迷宮，早就已經為這種時刻作好了準備。接下來的事就交給你了。迪克，我知道你心裡掛念安珀，但還是回來討伐軍吧。我們已經沒有餘力讓A級的戰力在外遊蕩了。馬洛，你也一樣。維斯會幫你處理家裡的事。」

對於表情悲痛的馬洛和迪克，萊恩哈特繼續說道：

「聽好了，現在的迷宮討伐樓層是五十二樓。那座迷宮是個超越五十層樓的魔窟。」

不會吧。

馬洛和迪克都錯愕地睜大了眼睛。

世界上沒有超越五十層樓的迷宮。那種東西根本不該存在。

迷宮愈深，魔物和棲息在最深處的迷宮主人也就愈強大。據說人類能夠管理的迷宮深度就是五十層樓。樓層若是超越這個數字，迷宮主人就是人類無法應付的怪物。因此不論是什麼樣的迷宮，都要確認主人的位置，或是視情況進行封印，避免迷宮過度成長。然後在它成長到五十層樓以前，人類必須討伐迷宮主人，消滅迷宮。

有五十層樓的迷宮本身就是歷史上罕見的巨大迷宮。從安妲爾吉亞王國的受害程度來看，學者以迷宮的最大規模推測出這個樓層數。

沒想到竟然已經超越了五十層樓。

「多虧有你們帶來的魔藥，我們才能免於全軍覆沒。因為我太急著立功，才會敗給區區

的巴西利斯克。馬洛、迪克，把魔藥帶回軍隊吧。我們休森華德邊境伯爵家和其他家族所持有的魔藥都已經所剩無幾了，亞格維納斯家也只會提供稱為新藥的次級品。亞格維納斯的儲藏設備恐怕也沒剩多少庫存了。畢竟沒有任何人能想到迷宮竟然會超越五十層樓。雖然無法提供充分的報酬，但我們會給魔藥的持有人一些獎賞。」

「請稍等一下，將軍。」

待萊恩哈特的發言一結束，迪克便開口說道。

「我們或許能弄到解咒魔藥。」

「怎麼可能？」維斯哈特說。

解咒魔藥是以特殊的原料製成。像是在特殊環境成長的稀有苔蘚，以及每千日只開花一晚的花瓣。

兩者都是很稀少的材料，特別是苔蘚，甚至沒有在迷宮都市流通。維斯哈特將希望寄託在此，心想找齊材料並穿越魔森林或許就能拯救兄長，已經拚命尋找過了。特化型的解咒魔藥就連在迷宮都市的魔藥儲藏設備也只有十幾瓶。而這些庫存都已經在幾十年前耗盡。難道那些魔藥還有剩嗎？

「或許最後只是讓您空歡喜一場。可是，我不想就這麼放棄。到明天為止，請給我們一點時間。」

迪克深深低下頭。

萊恩哈特露出有些苦惱的表情，然後答道：「明天給我答覆吧。」

（林克斯，聽得到嗎？）

馬洛對林克斯傳送念語。念語是能對事前登錄的對象傳遞訊息的技能，只要連繫上就能雙向對話，但只能由馬洛主動發話。雖然稍有不便，在軍隊卻相當有用，也是持有者很少的稀有技能。

（我聽到了，副隊長。）

（我們現在要去拜訪瑪莉艾拉小姐。應該會有人尾隨，你負責干擾他們。）

（了解。瑪莉艾拉她在西北區偏中心的那間長著聖樹的房子。）

馬洛與迪克騎乘的奔龍離開休森華德邊境伯爵家，往迷宮都市的西南方前進。

和昨晚不同，今晚是沒有月亮的陰天夜晚。兩名騎兵的身影連同奔龍都是一片漆黑，就像影子一般。通往魔森林的西南門早已緊閉。兩名騎兵在門前稍微放慢速度，然後直接往西門前進。西門是一道小門。難道他們打算從這裡離開？

尾隨者雖然是徒步移動，卻能跟上奔龍的前進速度，緊緊地跟著目標。抵達西門的兩名騎兵就這麼巡迴西北門、北門、東北門，然後進入黑鐵運輸隊的固定住宿處——「躍谷羊釣橋亭」。

被店家的燈光照亮的兩頭奔龍背上已經沒有任何人騎乘。

奔龍與尾隨者正在繞行迷宮都市時，馬洛與迪克已經徒步抵達瑪莉艾拉的店。

雖然早就已經過了打烊時間，兩人還是敲響了店鋪的正門。

「這麼晚了，有什麼事？」

壯得和先前判若兩人的吉克蒙德從屋內現身。他是上次黑鐵運輸隊運來的「貨物」，也是被瑪莉艾拉拯救的男人。

「我們有急事相求。請讓我們和瑪莉艾拉小姐見面。」

吉克帶領兩人來到店裡的飲茶區，然後帶著瑪莉艾拉回來。

「歡迎回來，迪克隊長、馬洛副隊長。幸好你們都沒事。」

瑪莉艾拉還是一副悠閒的樣子，笑咪咪地打招呼。

「瑪莉艾拉小姐，其實……」

「萊恩哈特將軍中了巴西利斯克的石化詛咒，有生命危險。現在事態緊急。妳能提供解咒魔藥給我們嗎？」

馬洛還沒開口解釋情況，迪克就簡潔地說出了要求。

聽完，瑪莉艾拉用食指抵著下巴，發出「嗯～」的聲音稍微想了一下。

「高階特化的解咒嗎？沒問題。請在這裡稍等。吉克，你來幫我一下～」

這麼說完，她便帶著吉克走向店內深處。

（沒想到她連解咒都有……）

馬洛感到驚訝。不知道她究竟擁有多麼好的儲藏設備。

為了前往位在魔森林的魔藥儲藏設備拿解咒魔藥，他們應該是在換裝備吧。即使有除魔魔藥，太陽也已經下山了。只靠一個奴隸（吉克蒙德），護衛恐怕不夠。和迪克兩個人一起加入護衛的行列，說不定還能得知儲藏設備的地點。

馬洛內心懷抱一絲希望，環顧店內。這家店既像藥店又像茶店。兩人剛才走向的地方應該就是住宅空間吧。

（話說回來，他們還真慢。如果只是換個衣服，未免花太多時間了。難道說！）

為了隱瞞儲藏設備的地點，他們留下我們，自行離開了嗎？該不會是逃走了吧？這樣的不安閃過馬洛的腦海。雖然剛才瑪莉艾拉的態度很友善，但馬洛與迪克穿戴著武器和防具在三更半夜突然來訪，沒有充分的說明就要求她提供稀有的魔藥。她或許是把做出失禮行為的兩人視為不值得交易的對象，因此想要躲藏起來。

（必須阻止他們！要是拿不到魔藥，萊恩哈特將軍就會……迷宮討伐軍和迷宮都市都需要他。我們絕不能失去他……！）

緊張的馬洛副隊長用幾乎要踢倒椅子的力道站起來，往瑪莉艾拉消失的店內深處衝去。

「喂喂喂，馬洛！」

迪克隊長跟了上去。

打開店內深處通往住宅的門就可以看到走廊，底部有通往後院的門，面對門的左側則有通往二樓的階梯。馬洛迅速跑向通往後院的門，這才發現二樓有人的動靜。

（趕上了嗎？）

馬洛用安靜但快速的腳步跑上二樓。

二樓走廊深處的一個房間有人的聲音傳出。

（這件事關係到萊恩哈特將軍的性命。不能讓她逃走。）

受到使命感的驅使，渾然忘我的馬洛用力打開了那扇門。

「『藥效固定，封入』。完～成～」

只見在這個房間，有人正在進行應該不可能在迷宮都市辦到的魔藥鍊成。

「…………？咦咦！」

見到不可能發生的景象，不只是房門，連馬洛的嘴巴都大大地張開。

「呀啊！咦咦咦！吉……吉克，快點遮起來！」

瑪莉艾拉也嚇得不知所措。雖然心裡猜想馬洛已經發現自己是與地脈締結契約的鍊金術師，但這對瑪莉艾拉來說仍然是最高機密。因此才要偷偷在房間裡進行鍊成，所以有人突然闖入，她當然會緊張得不知如何是好。

只不過，房間裡也相當凌亂，就連腦中一片混亂的瑪莉艾拉都無法判斷究竟是哪一邊被看到會比較困擾。

「真是的！馬洛先生，我不是請你在樓下等著嗎？我的房間很亂，不要擅自進來啦～」

瑪莉艾拉氣得抱怨。她完全搞錯該生氣的地方了。

只有勤奮地把瑪莉艾拉亂丟的衣服、放著不管的杯子、用過的工具收拾起來的吉克帶著若有所指的表情，把擅自闖入的馬洛趕到房間外頭。

05

馬洛與迪克跟著吉克蒙德回到一樓的店面。

喝著吉克蒙德招待的茶，馬洛開始思考。

（雖然我早就有種雞同鴨講的感覺……）

一開始的異樣感是來自她主動提議打折的行為。在這之後，她也反覆說過「就算價格便宜也沒關係，有人拿去用，我也比較開心」、「魔藥是消耗品。如果需要錢，多賣一些就好了」等等無慾無求的話。

迷宮都市的魔藥只有一百多年以前作好的庫存，數量有限。正是因為如此，魔藥才會這麼稀有，足以成為一筆財產。

（如果要作多少就有多少呢——？）

馬洛一直以為瑪莉艾拉在魔森林的某處擁有保存大量魔藥的儲藏設備。可是那種東西根本不存在。原來如此，難怪她會說出要用房子或金錢取代魔藥來保留資產之類的話。

因為她會作魔藥。

稀少而有價值的並不是魔藥，而是瑪莉艾拉本身。難怪她即使降低魔藥的價格，也要加強保密條款和人身安全。

如果她只是持有魔藥，最糟的情況頂多是放棄魔藥。有價值的是魔藥而非持有者，所以只要逃走就能確保人身安全。

可是，如果迷宮都市有能夠製作魔藥的鍊金術師呢？

其價值簡直難以估計。一旦身分曝光，就會被追到天涯海角。

「兩位還記得契約的內容吧？」

從馬洛闖進工房時開始，不，是從要求魔藥時開始就似乎有什麼話想說的吉克這麼說。

「是啊，我們當然記得。」

『不只是保密義務，萬一情報洩漏，瑪莉艾拉陷入危險時，黑鐵運輸隊必須出面解決問題，根據情況甚至還要協助逃亡。』

馬洛想起契約書上確實記載著這樣的內容。

（沒想到會變成這樣。在這種條件下，只是多收一成手續費根本划不來。迷宮都市的鍊金術師可是應該介紹給萊恩哈特將軍的人才啊。）

可是，魔法契約已經簽訂了。瑪莉艾拉是鍊金術師的事情絕對不能曝光，萬一消息走漏，光靠黑鐵運輸隊根本無法解決問題；即使要協助逃亡，也不知道能讓她逃往何處。

（我們完全被擺了一道啊……）

喝完冷掉的茶，馬洛望向迪克。

「迪克，她是……」

「嗯？她果然是鍊金術師啊。」

「啊？你早就發現了嗎？」

「沒有啦，畢竟那傢伙，是叫吉克嗎？如果不是鍊金術師也沒辦法救他吧？」

沒錯。他(吉克)是為了死在迷宮都市才被帶來的奴隸。為了讓同一批犯罪奴隸看到有其他人在眼前悽慘地死去，讓他們產生「我不想要死得那麼慘」的危機感，他只是個犧牲品。這是和奴隸商人雷蒙說好的手段。在奴隸面前進行的討價還價也只不過是安排好的戲碼。

光靠便宜魔藥無法完全治好的重傷，再加上治癒魔法也無效的虛弱身體。不知道究竟要花多少治療費才能醫好他。根本沒有人會花費那麼多資源去治療犯罪奴隸。購買新的奴隸比這麼做要便宜多了。除非有鍊金術師願意花時間仔細治療，否則他不可能恢復到這種程度。

（連迪克都發現了，我真是……）

瑪莉艾拉拿著一個小包裹走進了店裡。

「這瓶白色的魔藥就是高階特化型的解咒魔藥。還有，這瓶是解毒魔藥。它也屬於高階，在解咒之後喝，應該就能治好石化了。另外這個是高階的再生藥。石化時間太長的話，恢復後的身體也會留下一點負擔，請拿給將軍服用。裡面有三天份。這種藥丸很苦，請他不要咬碎，直接吞下去。」

說完，瑪莉艾拉把珍貴的魔藥放進紙袋，親手交給馬洛。

「請記得收錢喔！這些藥滿貴重的。」

（她果然沒有提到金額。）

即使只有收到幾枚金幣，瑪莉艾拉也一定不會有怨言吧，馬洛這麼想。除非價格極度不合理，否則她應該都願意出售魔藥。她並非不知道自己的價值和魔藥在這座城市的價值，而是在理解的情況下依然願意用普通的價格賣出吧。

馬洛瞄了一眼迪克，這麼想：

（她和迪克大概是同類吧。我該為她的有趣感到高興嗎？）

既然如此。即使知道這麼交涉恐怕也是徒勞無功，馬洛仍然提出了瑪莉艾拉很有可能要面對的未來。即便馬洛也知道她是不會被「事情本該如此」這種道理說服的對象。

「瑪莉艾拉小姐，萊恩哈特將軍想要魔藥。」

「需要的種類和數量呢？」

「我想一定會需要相當大量的魔藥。」

「不知道材料夠不夠……」

「只要準備好材料，不管要多少，妳都願意作嗎？」

「只要魔力還夠，我就會作。啊，魔藥瓶可能不夠。」

「價格說不定會變得更便宜。或許會跟帝都的價格相同。」

「我不會介意的。」

「瑪莉艾拉小姐。」

原本平靜對話的馬洛叫了瑪莉艾拉的名字後停頓了一瞬間，然後注視著她。

「妳能跟我們一起去見萊恩哈特將軍嗎？」

萊恩哈特是下一任邊境伯爵，也是迷宮都市的最高統治者。沒有其他地方比待在他身邊更安全了。然而，瑪莉艾拉暫時思考了一陣子，這麼答道：

「我想要在這座城市裡靜靜地生活。我希望你們可以跟我一起思考能一邊住在這裡，一邊提供魔藥的方法。」

雖然瑪莉艾拉來到迷宮都市還不到一個月，卻認識了許多朋友，也有很多客人會每天來店裡做日光浴或是喝茶。瑪莉艾拉也想試著去迷宮或魔森林採集素材。那天跟賈克爺爺一起去看的千夜月花真的很美。到市場尋找稀奇的食材，和吉克兩個人一起煮來吃也很有意思。

接受萊恩哈特將軍的庇護，或許就沒有必要隱瞞鍊金術師的身分了。不過那樣一來恐怕會被關進安全卻像牢獄般的地方，過著每天作魔藥的生活吧。

瑪莉艾拉想起了魔森林的小屋。雖然獨居的生活只持續了幾年，但她平常總是在沒有其他人的房間一個人默默地作著魔藥。瑪莉艾拉本來就是容易投入的類型，其實並不討厭這樣的生活。

只不過每當工作結束，在完全暗下來的房間裡，瑪莉艾拉偶爾會無意間想到「啊，我只有一個人」。即使把房間弄得亂七八糟，也沒有人會幫忙整理，沒有人會生氣。瑪莉艾拉會在一直亂七八糟的房間懶洋洋地打發晚餐，鑽進仍舊亂糟糟的被窩裡，然後莫名地感到非常寒冷，瑟縮起身子睡覺。

在萊恩哈特將軍的身邊等著自己的生活應該就是這樣的感覺吧，瑪莉艾拉這麼想像。她喜歡現在的生活。

最近的吉克有點嚴厲，要是瑪莉艾拉把房間弄亂，他就會把地上的東西撿起來，說「這是可燃垃圾？還是史萊姆糟的垃圾？哪一種？」，逼人在不管怎麼選都是垃圾的選項中二選一，但包含這種事在內，每天都充滿了溫暖。

聽到瑪莉艾拉的答覆，馬洛暫時閉上眼睛沉思，然後答道：「我明白了。我們一起想個好方法吧。」

（啊，果然。）

馬洛在心中笑了。一半是出於無奈，一半是出於真心。

接下來等待著自己的，肯定是麻煩、棘手、困難，但又極為有趣的日子吧。

第一章
安穩的日子

Chapter 1

01

「嗚嗚，好冷……」

瑪莉艾拉一如往常地醒來。原本重疊的毛毯已經掉到地上，身上只剩一條。難怪會這麼冷。

瑪莉艾拉換好衣服，走向後院的藥草園。吉克早就已經起床，剛好結束了早晨的訓練。兩人一起採集藥草，然後澆水。一般的藥草在魔素愈濃的地方愈容易繁殖，不會生長在人的領域，而是生長在魔森林或迷宮。

「採這麼多沒關係嗎？」

看到瑪莉艾拉毫不客氣地把藥草拔得稀稀疏疏，吉克這麼問。

「嗯，沒關係。這種不挑季節的品種只要過個幾天就會恢復原狀了。雖然不愁沒材料是很好，但是藥草成長得這麼快，就算知道迷宮都市有住人，還是會讓人親身感受到這裡是魔物的領域呢。」

瑪莉艾拉用加了「生命甘露」的水替聖樹澆水。當然是在沒有人看見的屋內裝在澆水器裡的。聖樹似乎喜歡帶有魔力的水，瑪莉艾拉猜想這麼做或許更好，祂就給了好幾片葉子。

瑪莉艾拉一開始還慌張地大叫「要枯掉了！要禿頭了！」，聖樹的樹幹和葉子卻好像反而更加光亮，於是瑪莉艾拉從此以後總是用加了「生命甘露」的水來澆水，再領取聖樹的葉子作為回報。

打理完藥草園之後是早餐時間。吃完早餐後，兩人會分工打掃、洗衣、陳列商品，然後開門營業。

急需治療的傷勢和疾病會交給治癒魔法師處理，冒險者會隨身攜帶以備不時之需的傷藥或煙霧彈等消耗品也會拿到冒險者公會的販賣處寄賣。會來瑪莉艾拉的店消費的人都是採購備用藥品的市民或休假的冒險者，除此之外就是想來做日光浴的常客；雖然營業時客人總是源源不絕，店內的氣氛卻很悠閒。瑪莉艾拉會一邊享受和客人泡茶聊天的樂趣，一邊替軟膏罐貼標籤，或是把藥丸包好裝進袋子裡。

順帶一提，馬洛副隊長以「祝賀開幕」的名義送了一套茶具組來。隨包裹附上的卡片裡寫著「很抱歉擅自闖入妳的房間」。以送給兩個人的禮物來說，這套茶具組的杯子實在太多了，不管怎麼看都是營業用品。

（我就說這裡不是咖啡廳了嘛！）

比起闖入房間的事，瑪莉艾拉更想澄清這一點。

上午時，「梅露露香料店」的梅露露姊和「躍谷羊釣橋亭」的安珀小姐一起來喝了茶。不知道為什麼，「梅露露香料店」明明有負責送貨的店員，她本人卻會親自過來。

「多虧有瑪莉艾拉用我店裡的茶來招待客人，讓我的生意變得更好了。啊，這是新商品，我最近開始賣一些養顏美容的茶葉了。」

「美容！瑪莉艾拉，我也想喝喝看這種茶。」

對美容有反應的安珀小姐和她形成了新的女性社群。

梅露露姊在這附近的太太之中似乎是領袖級的人物，因為口耳相傳的好評而來光顧的客人也愈來愈多了。瑪莉艾拉的店已經是小有名氣的藥店，所以有藥草或鍊金術的原料從各種地方送來也不奇怪。

中午時，林克斯來拜訪了。

應該說只要是店裡有開門的日子，他幾乎每天都會帶著從市場買來的食物，在瑪莉艾拉的店「枝陽」吃午餐。

自從瑪莉艾拉交出解除石化的高階魔藥那一天起，黑鐵運輸隊沒過多久便在迷宮都市建立了據點，並派三名隊員駐守在迷宮都市。據點位在迷宮都市的西門附近面向外牆的地點，由於面向魔森林，很少有一般市民會經過，租金也很便宜。那裡是住著許多菜鳥冒險者的區域。黑鐵運輸隊的成員全都會戰鬥所以沒問題，但因為是治安不太好的地方，他們曾交代瑪莉艾拉別過去。

只要有瑪莉艾拉提供的除魔魔藥，馬車的裝甲就能改薄，也不需要騎兵的護衛。當然了，為了防止使用魔藥的事情曝光，裝甲的輕量化只有外觀上看不出來的程度，輸送隊的編制也和以往一樣是兩名騎兵和三輛裝甲馬車。既然能減少戰力，黑鐵運輸隊便購買了三名能駕駛馬車的奴隸，取代留守在迷宮都市的三個人。

留守在迷宮都市的三個人似乎每次都會改變，這次留下的成員是馬洛副隊長和林克斯、雙劍士愛德坎。運送組外出的期間，留守組會先把下次要運送的貨物集中到倉庫，縮短往返週期以增加收入——這是表面上的理由。

瑪莉艾拉和除了新奴隸以外的所有黑鐵運輸隊成員重新簽訂了關於魔藥的保密契約。雖然其中並沒有表明瑪莉艾拉是鍊金術師的事，但林克斯等人好像早就已經注意到了。

「我們這裡不是咖啡廳啦～而且你還帶外食來，會造成客人的困擾啦～」

雖然禁帶外食很像是咖啡廳的規矩。

「不要這麼死腦筋嘛，瑪莉艾拉～拿去，我今天買了雞蛇蛋的鹹可麗餅過來。一起吃吧。」

林克斯把裝著伴手禮的包裹交給噘起嘴的瑪莉艾拉。

「真拿你沒辦法～吉克，有鹹可麗餅喔～雖然有點早，我們來吃午餐吧。啊，林克斯，這是店裡新推出的肥皂。你帶回去吧。」

「也煎一些香腸好了。飲料就喝鮮果水可以嗎？」

「哦，香腸不錯啊。謝了，吉克。」

畢竟不能在還有其他客人的店裡吃飯，三人於是來到緊鄰店面的廚房，坐在餐桌邊用餐。待在這裡的話，就算有客人來也能馬上接待，原本是餐廳的隔間方式也不錯。瑪莉艾拉把鹹可麗餅的包裝紙丟入史萊姆槽。史萊姆會把食物殘渣和沾染油脂的紙張徹底消化掉，十分方便。

「啊，對了。這是給你們的禮物。因為一回來就匆匆忙忙的，差點忘了給。」

說完，林克斯從口袋裡拿出某些東西。

「吉克的是眼罩。有點帥氣吧？瑪莉艾拉的是這個。這是個工藝品，把這裡這樣弄再這樣弄，妳看，這樣就能打開墜子了。」

林克斯似乎在帝都買了禮物來答謝上次的餅乾。他給吉克一個眼罩，給瑪莉艾拉一個有工藝機關的可開式項鍊。

「咦？這是什麼構造？我完全打不開……」

瑪莉艾拉拿到的可開式項鍊是帶有複雜機關的水滴形墜子，只要移動幾個類似立體拼圖的零件就可以打開它。打開的墜子裡面有個球形的空間。

「就跟妳說了，這裡要這樣弄，再這樣弄。看吧？打開了。」

瑪莉艾拉還一頭霧水時，林克斯又拿出了一個和指甲差不多大的小石頭。

「這是額外送妳的。很漂亮吧？」

「這不是『地脈碎片』嗎！是特級魔藥的材料耶！」

林克斯拿出的東西是黑鐵運輸隊回到迷宮都市的途中從黑死狼身上取得的地脈碎片。它是來自林克斯打倒的最大的那一隻黑死狼。

看到瑪莉艾拉帶著閃閃發亮的眼神說「哇～好厲害喔～」，林克斯忍不住想戲弄她一下。

「把地脈碎片放到墜子裡，封印完成。妳努力打開看看吧。」

「啊！我都還沒有看仔細耶！啊，打不開了啦！真是的，林克斯──！」

「哈哈！妳加油吧。吉克，你不准幫她喔～」

林克斯把水滴形的可開式項鍊戴到瑪莉艾拉的脖子上之後，便把肥皂收進懷裡，愉快地笑著離開。

這一天直到打烊時間為止，瑪莉艾拉都放著接待客人的工作不管，一直和項鍊的機關搏鬥著。雖然很想仔細地慢慢觀察地脈碎片，瑪莉艾拉終究還是沒能打開墜子。不管怎麼樣，反正現在也還作不出特級魔藥。就算打不開，項鍊還是很可愛，於是瑪莉艾拉決定乾脆地放棄並遺忘裡面的內容物。

藥店在下午茶時間結束後便打烊。瑪莉艾拉與吉克兩個人一起去冒險者公會交貨，也去採購需要的材料。另外還要去批發市場看看有沒有什麼有趣的產品。

雖然迷宮討伐部隊的遠征大約在一週前就結束了，但還是會有稀奇的食材或魔藥的素材出現在市場，所以不容錯過。

兩人購買晚餐的材料後回到家裡。晚餐由瑪莉艾拉下廚。「書庫」的食譜全都是人間美味，甚至不會輸給「躍谷羊釣橋亭」的老闆。吃過晚餐後，瑪莉艾拉會窩在工房裡作藥或魔藥，吉克則是去作訓練。

時間差不多了。

瑪莉艾拉與吉克兩個人一起前往地下室。

地下室有直向排列的三個房間相連，兩人在正中央的房間等待，便聽見地下深處有細小的聲音傳來。

叩~叩~叩~

聽起來就像是在遠處敲打石頭的小聲音。

喀，喀，喀喀。

瑪莉艾拉用固定的節奏敲響金屬門來回應。

過了一陣子，原本應該是封閉空間的第三個房間傳出敲門的聲音。確認敲門的節奏和事先決定好的暗號相符之後，吉克打開了通往第三個房間的門鎖。

「嗨，瑪莉艾拉、吉克，晚安。」

「這些就是今天的品項嗎？」

應該沒有任何人存在的第三個地下室房間裡站著林克斯和馬洛副隊長。

「話說回來，這裡竟然有這麼大一個洞。」

林克斯用有點驚嘆又有點傻眼的口氣這麼說。「枝陽」的地下室這道被建築工高登填起來的牆壁又再次被拆除，開出了一條通往地下大水道的路。

這是為了不被他人發現魔藥來自瑪莉艾拉而想出的交易方法。

製作魔藥需要藥草。能在藥草園採到的種類有限，要大量製作各式各樣的魔藥，不論如何都會需要購入大量的材料，而且其中也包含稀奇的材料。由藥師購買也不奇怪的東西會從多個業者那裡少量多次地購買，並請他們在藥店的營業時間送來。來送貨的人大多會喝過茶再離開，旁人也不容易看出他們是來做什麼的。

稀有的藥草或原料會由黑鐵運輸隊採購，集中放在據點的倉庫。運輸隊的倉庫裡有許多稀奇又高價的材料也不是什麼怪事。蒐集來的材料會在夜間經由地下大水道運送到「枝陽」的地下室，同時也把魔藥帶出去。

至於需要的魔藥和材料，可以在前往地下室會合時當面提出，或是把清單藏在林克斯買來的午餐紙袋裡。清單只要丟進史萊姆槽就會被史萊姆分解，不會留下證據。魔藥準備完成後，可以進行交易的暗號就是瑪莉艾拉交給林克斯的「肥皂」。雖然外觀是模仿肥皂的包裝，內容物卻是中階的除魔魔藥。

地下大水道棲息著大量的史萊姆。雖然史萊姆是很脆弱的魔物，卻感覺不到臭味，所以使用除魔香或低階除魔魔藥也沒有效果。如果只有少數的史萊姆，踩扁牠們就可以直接通過；但地下大水道的史萊姆多得異常，幾乎是要在溶液中前進的狀態。要是沒有能讓史萊姆甚至半獸人的高等種類或蜥蜴人都不敢靠近的中階除魔魔藥，就無法在地下大水道前進。

中階除魔魔藥的材料有布魔敏特草、多吸思藤、聖樹葉子。這些材料都能在瑪莉艾拉的藥草園取得。

瑪莉艾拉的店營業時隨時都有客人，打烊後也只是跟吉克一起上街。在迷宮都市大門緊閉的深夜，兩人都不會外出。認為魔藥是來自某個儲藏庫的人會盯上黑鐵運輸隊，萬一有人注意到瑪莉艾拉家的貨物進出，也會因為沒有不自然的物品流通，遭到懷疑的可能性極低，很快就會從監視的對象中排除吧。

「這些就是妳委託的骸骨騎士的骨頭。有了這個，就能製作治療骨折的特化型高階魔藥了吧？」

馬洛放下一個裝著大量人骨的木箱。骸骨騎士的骨頭發出清脆的聲音，彈跳起來。

「作是作得出來，可是我不推薦骨折特化型喔。要是用得不好，會讓骨頭在歪掉的情況下癒合起來。」

瑪莉艾拉躲在吉克的背後，看著骨頭答道。

（骨頭好可怕。要是擅自組合起來攻擊人就糟了。）

林克斯一看就知道她正在這麼想，於是在馬洛背後單手拿起骨頭，模仿骸骨騎士的動作。

「這就不用擔心了，因為迷宮討伐軍裡有治療技師。」

治療技師。又有新的詞彙出現。瑪莉艾拉一副懶得聽說明的樣子，於是馬洛簡單解釋：

「因為魔力和魔藥都是有限的，所以為了有效率地使用治癒魔法和魔藥，治療部隊需要由治療技師來負責管理。治療技師熟知人體構造，會在進行簡易的治療後再使用最低限度的治癒魔法或魔藥。」

瑪莉艾拉無視正在模仿骸骨騎士嚇唬自己的林克斯，點點頭說：「原來如此。」馬洛似乎也熟知瑪莉艾拉的個性，才會用最低限度的句子來說明。

按照訂單，瑪莉艾拉交出一百瓶治療肌肉缺損的特化型高階魔藥，然後收下貨款、空魔藥瓶以及自己訂購的素材。

「那就明天見啦，瑪莉艾拉、吉克。」

林克斯和馬洛扛起裝了魔藥的箱子，消失在地下大水道。

02

瑪莉艾拉與吉克是在無意間發現地下大水道的路線的。

那是發生在十天前左右的事。兩人為了告知開店的消息，來到了商人公會。身為藥草部長的愛爾梅拉小姐不在位子上，所以是身為副部長的里安卓先生出面接待。

「哎呀～聽說妳的店弄得很不錯呢～愛爾梅拉小姐也很想去，我下次也會去拜訪看看的～啊，這是給冒險者公會販賣處的介紹信，是愛爾梅拉小姐交給我保管的。」

瑪莉艾拉帶了伴手禮和店裡的幾份樣品來，就當場拿到了冒險者公會販賣處的介紹信。

（雖然很有幫助，但會不會太順利了？這樣好嗎？）

就像是要安撫有點不知所措的瑪莉艾拉，里安卓又補充：「愛爾梅拉小姐去找妳玩時，妳就跟她一起喝茶聊藥草吧～」

（為什麼疑似咖啡廳的消息也傳到里安卓先生這裡了……我是無所謂啦～）

兩人離開商人公會，來到批發市場時，人潮非常擁擠。瑪莉艾拉好奇地湊過去看，原來是現場正在上演「克拉肯肢解秀」。體型相當於馬車的好幾隻巨大軟體動物被運送上岸，市場的男人拿著大型刀刃一一肢解，然後拿來作成串燒。一串的價格竟然只要一枚銅幣！簡直便宜得嚇人。豈能不買。今天的晚餐就決定是它了。

有人買下生的克拉肯肉，有人買了好幾支串燒，也有人在觀賞肢解秀，市場完全是一片人山人海。

「好壯觀喔，這麼多克拉肯是從哪裡來的？」

「聽說是在三十樓大量出現的。」

「克拉肯不是在四十樓附近出沒的魔物嗎？」
「那個啦，因為是在討伐中，剛好有很多冒險者集中在三十樓。」
「話說，是誰打倒的？既然有這麼多留下（受肉）肉的克拉肯，現場應該多到爆吧？」
「聽說『雷帝』出現了。」
「真的假的？嗚哇，我好想看喔！」
「哈哈哈，我有看到『雷帝愛爾席』喔。雖然只是遠遠地看到。」
「可惡，超羨慕的。她就跟傳聞說的一樣正嗎？」
「因為距離很遠，我只看到她亮了一下。」
「什麼嘛。」
瑪莉艾拉和吉克一邊排隊買克拉肯串燒，一邊聽著周圍的人聊天。
「雷帝愛爾席」是隸屬於迷宮都市的Ａ級冒險者，聽說是個能藉由雷神的庇佑來施展強大雷魔法的妙齡女性。
她的苗條肢體被特殊材質製成的全身緊身衣包覆著，帶電而呈現藍白色的長髮會飄散在空中。她穿著緊身衣，帶電的飄逸秀髮綻放雷光，雖然臉部被保護眼睛的有色墨鏡遮住，卻能看到微笑的嘴唇化著豔麗的紅色唇彩。看似柔弱的肢體所施展的強力電擊正配得上「雷帝」之名。她鮮少出現在人前，身分不詳使得她的魅力又更上一層樓。似乎有很多粉絲都表示「我也好想被她電到麻痺喔」。

在迷宮都市，A級冒險者是眾人崇拜的對象。到了S級，就已經是傳說中的勇者了。
「好厲害，吉克。我也好想見到她喔～」
「這座城市不大，也許有一天能見到她吧。」
不愧是遠征期間，可以見到各種有趣的事情。
買完串燒以後，瑪莉艾拉前往肢解秀的後臺。因為想要某樣東西。
「不好意思～我想要一點克拉肯的內臟。」
「小姐，妳要這種東西做什麼？要肉的話，那邊有在便宜賣喔。」
面對一臉疑惑的老闆，瑪莉艾拉吞吞吐吐地說明：「這也是有它的用處的……」
「…………這東西好吃嗎？」
聽到老闆用認真的表情這麼問，瑪莉艾拉笑著帶過，請他分裝需要的內臟。看著瑪莉艾拉接過用橡膠袋裝著的克拉肯內臟後匆匆離去，老闆捏起一塊內臟放進嘴裡，然後又猛然噴了出來。

「瑪莉艾拉，妳不是要吃那些內臟吧？」
回到家裡之後，瑪莉艾拉把克拉肯的內臟搗碎成濃稠的黏液時，吉克忐忑不安地問。
「這是好東西呢。很新鮮，而且克拉肯內臟可不是經常能拿到的東西喔。嗯呵呵。」
瑪莉艾拉就像是要展示給吉克看，把濃稠的內臟黏液分裝到小瓶子裡。因為故意從較高的位置倒進低處的小瓶子，屋內瀰漫起一股海腥味。本人其實是在模仿很受年輕女性歡迎的咖啡廳服務生從高處倒茶的動作，但不管怎麼看都搞錯該模仿的地方了。

把克拉肯的內臟黏液分裝成大約十小瓶之後，瑪莉艾拉和吉克來到地下室深處的房間。

而且穿著相當奇怪的服裝。

兩人找來吸血藤橡膠作成的大袋子，一個當褲子穿，一個在臉部的位置開洞並套在頭上，然後分別在腰際隨便用繩子綁住。露出來的臉部用油塗得油油亮亮，眼部戴著護目鏡，嘴部則戴著口罩。護目鏡和口罩是在冒險者公會的販賣處買的便宜貨，很多菜鳥冒險者都會用，是注重功能，無視外觀的產品，毫無設計感的造型使得兩人的裝扮看起來更加怪異。

「所以？」

同樣穿上奇裝異服的吉克催促瑪莉艾拉快點解釋。他的手上握著一把十字鎬。

「現在開始，我們要去地下大水道捕捉史萊姆。好了，麻煩你把這道牆打壞。」

「瓶中史萊姆（合成生物）」製造計畫正式開始。

03

「瓶中史萊姆」是偶爾會在販售鍊金術相關素材的店家出現的合成生物。

克拉肯的體液是比再生藥的原料之一——幽靈貝和咬人貝更高等的素材，可以代替這兩種材料，也能用來製作特級魔藥，是一種高級品。批發市場的克拉肯已經被取出體液，克拉肯本身也不是經常能見到的魔物，所以是不容易取得的素材。

鍊金術中有些素材只會在魔物體內生成。幽靈貝和咬人貝是比較容易取得的素材，但愈是稀少的素材，就只能從克拉肯等強大又罕見的魔物身上取得，所以很難有穩定的供給。

為了解決這種問題，人們想出了與史萊姆進行合成的方法。

雖說是合成，但並不需要用複雜的術式來鍊成。這種方法是利用史萊姆本身的回復能力，據說是有鍊金術師偶然看到掉落在魔物血灘中的史萊姆核心吸收了周圍的血液後再生的樣子，才想到了這個方法。

作法很簡單。只要從野生的史萊姆體內取出核心，刻上從屬魔法陣之後，放進用目標魔物的身體組織作成的黏液再等待再生就行了。

再生後的史萊姆會兼具素材的特性，變得比原本更強，所以想要安全地飼養就必須刻上從屬魔法陣。只要在魔法陣的痕跡上滴下主人的血液，史萊姆就不會攻擊主人，而且如果沒有給予主人的魔力，牠就會在幾天內衰弱而死，所以即使牠逃脫，也不太需要擔心後續的問題。

飼養方法也很簡單，只要養在下方有活栓可以取出史萊姆分泌液的玻璃瓶裡就行了。這種容器為了讓分泌物累積在底部，內部裝有三隻腳的臺座，分泌液會從臺座和容器的縫隙流到瓶底，史萊姆則位於臺座上。史萊姆雖然是黏液狀的魔物，內部的核心卻是堅硬的，沒辦法通過核心無法通過的地方。牠們的外殼也是黏液狀，非常禁不起魔力吸收，所以只要用可以吸收魔力的多吸思藤編成網狀覆蓋住瓶蓋和活栓附近，史萊姆就會乖乖待在瓶子的中央處。

史萊姆本身經常被應用來分解並淨化城市裡的廢水和汙物，牠們所分泌的溶液也有各式各樣的用途；餵食特定飼料所生產出來的史萊姆溶液品質穩定，可以拿來當作攻擊魔物的手段，也能用在各種產品的製造過程中，還能以水稀釋後用來去除衣服或碗盤的汙垢，用途十分廣泛。坊間也有專門飼養史萊姆的業者，這類史萊姆的飼養容器會在市面上販售。

當然了，並不是任誰都能購買這種商品，但瑪莉艾拉一拿出商人公會發行的藥師證照，店家就馬上答應出售了。

和其他魔物的身體組織合成的史萊姆雖然個體數不多，在大城市的定位卻很類似製造溶液的史萊姆。刻在核心上的從屬魔法陣本身很簡單，難度和刻在高階魔藥瓶上的魔法陣差不多，所以並不是很難的技術。

只不過，成功率非常低。

大約七十％的史萊姆會在核心被取出時死亡；在取出的核心上刻劃從屬魔法陣時，又有大約八十％的史萊姆會因為核心碎裂而死；對刻好的魔法陣滴上人類主人的血液時，會再有一半的史萊姆因為引發排斥反應而死；即使把順利刻好魔法陣的史萊姆核心放到想要使之融合的生物黏液裡，能夠再生為史萊姆的機率更是不到十分之一。
蒐集數百隻史萊姆就是製作「瓶中史萊姆」時最辛苦的事，不過瑪莉艾拉家的地下就有個正好合適的地方。
地下大水道——
破壞掉修繕過的地下室牆壁，瑪莉艾拉與吉克一起來到地下。
地下室與聖樹樹根之間有一道坡度相當傾斜的空隙，大概可供一個人通過。踩著聖樹樹根和留在樹根間的土壤爬下去，就可以看到原本是地下大水道頂部的石磚已經崩塌，開了一個足以供人通過的大洞。聖樹樹根還延伸到地下大水道裡面，兩人踩著樹根進入裡頭。用魔法照亮四周，可以看到以大水道之名而言似乎稍嫌狹小的水道，這裡或許是支流之一；可能是為了進行維護，水溝的旁邊有供人通行的步道。步道到處都有崩塌的地方，牆壁上也有裂痕，可見這條地下大水道是多麼老舊的建築。
房屋正下方的範圍因為聖樹的影響，即使是地下大水道也連一隻史萊姆都沒有。崩落下來的土砂應該是身為建築工的高登清理掉的吧，殘骸被挪到邊緣，沒有阻擋到水的流動。
瑪莉艾拉與吉克往下游前進，在相隔幾棟房屋的地方似乎就超出了聖樹的守護範圍，大量的史萊姆彷彿隔著一條看不見的界線，在前方擠得水洩不通。大概是被兩人的生物反應吸引過來的吧。不只是地面，就連牆壁和頂部，甚至是水溝裡都聚集了愈來愈多的史萊姆，非常噁心。

即便是踩碎核心就會死的最弱魔物，數量還是太多了。要是走進那種地方，全身都會在轉眼間被史萊姆包圍，遭到壓死或窒息而死。就算穿著防護服，牠們也會從服裝縫隙入侵，把人體腐蝕得連骨頭也不剩吧。

吉克走到不超出聖樹守護範圍的邊界，用套著吸血藤橡膠袋充當手套的手捕捉史萊姆。接著，他把手插進史萊姆的軟體中，將核心拔出，再交給後方的瑪莉艾拉。

雖然也有史萊姆會對吉克噴灑溶液，但卻被橡膠防護服擋住，只要定時用水魔法沖洗就能繼續作業。跳過來對超出聖樹守護範圍的手或腳發動攻擊的史萊姆，會在空中被吉克拔出核心，軟體則掉到地上，變成同伴的食物。

吉克默默地從史萊姆體內一一拔出核心。

（技術就跟老練的拔史萊姆核心專家一樣好！好像表演克拉肯肢解秀的人喔。）

瑪莉艾拉深感佩服，同時一一確認核心。當然了，拔史萊姆核心專家這種職業根本不存在。

「死掉了，這個也不行，啊，還活著……結果刻印之後又碎掉了。」

瑪莉艾拉把死掉的核心往史萊姆的方向丟去。因為牠們處於超密集狀態，就算是笨手笨腳的瑪莉艾拉也能打中史萊姆，有時候還會噗的一聲噴出溶液，有點好玩。

在第兩百七十三隻時成功作出「瓶中史萊姆」是很幸運，但聚集在聖樹的守護範圍外的史萊姆不要說是減少了，看起來甚至愈來愈多。

「瑪莉艾拉，雖然只是史萊姆，聚集這麼多還是不太好吧？」

「嗚，的確。」

地下大水道大概沒有什麼東西可吃吧，大量的史萊姆都聚集到這裡來了。即使是弱小的魔物，也不能放著不管。

「雖然好像有點浪費。」

瑪莉艾拉從包包裡取出幾個魔藥瓶，把其中一瓶倒進水溝裡。

水溝裡的水震動了一下，潛伏在水溝中的史萊姆便一口氣死亡，被沖往下游。

「哇，原來中階除魔魔藥對史萊姆這麼有效！」

吉克用風魔法把中階除魔魔藥噴灑成霧狀，牆上和地上、頂部的史萊姆就像是脫水一樣萎縮並死亡，接二連三地掉下來。

中階除魔魔藥能讓半獸人和蜥蜴人不敢靠近，所以瑪莉艾拉心想應該能趕走史萊姆才拿來噴灑，不過擁有黏膜狀外皮的史萊姆似乎會把中階除魔魔藥吸收到體內，因此效果絕佳。殘存的史萊姆也在轉眼間四散逃竄，讓下水道變回乾淨的狀態。

曾經聚集那麼多史萊姆，牆壁和地面最好可以沖洗一下，而且史萊姆的屍體要是堵住水溝就糟糕了。瑪莉艾拉與吉克把成功的「瓶中史萊姆」放到飼養容器裡並暫放在家裡的地下室，接著在身上潑灑中階除魔魔藥，開始進行地下大水道的檢查和清掃。

房屋地下的水道果然是支流，往下游前進一陣子就會遇到岔路，能夠通往不愧於地下大水道之名的寬敞水溝。它就像地下水脈一樣大，沒有能供人行走的道路，恐怕是早就被水沖毀了吧。

整個迷宮都市的汙水和雨水應該大多都流進了這個巨大水溝中。

不知道聚集而來的水會流往何處，光線能照到的範圍內無法看到盡頭。

「瑪莉艾拉，不能再前進了。」

吉克制止了想要探出身子窺探的瑪莉艾拉。前方並不是可以基於好奇心窺探的領域。

「也對。」

兩人離開發出轟然水聲的巨大水溝，回到支流的分歧點。雖然構造是設計成讓支流的水大部分都流向巨大水溝，但或許是為了疏通過多的雨水，支流本身還會繼續延伸到下游。兩人決定繼續調查支流的下游以防萬一。支流每隔一定的距離就會有來自家家戶戶的排水路徑和流向巨大水溝的分支。有時候也會遇到從其他的支流通往巨大水溝的水道互相交錯，可見地下大水道有多麼廣大。

瑪莉艾拉和吉克走過的支流在構造和老化程度上都沒什麼變化，也沒有魔物靠近潑灑過中階除魔魔藥的兩人。雖然剛才聚集了大量的史萊姆，但似乎沒有什麼問題。兩人正打算在這附近回頭時，水道的前方出現了微弱的光線。

是水道的出口。

「這裡以前是防衛都市的邊緣。還有，你看那裡。那不是迷宮都市的西門嗎？」

水道一直延伸到迷宮都市的西門外偏向魔森林的地方。這裡過去是防衛都市的範圍，現在則被魔森林吞沒了。水道出口的柵欄腐朽了一半，露出了足以讓人類鑽過的洞，但出口處卻生長著茂盛的多吸思藤和布魔敏特草，所以才能阻擋魔物的入侵。

地下大水道除了瑪莉艾拉和吉克走過的支流以外，似乎還有其他的排水路徑。雖然水幾乎都會流向巨大水溝，但應該也有像這裡一樣通往迷宮都市外的水道。

迷宮都市面向魔森林，中心還有迷宮。腳底下有棲息著許多史萊姆的大水道，而且還通往魔森林。

（雖然迷宮都市住著很多人，但或許也跟生活在魔森林裡沒什麼差別吧。）

瑪莉艾拉這麼想。

04

從瑪莉艾拉那裡取得高階魔藥的馬洛與林克斯在地下大水道中往下游前進。中階除魔魔藥的效果極佳，路上連一隻史萊姆都沒有出現。人可以通行的道路非常老舊，又處處都有崩塌的痕跡，而且潮溼得容易滑倒，但對他們來說沒什麼大礙。兩人小心避免打破背上的魔藥，一口氣跑向出口。

（愛德坎，周圍的情況如何？）

（沒什麼問題，馬洛副隊長。）

雙劍士愛德坎回應馬洛的念語，馬洛和林克斯於是悄悄溜進敞開的西門。沒有人會使用鄰近魔森林的西門。這裡平時總是被封鎖，頂多有衛兵會來定期巡邏。只要避開巡邏的時間，進出並不困難。穿過這道門之後，據點就在不遠處。

抵達據點的馬洛和林克斯把連同最低限度的緩衝材質一起隨便裝在木箱裡的魔藥移動到昂貴的攜帶型魔藥箱裡，再把整個魔藥箱放到木箱中。他們把裝了魔藥的箱子堆到為了在迷宮都市內移動而買來的新奔龍背上，然後前往迷宮討伐軍的基地。

（還真是找到了一個巧妙的方法。）

馬洛回想起地下大水道。

地下大水道的存在本身是眾所周知的事，有史萊姆大量繁殖的事也一樣。誰也想不到有人會不惜消耗稀有的中階魔藥在水道中通行，即使被跟蹤，那也不是沒有中階除魔魔藥的人可以通過的地方。從地下大水道到迷宮都市西門的距離雖短，還是有必要行經魔森林。那裡並非沒有除魔魔藥還可以輕易尾隨的地方。

黑鐵運輸隊將魔藥帶進軍中的事情恐怕很快就會被查到，但沒有人能知道來源是哪裡。就算有人盯上裝甲馬車，也沒有人能在魔森林中持續尾隨。萬一遭人襲擊，裝甲馬車也還有迪克在。他可不是那麼容易就會被打敗的男人。

雖然據點的守備很薄弱，但即使遭到入侵，這裡也只有普通的商品。魔藥會在取得後馬上交貨給迷宮討伐軍，據點也沒有能成為證據的文件。多餘的文件會用史萊姆槽處分掉，就算有人把這裡徹底搜過一遍，也只會覺得和普通的物流據點沒有兩樣。

況且魔藥的買主是迷宮討伐軍。應該沒有人會蠢到明目張膽地對黑鐵運輸隊出手，即便暗中偷襲，隊員也都已經習慣這類粗暴的事。只要抓住對方的把柄再交給迷宮討伐軍，軍方就會妥善處理。除非瑪莉艾拉本人被抓住，否則應付問題的方法多得是。

馬洛與林克斯抵達了位在迷宮東南方的迷宮討伐軍基地，表面上的來意是繳納從帝都運送過來的物品。士兵接獲的通知是他們會從據點帶來少量的菸酒等嗜好品供應給軍方的高層。因為魔藥的交付已經進行過幾次，早已熟悉流程的士兵將兩人帶往地下倉庫。

「我等你們很久了。今天是肌肉組織特化型的高階吧。」

在倉庫裡等待的是一個留著鬍渣且目光銳利的黑髮男人。

年紀大約是四十歲左右。馬洛和迪克也受過他的照顧，現在在他面前還是抬不起頭來。

「傑克．尼倫堡治療技師，這是今天的貨品。請點收。」

尼倫堡收下馬洛交付的箱子，再讓身旁的部下檢查。

「只要有明天的骨折特化型就可以治療大批士兵了。不過，真虧你們能在這個時機取得這麼多的魔藥。」

尼倫堡低聲說：「這麼一來也可以治好先前遠征時受傷的人了。」

萊恩哈特中了巴西利斯克的石化詛咒時，迷宮討伐軍瀕臨潰散的危機。迷宮討伐軍的前線是五十三樓。那裡是有S級魔物棲息的魔界。即使是由上百人組成的軍團去挑戰，那也不是大多士兵都只有B級的迷宮討伐軍能夠應付的對手。迷宮討伐軍之所以能夠進軍，有很大一部分是仰賴萊恩哈特特有的技能——「獅子咆哮」。

萊恩哈特率領的軍隊能藉由「獅子咆哮」的效果使所有的能力增強五十％。因此，他率領的軍隊能提昇到相當於A級的能力，才有可能進軍到有S級魔物棲息的樓層。

而萊恩哈特卻倒下了。

萊恩哈特的身體在轉眼間漸漸石化，藉由技能的效果提昇的軍隊兵力開始降低。治癒魔法根本無法處理這種速度的石化。救了萊恩哈特的，是在遠征前不久由黑鐵運輸隊帶來的高階解毒魔藥。灑了高階解毒魔藥的部位得以解除石化，飲用後也延緩了石化的速度。因為巴西利斯克的石化是一種詛咒，再怎麼排除異常狀態，石化還是會繼續進行。雖然勉強殺死施加詛咒的巴西利斯克，讓石化的速度減緩，詛咒還是不會解除。

迷宮討伐軍用治癒魔法延遲石化的進行，石化太過嚴重就使用高階解毒魔藥。他們就是這麼慢慢撤退的。

有數不清的士兵在戰鬥中倒下。

能夠撐到冒險者公會的會長——光蓋的隊伍趕到現場，都是多虧有萊恩哈特的弟弟維斯哈特的精確指示，以及士兵經年累月的鍛鍊。在一片混戰中，尼倫堡率領的治療部隊拚了命不斷治療。不能讓士兵死去。能成長到B級，而且配合軍隊一起並肩作戰的士兵是很珍貴的。即使斷手斷腳，只要能撿回來都可以再重新接上去。

治癒魔法師的魔力需要用來解除萊恩哈特的石化。只能用極少量的魔力來治療士兵。維繫性命的最低限度的治療就使用魔藥。亞格維納斯家提供的新藥則是毫不吝嗇地使用。號稱中階的紅色魔藥效果很弱，冠名高階的黑色魔藥則有嚴重的品質差異。

光靠亞格維納斯家事前準備好的新藥根本不夠。迷宮討伐軍靠著馬洛等人帶來的六十瓶魔藥撐過了驚險萬分的危機。

那些魔藥的效果好得驚人。高階、中階魔藥用盡，在聽天由命的情況下，甚至有士兵靠著低階魔藥保住一命。

低階除魔魔藥明顯削弱了魔物追擊的氣勢。效果實在令人驚訝。簡直就像是剛作好似的。

受到那麼大的傷害，死者卻只有幾名，尼倫堡覺得這簡直是奇蹟。雖然有許多人斷了手腳，或是骨折、缺肉、內臟破裂，卻還是勉強存活了下來。為了避免腐壞，斷掉的手腳有稍微接合起來。
黑鐵運輸隊表示會把治療所需的魔藥全部送來。
如果用治癒魔法治療骨折，就會消耗許多魔力，一天能處理的患者數量很有限，不過只要拿到骨折特化型高階魔藥就沒問題了。這麼一來就能治療大批傷者。
（好了，肌肉組織特化型都已經送到了。現在就開始治療吧。）
尼倫堡治療技師揚起嘴角一笑。
（首先從肚子開了個洞的那傢伙開始。雖然受傷的內臟已經用治癒魔法治好了，卻因為本人的體力不足，肉還是裂開的狀態，只有把表面勉強闔起來。只要再次**打開傷口**，把裡面清理乾淨後使用特化型，就能用少量的魔藥有效率地治好傷口。有很多年輕的治癒魔法師都很排斥把癒合的傷口切開，我得讓他們好好觀摩一番。能用來施展治癒魔法的魔力和魔藥不可能隨時都很充分。為了迎接往後的戰鬥，他們得多累積一點經驗。）
尼倫堡治療技師在腦中規劃接下來要進行的治療，低聲笑著。他看起來相當愉快。
「你們帶來的魔藥救了許多士兵，那些魔藥的品質真的很好。所以記住，行事千萬要小心。」
說完，尼倫堡便前往患者的身邊。
「我說馬洛副隊長，我的身體明明很健康，卻覺得肚子好像有點痛。」

「別擔心，林克斯。我也一樣。」

馬洛和迪克在從軍時代受過他不少**照顧**。

即使反覆受傷過好幾次，兩人卻都四肢健全且沒有後遺症，都是多虧了尼倫堡治療技師，但他帶著笑容進行治療的樣子卻也是士兵恐懼的對象。在他的面前，馬洛現在依舊會緊張得打直腰桿。

而說到迪克，明明留在迷宮都市的據點就可以每天見到安珀，但一聽說幾乎每天都得見到尼倫堡治療技師，他就馬上決定和運送組一起走了。

尼倫堡治療技師的部下也連連點頭表示同意，然後搬起魔藥，跟著他一起離開。

05

有人從窗戶看著馬洛與林克斯離開迷宮討伐軍基地的身影——

是金獅子將軍萊恩哈特與其弟弟維斯哈特。

「這麼做真的好嗎？維斯。」

萊恩哈特這麼問弟弟。

萊恩哈特和馬洛與迪克會面的隔天，他們便帶著解咒的高階魔藥來到萊恩哈特面前。甚至還帶了治療石化的高階解毒魔藥以及帝都也很罕見的高階再生藥。

馬洛與迪克這麼告訴保住性命的萊恩哈特：

「我們不能回到軍隊。魔藥的提供者是願意協助迷宮討伐軍的人物，但希望能在保密的情況下供給魔藥。因為我們已經與其簽訂魔法契約，所以不能透露關於提供者的資訊，但很樂意擔任提供者與迷宮討伐軍之間的橋梁。」

兩人用忠心耿耿的真誠眼神這麼表示。

然而，即使問他們魔藥的種類和數量，他們也只回答階級在高階以下，種類與數量則相當龐大。萊恩哈特又說既然願意協助軍方，那就把魔藥全部運送過來，他們卻說需要魔藥瓶，會裝到瓶子裡再帶過來。萊恩哈特說如果是裝在儲藏槽裡，那就整個搬運過來，他們又說那並非能夠移動的東西。

馬洛那模糊又難以捉摸的說明聽起來就像是在避重就輕。雖然萊恩哈特並不想懷疑離開了迷宮討伐軍依舊保有忠誠的他們，但好不容易找到能夠扭轉急迫現狀的契機，萊恩哈特忍不住有些惱火地說「你們到底知不知道魔藥究竟有多麼稀有」，卻被弟弟維斯哈特制止了。

「有什麼關係呢？提供者也算是哥哥您的救命恩人。馬洛，你說那個人很樂意提供魔藥對吧？只要有魔藥瓶，對方就會盡量填滿並提供。沒錯吧？」

看到馬洛回答「一點也沒錯」時的眼神，維斯哈特暫時陷入思考。

「只要有需要，不管是兵力還是物資，你們都可以盡量要求，軍方會全力協助。只不過，魔藥的收購金額必須與帝都相同。軍方也會支付同樣的金額給黑鐵運輸隊作為運送費用和持有者的護衛費用。另外，庫存消耗至一半以下時，你們要另行通知。」

雖然萊恩哈特對這番話感到驚訝，卻沒有表現在臉上，而是看著馬洛與迪克的表情。兩人對價格之低並沒有表示驚訝，而是回答：「感謝您的諒解。」

從萊恩哈特解除了石化詛咒並保住性命的隔天開始，維斯哈特便命人蒐集保管在軍中的空魔藥瓶，並交代身為治療部隊隊長的尼倫堡治療技師根據先前的遠征時負傷的士兵人數擬定一份快速使之痊癒所需的魔藥清單。而且取得的可能性和成本不列入考量，而是需要多少就估計多少。

軍中保管著數千個空的魔藥瓶。亞格維納斯家是使用儲藏槽保存魔藥，提供魔藥時會需要空瓶。魔藥瓶在製造的過程中要用到「生命甘露」，所以無法從地脈外帶來。瓶子本身的老化速度極慢，不需要特別的保存方式，即使破裂也能蒐集碎片再交由玻璃工藝師重新製作；可是專用的玻璃只有鍊金術師能作，所以無疑是貴重物品。在最前線進行治療時經常會遇到無法回收瓶子的情況，所以數量消耗了不少。

維斯哈特把尼倫堡治療技師提交的魔藥清單按照優先順序重新排列，將瓶數進位成每一百瓶為一個單位，親手交給馬洛等人，同時也交代他們從最上方開始把有庫存的品項先送過來。

知道這項交易的人數很有限，只有萊恩哈特與維斯哈特、管理預算的親信、尼倫堡治療技師與進行治療的部下。親信以下的部下都立了保守祕密的誓約。當然了，是具有魔法約束力的誓約。

魔藥的費用會由負責預算的親信在每次交易時直接支付給黑鐵運輸隊。如同與維斯哈特說好的費用，金額是依據帝都的販售價格來計算，給提供者和黑鐵運輸隊的報酬是相同的。因為魔藥的數量眾多，支付的總額並不少。按照這個速度繼續採購，恐怕有必要重新估算軍費。

然而，以稀少的魔藥而言，這樣的價格並不合理。

雖然維斯哈特以「救命恩人」為由制止了萊恩哈特，但以這種價格要求恩人提供這麼多的魔藥，難道不是一種失禮的行為嗎？

（如果有埋藏起來的魔藥被發現，以稀少性、戰略性來考量，應該全部交由軍方管理才對。當然了，我會給持有者應得的獎賞。雖然一次付清全額恐怕很困難，但只要給予地位與名譽，再以恩給照顧其家族後代即可。）

萊恩哈特所提出的問題包含了這樣的想法。

「哥哥，假如魔藥的持有者說出魔藥的所在之處，並全部交給軍方，您會如何處置那些魔藥？」

聽到維斯哈特的問題，萊恩哈特答道：

「首先要治療士兵。他們是長年與軍隊同甘共苦，戰技純熟的軍人。絕對不能失去他們。」

「士兵都治療完畢之後呢？」

「當然是填滿我們的魔藥儲藏設備。與協助我方的貴族分享也無妨。若是能盡情使用魔藥，對迷宮的攻略會是一大助力。」

「這些不都是我們正在做的事情嗎？」

「話不是這麼說的。」

萊恩哈特看著維斯哈特，表示自己並不打算玩什麼文字遊戲。

「哥哥，為了在這塊土地生存下來，我們必須消滅迷宮。而有可能消滅迷宮的時代，就只有百年來最擅於作戰的哥哥所在的此刻。可是，我們至今仍未抵達迷宮的最深處。想打倒樓層主人，現在已經不是可以留一手的狀況了。吝於使用魔藥是無法克服目前的戰況的。」

建立現在的迷宮討伐軍體制的人就是維斯哈特。迷宮的樓層愈深，魔物就愈強，使傷者絡繹不絕。迷宮討伐軍的攻擊力並不會隨著魔物提昇。只有避免死亡、保住性命、持續戰鬥才能提昇迷宮討伐軍的戰力；要是士兵死傷而脫離戰線，就不得不替換成經驗較少的二軍士兵。這麼做當然會降低個人和團體的戰鬥力。

想要以有限的戰力迎戰強大的魔物，就必須重視生存，長時間持續攻擊，抵擋高等魔物的攻擊，一點一滴地削弱其生命力。士兵要長時間對付的是超越自身實力的魔物。傷者只會愈來愈多，光靠治癒魔法師的魔力是不夠的。長期化的戰鬥會消耗士兵的體力，有時甚至會讓治癒魔法無法充分發揮效果。況且如果治癒魔法師也受傷，情況更是慘不忍睹。

維斯哈特以治癒魔法師和「治療技師」來組織治療部隊，解決了這些問題。治療技師能夠探查人體，掌握傷勢的狀況，對治癒魔法師下達最有效率的治療指示。魔藥的使用權掌握在治療技師手上，作完不需要魔力的處理之後，可以再根據需求使用藥或魔藥、治癒魔法來進行治療。

藉著提昇治癒魔法的使用效率，迷宮討伐軍的續戰時間得以延長，因此大幅更新了迷宮討伐的樓層數。

可是，使用這種方法的極限就到此為止。

以現在的狀態來看，軍隊不可能突破五十三樓。

火力和防禦力全都不夠，這些都不是能夠輕易取得的東西。只要能夠取得，不管是武器還是防具都已經全部投入，好不容易才走到了這一步。

（非現在不可。哥哥（萊恩哈特）的技能「獅子咆哮」非常強大。他個人的武力和領導魅力也沒有話說。即便是在武力優秀的休森華德家，他也是過去百年來都不曾出現的奇才。士兵也都訓練精良。軍隊花了好幾年的時間培育他們。）

人的全盛期是很短暫的。雖然成功逃過石化的詛咒，現在的戰力也頂多再維持十年到二十年。

若是不在這段時間內消滅迷宮，迷宮都市恐怕就會因為害怕魔物從迷宮或魔森林湧出所引發的魔物暴動，面臨為了殺死魔物或是被魔物殺死而不斷將士兵送入迷宮的日子。

「哥哥倒下的時候，我還以為我們的命運就到此為止了。」

可是出現了救贖。遠征前不久取得的魔藥奇蹟般地拯救了許多生命，就連石化的詛咒都能治癒。迷宮都市的命運並沒有斷絕。

「既然走投無路的我們獲得了魔藥，就只能使用魔藥，盡量向前邁進。要回報魔藥持有者的功績，可以等到消滅迷宮以後再說。」

「正因為如此，豈不是更應該由我們來掌握嗎？」

掌握所有被埋藏的魔藥。連同持有人一起。

對於萊恩哈特的疑問，維斯哈特這麼回應：

「哥哥，您知道第七代帝國皇帝是怎麼保護瀕臨絕種的獨角獸的嗎？」

獨角獸的角是可以製作特級解毒藥的珍貴藥材。因此，數量原本就少的獨角獸遭到濫捕，到了第七代帝國皇帝的時代就已經瀕臨絕種的危機。

「嗯……我記得是將整個棲息地的森林圍起來吧？」

雖然對突然改變話題的弟弟感到不解，萊恩哈特仍然回答。

「是的。」

獨角獸是只有心地善良的少女能夠接近的纖細生物，據說人類為了保護牠們而以人工豢養的個體全部都死亡了。

不管建造多麼氣派又寬敞的獸舍，終究還是救不了獨角獸。於是第七代帝國皇帝決定圍起獨角獸棲息的整座森林，保護獨角獸免於盜獵者或魔物的威脅。

雖然用於獨角獸保育的費用相當龐大，獨角獸卻也得以漸漸繁殖，光是定期脫落再重新生長的角就能充分供應人類的需求。

帝國中能夠作出特級解毒魔藥的鍊金術師本來就很少。只要作為材料的獨角獸角有一定的流通量，特級解毒魔藥的稀少性就會轉移到鍊金術師身上，而非獨角獸角。現在殺害獨角獸或是非法持有角依然會被處以嚴厲的刑罰，願意冒著極大的風險盜獵失去稀少性的獨角獸的人也大為減少，讓牠們得以在棲息地的森林自由自在地生活。

「這個例子也會用來形容稀有的人事物需要適合的環境呢。」

聽完維斯哈特的一番話，萊恩哈特想到了一個可能性。

「難道你認為……不可能。可是……這麼一想就合情合理了。」

馬洛等人模糊其詞的說法，以及以等同於帝都的低價大量供應的魔藥，**如果真有那麼一回事**就都說得通了。

但是，如果維斯哈特的推測沒有錯，掌握在馬洛等人的手裡難道不是問題嗎？

就像是猜測到萊恩哈特的疑念，維斯哈特答道：

「馬洛和迪克帶著解咒的魔藥來到您面前。我想這就是答案了。他們即使離開了迷宮討伐軍，也依然是您的士兵。」

「這樣啊。」萊恩哈特表示認同。

「若對方想要獨角獸的柵欄，以想要在這座城市生活作為回報，那也可說是與我並肩同行的道路。」

既然如此就回應其要求吧。畢竟萊恩哈特是統治迷宮都市的將軍。

06

「吉克，吉克，怎麼辦！」

把馬洛交付的裝著魔藥貨款的袋子打開一看，瑪莉艾拉不知所措。

「有好多金幣！每天！每天都有一堆金幣！」

吉克用很想說「嗯……我該拿這女孩怎麼辦？」的表情看著瑪莉艾拉。

瑪莉艾拉交給馬洛的解咒組合貨款似乎也包含了禮金，金額非常充分；但從此以後的契約被重新擬定，魔藥的價格變得和帝都的市價相同。以魔藥在迷宮都市的稀有度來說，這樣也可以說是遭到低價收購，但高階魔藥本來就不是便宜的物品。

以帝都的市價來說，普通高階魔藥是大銀幣一枚，高階解毒魔藥是大銀幣一枚和銀幣兩枚，如果是特化型，價格就會隨著材料的稀有度和成本改變，大約有大銀幣二～三枚的價值。供應量是每天一百瓶。即使魔藥的材料全部都是購買而來，成本也只占三成左右。瑪莉艾拉還會使用比較費工但便宜的替代品，所以不到三成。

一般來說除了材料費之外，還要加上流通所需的費用、租用店面和僱用店員的費用、稅金等成本；不過迷宮都市的稅金是固定的住宅租金，這項交易也不需要其他的雜費支出。而且黑鐵運輸隊的酬勞似乎會由迷宮討伐軍另外支付，所以魔藥的貨款會全部支付給瑪莉艾拉。

每天都有可供一個家庭生活一到兩年的金幣入帳的狀態，讓瑪莉艾拉不知所措。

「會用鍊金術其實是一件很不得了的事吧？」

「現在才發現嗎！」

大約十天前，馬洛和迪克半夜來訪的時候，吉克心想「事情會變得很棘手」。解咒特化型的高階魔藥這麼稀奇的東西不可能剛好出現。而且對方還是迷宮討伐軍的將軍，瑪莉艾拉的存在應該很快就會被發現。

吉克於是開始思考。

——對瑪莉艾拉來說，怎麼做才是最好的？要怎麼做才能保護她？

面對一個軍隊，個人的武力根本沒有意義。同伴是愈多愈好。

所以，吉克刻意讓沒有發現瑪莉艾拉是鍊金術師的馬洛進入瑪莉艾拉的工房。從過去的互動來看，吉克知道馬洛並沒有發現瑪莉艾拉是鍊金術師。

（不能讓他們就這麼帶著魔藥去找迷宮討伐軍。我必須讓馬洛認知到自己有義務保護身為鍊金術師的瑪莉艾拉。他們受到「魔法契約」的束縛，而且和迷宮討伐軍與將軍本人也有交情。瑪莉艾拉並不排斥製作魔藥。馬洛不是傻子，他一定能找到妥協的方法。）

吉克蒙德的策略果然奏效，讓瑪莉艾拉得以繼續悠閒地生活，同時供應魔藥。

雖然這件事本身是好的——

「哇～處理骸骨騎士的骨頭需要史萊姆溶液呢～反正有錢，要不要乾脆一口氣買齊所有種類的溶液專用史萊姆呢？」

「不可以隨意飼養生物。只買需要的東西就好。」

瑪莉艾拉一邊偷偷瞄著吉克，一邊用生硬的語調說話，吉克也忍不住用監護人般的方式回應。

（剛才稍微出現的危機感跑到哪裡去了？）

吉克對神經大條的瑪莉艾拉傻眼地嘆氣，然後問道：

「瑪莉艾拉，如果迷宮討伐軍來店裡要求妳跟他們一起走，妳會怎麼做？」

「嗯？就去啊。」

聽到瑪莉艾拉若無其事地回答，吉克愣住了。

「……妳不逃走嗎？」

「為什麼要逃？逃不掉的吧，人家是軍隊耶。而且我是鍊金術師，非作魔藥不可。不過我也不想被關在陰暗的房間裡一直作白工，幸好可以在這裡繼續作魔藥。而且還可以拿到很多錢呢。雖然不知道馬洛先生他們是怎麼說的，真該好好謝謝他們呢。」

如果瑪莉艾拉想要逃走的話，吉克本打算和她一起逃到天涯海角，但她這種船到橋頭自然直的回應反而讓吉克感到困惑。

「別擔心，吉克。你已經很強了，又有自己專用的劍，不會再遇到像以前一樣悽慘的事了。」

看到吉克一臉困擾的表情，瑪莉艾拉微笑著這麼說。

（瑪莉艾拉就是知道自己處於什麼樣的狀況，才會送我這把劍吧。她很清楚自己可能會遇到的事，為了讓我在任何情況下都不會陷入麻煩……）

瑪莉艾拉的一番話讓吉克深受感動。

「我是妳的劍。我會一直待在妳身邊的。」

吉克好不容易這麼回應，瑪莉艾拉就高興地笑著說了「謝謝你」。

「那就快點來把骸骨騎士的骨頭敲碎吧。」

「今天已經很晚了，明天再敲吧。」

骸骨騎士的骨頭很重，瑪莉艾拉搬不動。

因為吉克不打算今天搬，瑪莉艾拉只好放棄，回到寢室休息。

07

「喝～！」

瑪莉艾拉那英勇的吶喊和手上的武器劃過空氣的聲音在迷宮內迴響。

哀嘆自身的無力，少女靠著愛與勇氣和努力以及魔藥的力量，終於成長茁壯，獲得了有如身經百戰的勇者般迅速的劍法……才怪。

瑪莉艾拉手上的武器只是一根細細的棒子，又輕又有彈性，所以只有聲音特別嚇人。如果這根棒子能打到敵人還算好的，但從剛才開始就只是接連揮空而已。

「有辦法試這麼多次還打不到反而是一種才華咧！妳看，這次的目標很大隻喔！」

林克斯笑著，讓下一隻魔物跑到瑪莉艾拉面前。吉克也說「沒問題的，好好看清對方的動作，一定打得到」，在一旁笑著打氣。

瑪莉艾拉說「我這次一定要打到」，然後舉起棒子。

雖然魔物一步步朝瑪莉艾拉走過來，卻只是一朵香菇。沒錯，瑪莉艾拉等人正在採香菇。

迷宮第五樓是稱為「沉睡森林」的樓層，充滿了霧氣與樹木。

被淡淡霧氣包圍的這個森林樓層不管是樹木還是花草都非常巨大，簡直就像是自己縮小了似的。住在這裡的不是與巨樹相襯的巨人或是睡美人，而是高度相當於人類膝蓋的菇類。飄散在空中的霧是菇類的孢子，因為大多具有催眠效果，所以這裡才會稱為「沉睡森林」。要是吸入孢子就會一覺不醒，直接成為植物的肥料；但只要戴著口罩就會有香菇跑來自投羅網，因此這裡不過是供人採集菇類的獎勵樓層。

一般來說，在迷宮打倒的魔物會直接消失，但不知為何，這個樓層的菇類卻會變成魔物，打倒之後就會留下巨大香菇。比起食用菇類，毒菇的數量和種類當然比較多，卻也有能夠當作鍊金術素材的菇類大量出沒，所以是個比普通森林還要安全且有效率的採菇聖地。

「喝啊！」

瑪莉艾拉手裡的棒子發出揮空的咻咻聲。

「戰士瑪莉艾拉又將一個看不見的敵人大卸八塊了！」

林克斯放聲大笑的聲音非常吵。擔任對手的香菇噗的一聲撞上瑪莉艾拉邁出的右腳膝蓋，彈飛開來。即使變成魔物，終究也只是一朵香菇。它非常輕盈且柔軟，不要說是傷到瑪莉艾拉了，它甚至就這麼一頭撞死了自己。瑪莉艾拉不要揮舞樹枝，拿著鍋蓋站在原地或許還比較有用。

雖然這裡也有不能觸摸的劇毒菇類，或是長著尖刺或利牙，甚至是與樹樁一起出沒的沉重又堅硬的個體，不過這些菇類都會被吉克和林克斯確實排除。

「瑪莉艾拉，需要的香菇都找齊了嗎？」

「都找齊了，可是再一下子！」

瑪莉艾拉今天來到這裡是為了尋找用來替代高階魔藥的材料——樹人果實的菇類。替代品要用多達十三種的材料來調配，需要的菇類有兩種，也不是什麼稀奇的種類，所以已經採集到十分充足的量。全部都是撞到瑪莉艾拉而自取滅亡的香菇。

瑪莉艾拉堅持要打倒至少一隻，林克斯笑著說「真拿妳沒辦法」，然後站到她的右邊，並且把手放在她的右手上。

「妳用力過度了。只要輕輕敲一下就好。」

林克斯和瑪莉艾拉面向剛好左右搖晃著菌傘快步奔跑過來的香菇，一起高舉起樹枝。

「好，就是現在！」

「嘿！」

發出「啪」的虛弱聲音，瑪莉艾拉的樹枝把香菇的菌傘敲成了兩半。

「打……打贏了！我打贏了，林克斯！」

「是啊是啊～恭喜妳啊～好了，我們回去吧。我肚子好餓。」

瑪莉艾拉興高采烈地握著林克斯的手。看著他們兩個人，吉克提議「瑪莉艾拉，和我一起再打倒一隻吧」，林克斯卻讓瑪莉艾拉向右轉身，在後面推著她往出口走。

因為瑪莉艾拉說想去採香菇，林克斯才帶她過來，卻沒想到她會笨手笨腳到這個地步。

不過是對付香菇，三人不知道在這裡待了幾個小時。既然這麼花時間，直接買香菇還比較有效率。林克斯和吉克都具備到更深的樓層賺錢的實力，要求更高價的素材還比較有賺頭。

「既然採了這麼多香菇，我來作些好吃的！炒香菇、燉香菇……」

「吃香菇很快就餓了，改吃肉吧。」

「我也會烤一些肉的，特別招待。」

林克斯看著心情愉快的瑪莉艾拉，覺得她會為這種小事感到開心很不可思議。

「就算採到很多香菇，烤肉不就賠錢了嗎？」

「咦？因為我玩得很開心啊，就當作請客嘛。」

只有不需要為生活煩惱的年幼孩子會因為和合得來的朋友一起玩樂而感到滿足。冒險者這種職業並不輕鬆，總是過著可能沒有明天的生活。在迷宮都市，人與人之間都是萍水相逢，每個人對未知的未來都有自己的盤算。

瑪莉艾拉的發言似乎是想表達快樂的現在是值得記念，值得慶祝的。林克斯發現一件事——瑪莉艾拉很珍惜當下。在不知道明天會如何的生活中，她或許是很珍惜和自己一起度過的時光吧。

「那我要特大份的肉！」

如果是的話，那就太令人高興了。望著開心地笑著的瑪莉艾拉，林克斯這麼想。

08

咕嚕咕嚕咕嚕咕嚕。

瑪莉艾拉用廚房的大鍋子煮著阿普力堅果，去除堅果的澀味。雖然用鍊金術技能也能處理，但很花時間，所以瑪莉艾拉會趁營業時間在廚房處理。

瑪莉艾拉會在店裡一邊和客人閒聊，一邊揀選阿普力堅果。這些阿普力堅果是孤兒院的孩子們蒐集而來的，雖然價格比藥草店便宜許多，裡面卻也混著有蟲蛀痕跡或腐爛的果實。因為銷售的所得會用來當作孤兒院的經營資金，所以瑪莉艾拉會大量購買。店裡沒有事要忙的時候正好可以做分類。

有確實去澀的阿普力堅果可以當作魔藥的材料，混在餅乾裡也能作出硬脆的口感，非常好吃。雖然去澀的時間會稍微增加，但為了兼作點心的材料，今天瑪莉艾拉是用顆粒比較粗的狀態進行去澀。

「妳好，瑪莉艾拉小姐。」

下午，商人公會的愛爾梅拉小姐來拜訪了。愛爾梅拉小姐很愛瑪莉艾拉店裡的肥皂，會在忙碌的工作期間抽空來購買。她今天似乎還帶了另一個人同行。

「請問妳就是瑪莉艾拉小姐嗎？」

同行的人是個充滿大小姐氣質的少女，和瑪莉艾拉差不多同年。看起來意志堅強的大眼睛和高挺的鼻梁，以及立體的嘴唇都十分可愛，是個洋娃娃般的美少女。瑪莉艾拉一邊猜想她是誰，一邊回以招呼。

「初次見面，我是瑪莉艾拉。那個，愛爾梅拉小姐，請問這位是？」

「她和妳一樣是藥師。雖然她沒有店面，作的藥在冒險者公會的販賣處卻是最暢銷的，是個很有實力的藥師。妳們的年紀相仿，或許可以成為朋友，所以我才帶她過來。」

愛爾梅拉小姐這麼介紹，美少女便拎起裙子漂亮地行了一禮，說出自己的名字：

「我的名字叫作凱羅琳．亞格維納斯。請多多指教。」

（怎麼會有這種事……）

「這裡很暖和，真是個舒適的好地方呢。」

「哎呀，養顏美容的茶？『梅露露香料店』的新產品嗎？我一定要買一包回去。」

凱羅琳小姐和愛爾梅拉小姐在店裡的飲茶區笑咪咪地喝著茶。女性一多，店裡看起來也比平常還要亮麗。雖然聚集許多大叔也很溫馨，但果然還是敵不過美少女。

（不，不對。重點不是美少女。是亞格維納斯耶，亞格維納斯。這麼稀奇的姓應該很少見吧？應該不是剛好同姓的陌生人吧？就是在迷宮都市管理魔藥的那個亞格維納斯家吧？亞格維納斯家的千金小姐會什麼會來我的店裡喝茶呢？她是光明正大地來視察敵情的嗎？我不知道。）

對於腦中一片混亂的瑪莉艾拉，凱羅琳出聲搭話：

「瑪莉艾拉小姐，那是阿普力堅果嗎？裡面好像混著品質不佳的果實呢。」

「啊，這是孤兒院的孩子們蒐集的。雖然要花時間挑選，可是聽說收入會用在孤兒院的經營上，我想說能用就盡量用。」

「哎呀，真是太了不起了。原來妳對慈善活動也有興趣呢。對了，我聽說愛爾梅拉小姐的父親經營的『席爾商會』也會透過脂尼亞果油的製造來增加女性的就業機會。我們家族應該也做些什麼的，但哥哥大人他就是……」

凱羅琳小姐的優雅指尖就像是拿起高級甜點般捏著有蟲蛀痕跡的阿普力堅果，然後丟進垃圾桶。

「亞格維納斯家世世代代都致力於魔藥的研究，這不是很了不起的一件事嗎？」

愛爾梅拉小姐也用帶著手套的手捏起阿普力堅果，一邊說「這個還可以用」，一邊放進完成挑選的容器。

「即使世世代代都研究也沒有得到成果。我認為與其執著於魔藥，開發品質更好的藥比較能對迷宮討伐作出貢獻。」

凱羅琳嘆了一口氣後啜飲一口茶，然後伸手去拿茶點……不，是拿阿普力堅果。她熟練地把阿普力堅果分別丟進挑選容器和垃圾桶裡。

「所以凱羅琳小姐才會投入藥品的製作呀。」

留留留留留留丟留丟留留丟。

愛爾梅拉小姐的分類速度快得驚人。

「是的。可是一個人怎麼做都還是有極限。所以，聽說有個年齡相近的女性藥師開了一家店，我就一直很希望能過來聊聊。」

凱羅琳小姐的美少女臉龐轉過來看了在旁邊聽著兩人一邊挑選阿普力堅果一邊聊天的瑪莉艾拉。

（我陷入危機了，怎麼辦？救命啊，吉克～）

說到吉克，他倒是完全消除了氣息，看到還沒分類的阿普力堅果變少就補足新的，也更換垃圾桶和挑選容器，然後迅速消失到廚房裡。

（對喔，我想也是。吉克只是我的劍，不是盾嘛。話說要是沒有特別注意，我都沒發現吉克是什麼時候補足阿普力堅果和換容器的！他同時使用了身體強化和魔法吧？完全活用了向光蓋學到的技術吧？）

沒有人會來幫忙的。

「呃，不嫌棄的話，要聊多久都沒關係。」

放棄抵抗的瑪莉艾拉這麼回答，凱羅琳小姐便微微一笑說：「我太高興了。請跟我當朋友。」

「哎呀，這些傷藥是先萃取藥草的成分再調配的嗎？」

「是的，凱羅琳小姐。因為藥草中有些部分會阻礙傷口癒合。」

「請叫我凱兒就好。也不用說敬語沒關係。畢竟我們是朋友嘛。」

「就算您這麼說……」

經過一番爭論，兩人終於決定用凱兒小姐這個尊稱與暱稱混在一起的方式來稱呼。沒有其他貴族在場的情況下則不使用敬語，而是用普通的口氣說話。

（這樣好嗎？感覺好像不太好，我說話時還是盡量禮貌一點好了。當作敬語說得不太好也沒問題的程度大概是最保險的吧。）

話說回來，貴族千金可以一個人來庶民開的店聊天嗎？瑪莉艾拉擔心地這麼想，不過她的隨從好像在店外等待。難怪都沒有客人進來。瑪莉艾拉於是拜託他們下次一起進店裡。

「時間已經這麼晚了呀。」

過了下午茶時間後，愛爾梅拉小姐和凱兒小姐依依不捨地離開了。

瑪莉艾拉還以為她是來刺探關於魔藥的事，她卻直到最後都只聊了關於藥的話題。

雖然不知道亞格維納斯家的千金小姐到底是來做什麼的，和年齡相近的凱兒小姐聊天卻也讓瑪莉艾拉覺得很開心，送行時還感到非常捨不得。

「可以的話，下次請再來玩。」

瑪莉艾拉這麼說，凱兒小姐便帶著笑容回答：「好的，我一定會再來的！」

於是，常客又增加了一位。

雖然不重要，但阿普力堅果的揀選工作有了很大的進展。

第二章

滿溢之物

Chapter z

01

這一天，在商人公會擔任藥草部長的愛爾梅拉小姐心情十分不悅。

「我沒想到真的有人會說『妳是在跟我頂嘴嗎？』這種蠢臺詞。」

看到愛爾梅拉小姐這麼不高興，高登等矮人三人組讓出了陽光最充足的位子，香料店的梅露露姊則幫忙挑了可以放鬆心情的珍藏茶葉。甚至連吉克都把門口的直立招牌悄悄換成了「CLOSED」。

他們貼心地離席之後，瑪莉艾拉便和完全成為常客的凱兒小姐一起喝著花草茶，聽愛爾梅拉小姐說話。

把降溫得剛剛好的花草茶一口氣喝乾的愛爾梅拉小姐是這麼說的——

中午過後，一名身為建材部長，名叫金戴爾的男人沒有事先知會就來到愛爾梅拉的辦公室。他要求藥草部馬上繳納大量的藥草加工品給都市防衛隊。

「就像我剛才說明過的，繳納給都市防衛隊的貨品早就已經超過預定的份量了。」

「這可是都市防衛隊的泰魯托上校親自提出的委託啊。」

「為什麼來自都市防衛隊的委託是由商人公會的建材部長提出呢？」

「因為我和泰魯托上校是畢業自同一所學院的學長與學弟。」
「我已經回覆過來自都市防衛隊的正式委託了。」
「妳是在跟我頂嘴嗎？」
「建材部長代替其他組織提出委託難道不奇怪嗎？」
「我很忙的！不要跟我說話！」
經過這樣的一段對話，占用愛爾梅拉小姐寶貴時間的金戴爾建材部長大呼小叫一番之後便離開了。
（呃……嗯……吐槽點太多，我都不知道要從何問起了。）
瑪莉艾拉想要開口說些什麼，卻找不到合適的詞彙，於是又喝了口茶並閉上嘴。
凱兒小姐也只說「哎呀，真糟糕」，無言以對。凱兒小姐的幾名護衛則擺出「我們什麼都沒有聽到」的表情融入背景之中。
瑪莉艾拉決定先請她吃加了大家一起挑選的阿普力堅果餅乾。裡面沒有混入魔力，只是普通的餅乾。前來迎接愛爾梅拉小姐的里安卓副部長在像松鼠一樣啃著餅乾的她旁邊開始說明整件事的來龍去脈。
都市防衛隊是負責守衛迷宮都市和穀倉地帶，並且開拓魔森林以擴展穀倉地帶的部隊；由於任務的危險性遠比迷宮討伐軍低，所以有許多家世好但戰力差的士兵隸屬於都市防衛隊。其代名詞就是身為部隊長的博斯·泰魯托上校。

自從他開始率領都市防衛隊，魔森林的開拓就一直沒有進展，穀倉地帶也沒有增加。因為迷宮都市的木材大多是從魔森林砍伐而來，所以開拓進度停滯，建材的價格就會上漲。

替這部分的帳面動手腳的人就是剛才提到的金戴爾建材部長。金戴爾也是個風評極差的男人，直到年過五十之前都一直在商人公會的各個部門間不斷轉調。他那隨時張開的嘴巴裡有一口排列不整的牙齒，缺乏肌肉又骨瘦如柴的體型在迷宮都市甚至很少見。

他會用空氣從齒縫漏出的獨特口音滔滔不絕又情緒化地快速說出自己的要求。他之所以能爬到今天的地位，據說原因正是在於他本人所說的「因為我和泰魯托上校是畢業自同一所學院的學長與學弟」。

至於泰魯托則和金戴爾正好相反，有個胖嘟嘟的肚子。他好歹也隸屬於都市防衛隊，以一般的標準來看不算是太胖，卻因為身高偏矮而看起來更加圓潤。他的大肚子就像是在說自己每天都吃著山珍海味，頭頂也像是有脂肪滲出一樣光亮。把頭部側面僅剩的頭髮硬是蓋到頭頂上的模樣簡直是執迷不悟。

他明明很捨不得自己的錢財，卻是出了名地喜歡揮霍隊上的物資，這次的事情也是他任意使用除魔香和多吸思藤作的繩子所導致的結果吧。再過不久就是甜蕪菁的收成期了，會有大量的半獸人來吃甜蕪菁，物資的庫存卻不足，所以他們才會要求追加供貨。

除魔香的原料——布魔敏特草和多吸思藤都是便宜的藥草，迷宮都市到處都有生長，但採集與加工的人手是有限的。由於是便宜的產品，確保採集與加工的人力反而比較困難。

供應給都市防衛隊的貨量是每年簽訂契約，商人公會會把供貨量分別委託給生產者，也已經繳納出超越原定份量的產品。不只是已經超出契約的範疇，現在還是藥草的收成期，即使到處委託業者也很難確保人力。

在超出契約量時，藥草部早已通知過這個狀況。只要有好好管理，追加繳納的貨量就已經十分充足了。

「所以聽到泰魯托上校有難，建材部長就跑來多管閒事了～」

里安卓先生慢條斯理地說。透露這種內幕沒關係嗎？

「對了，瑪莉艾拉小姐，妳一週內大概可以作多少除魔香和繩子呢～？」

和慢條斯理的語氣相反，里安卓先生其實很精明。

後院生長著大量的布魔敏特草，所以地下室存放著大量的乾燥粉末。要加工成除魔香是很簡單。瑪莉艾拉雖然不會作繩子，但也能提供乾燥的多吸思藤。

「哎呀～真是幫了我們大忙～就算是契約之外的要求，還是不能不作好迎接半獸人的準備嘛～我明天就會派人來拿多吸思藤了～除魔香只要盡量就好，拜託妳嘍～好了，愛爾梅拉小姐，工作已經堆積如山嘍～我們回去吧～」

帶著喝了茶又吃過點心而冷靜下來的愛爾梅拉小姐，里安卓先生回到了商人公會。瑪莉艾拉包了很多阿普力堅果餅乾送給他們當禮物。

（愛爾梅拉小姐，加油！）

瑪莉艾拉在心中默默聲援。

02

愛爾梅拉一回到藥草部長的崗位上，工作就像是久候多時般湧入。

「邦達爾商會提出了請求。要交給下一班躍谷羊商隊運送的樹人果實不足，希望我們可以迅速安排。」

「我知道了。現在馬上去把事情處理掉吧。我今天一定要準時下班。」

愛爾梅拉小姐吃著收到的餅乾，徹底打起精神說「好，加油吧」時，金戴爾建材部長正好待在都市防衛隊泰魯托上校的辦公室。

「真的很抱歉，泰魯托上校。面對您的委託，那個頑固女卻是聽都不聽。」

「真受不了她。就跟外表一樣，固執又小心眼。真虧她能擔任部長。話說回來，你打算怎麼辦？金戴爾建材部長。現在的庫存根本不足以應付半獸人的襲擊。你有替代方案嗎？」

「是……是！要不要委託冒險者公會呢？」

「冒險者公會啊。不錯，我想要邀請破限之光蓋閣下，聽他說些英雄事蹟。」

泰魯托批評愛爾梅拉時毫不掩飾自己的不悅，話題一轉向光蓋卻又馬上變得興致勃勃，傾身向前。已經超過五十五歲的這個男人同時有著與年齡相符的稀疏頭髮和與年齡不符的冒險者愛好。或許是因為自身的弱小才讓他嚮往強者吧，不論男女老少，他熱愛所有的高階冒險者，只要是擁有稱號的人，他狂熱到甚至能把全帝國從S級到B級的冒險者全部熟記在腦中。

雖然他還不至於無禮到會閒閒沒事就把冒險者叫過來，但只要有理由，他就會興高采烈地去見對方。他平常明明非常小氣，遇到和冒險者有關的事情倒是很願意自掏腰包。

順帶一提，他最推崇的是身分不明的女性A級冒險者「雷帝愛爾席」。他似乎很渴望在死前見她一面。

「這……這個嘛，那應該會是一場非常眩目的會談吧……」

金戴爾偷偷瞄著泰魯托的頭部，這麼回答。明明連自己的頭部都已經是一片荒蕪。

「……你說這話到底是在看哪裡？」

「不不不，一想到兩位散發的領袖氣質，就令我感到耀眼奪目！」

順帶一提，眩目的會談並沒有成真。

面對提出要求的金戴爾建材部長，光蓋的部下，也就是副會長說道：「這個金額，這個份量，再加上這個期限嗎？不可能。」而光蓋也表示「副會長說不行就不行嘍！」，斷然拒絕了。

咬牙切齒的金戴爾把憤恨全寫在臉上。

意。

（再這樣下去，我豈不是又要挨罵了嗎！）

即使都市防衛隊的物資徵收並不是他的工作。

金戴爾仍然放著本來的工作不管，在自己的辦公室裡來回踱步，思考著是否有什麼好主意。

＊03

這一天的風勢很強。

吹過迷宮都市的風十分寒冷，讓人們切身感受到冬天的逼近。路上的行人也換上了用躍谷羊毛織成的厚實衣物。

瑪莉艾拉的店「枝陽」在這種日子也充滿了暖意，有許多尋求藥品或溫馨時光的常客前來拜訪。

吉克和林克斯在廚房享用有點晚的午餐，先吃完飯的瑪莉艾拉一邊顧店，一邊和凱羅琳一起製作添加了萊納斯麥的內服藥。

「瑪莉艾拉小姐的藥是用萊納斯麥來提昇效果呀。對了，我記得哥哥大人以前也買了許多萊納斯麥，作過某種研究呢。」

瑪莉艾拉的內服藥是把剝過殼的萊納斯麥煮熟，磨碎成糊狀再加入粉狀的藥草或萃取自藥草的藥效成分，藉著萊納斯麥裡面含有的「生命甘露」的效果來提昇藥草的藥效。

（原來我第一次去市場的時候，把萊納斯麥買走的人就是凱兒小姐的哥哥啊。）

瑪莉艾拉停下作藥的手，聆聽凱兒小姐說話。順帶一提，現在兩人使用的是最近收成的新麥子。店家期待亞格維納斯家會再度收購而大量進貨，他們這次卻沒有來買。老闆為銷不出去的庫存大傷腦筋，於是很歡迎瑪莉艾拉大量購買。

瑪莉艾拉曾試過把生的萊納斯麥磨成粉混合，或是只使用富含「生命甘露」的胚芽部分，也試過川燙、炊煮、燉煮的方式。從低溫到高溫的各種溫度也試過了，結果像作料理一樣的普通炊煮法是效果最好的。

煮好之後的萊納斯麥還要磨碎並添加藥草或萃取自藥草的成分，經過充分的攪拌才行。光是混在一起確實無法讓萊納斯麥裡頭含有的「生命甘露」和藥草充分融合，可是一定要這樣攪個不停嗎？

如果是在打烊後作，就能用鍊金術技能輕鬆攪拌了，但最近瑪莉艾拉總是在店裡的櫃檯和凱兒小姐一起作。這種時候當然只能用磨缽和磨杵來攪拌。過程非常漫長，令瑪莉艾拉回想起不斷攪拌半獸人和半獸人王脂肪來製作將軍油的回憶。

「像這樣攪個不停，要是害我的上手臂長出肌肉該怎麼辦？」

瑪莉艾拉使勁擠出二頭肌，林克斯就突然從廚房探出頭來，捏了一下瑪莉艾拉的上手臂，發出「哈哈」的笑聲後回到廚房。
「欸～林克斯，你什麼意思？」
瑪莉艾拉嘟起嘴的時候，又被吉克捏了一下。
「呵……」
「你笑了吧？吉克，你剛才笑了吧？」
瑪莉艾拉正在用哀怨的眼神瞪著消失到廚房裡的吉克時，又被凱兒小姐從後方捏了一下。
「呵呵。」
「嗚，美少女微笑好可愛。」
瑪莉艾拉和聚集起來曬太陽的矮人三人組一起被凱兒小姐的美少女微笑療癒，這時「梅露露香料店」的梅露露姊衝了進來。
「瑪莉艾拉，妳家的衣服飛走了。應該是從曬衣繩上脫落了吧？有好幾件在飛呢。」
說著，梅露露姊交給瑪莉艾拉的東西是她的內褲。
「咦咦咦！吉吉吉、吉克，糟糕了！快點過來！是分秒必爭的緊急情況！」
瑪莉艾拉與吉克慌慌張張地跑出門去撿被風吹走的衣服。瑪莉艾拉的內褲被梅露露姊找了回來，但吉克的內褲依然下落不明。
凱羅琳注視著匆忙地跑去撿衣服的瑪莉艾拉與吉克。

「他們兩個人住在一起對吧？他們是……情侶嗎？」

梅露露姊對凱羅琳的這句低語有了反應。梅露露姊在這附近的太太之中是老大，對傳聞的靈敏度超乎常人，甚至比「梅露露香料店」販售的香料和茶葉還要瞭若指掌。

「我聽說他們是來自同一個村子的青梅竹馬呢。吉克離開村子當冒險者之後，有點學壞。他被送到迷宮都市（這裡）時，是瑪莉艾拉追過來救了他。」

「哎呀。」

凱羅琳優雅地用手摀住嘴巴。梅露露姊的模糊說法反而讓人有更多想像空間。

「雖然瑪莉艾拉說他們是青梅竹馬，但他們年紀不是差很多嗎？而且，她竟然特地追到迷宮都市來。這棟房子在凱兒小姐眼裡看來說不定只是平民的住家，但可不是誰都住得起的。瑪莉艾拉好像沒有其他的家人，一定是把繼承自父母的財產全部投注進來，才能像現在這樣生活吧。」

「哎呀，哎呀！」

雖然是千金小姐，凱羅琳依然是個花樣年華的少女，最喜歡這一類的話題了。

吉克隨時都站在能夠保護瑪莉艾拉的位置，凱羅琳一開始還以為他是瑪莉艾拉的護衛。凱羅琳也從小時候開始就有護衛隨行。她之所以會發現吉克不是單純的護衛，是因為看到了吉克注視瑪莉艾拉的眼神。雖然護衛緊盯護衛對象是理所當然的，吉克眼神裡的熱度卻和凱羅琳的護衛不同。

從凱羅琳的角度來看，瑪莉艾拉對吉克的態度就像對待家人一樣自然。她和林克斯的感情看起來反而更好，三人之間的關係令人感到好奇。

兩人的關係一定是超越青梅竹馬，但還不到戀人的程度。林克斯說不定還有機會介入。凱羅琳興奮地想像著這些事。

凱羅琳在帝都有個身為鍊金術師的未婚夫，卻一次也沒有見過對方。他的年齡似乎比自己還要大了二十歲。雖然年紀差了很多，他卻是會作高階魔藥，也有幾名徒弟的高階鍊金術師。

亞格維納斯家世世代代都致力於魔藥的研究。因為無法在迷宮都市與地脈牽起脈線，所以無法使用與鍊金術師相同的方法來製作魔藥。要在不使用「生命甘露」的情況下開發效果夠強的魔法藥品，就需要透過「書庫」傳承給鍊金術師的藥草處理方法和魔藥的製作步驟，以及家族或流派獨傳的特殊資料。

為了獲得這些資料和知識，亞格維納斯家都會將嫡子以外的孩子送到帝都的各種鍊金術師門下當徒弟，或是締結婚姻關係以製造人脈。

凱羅琳的婚約也是其中一環。雖然是以正室的身分嫁入，相對於適婚期的凱羅琳，對方卻是年長二十歲的再婚者。據說他與前妻死別，也沒有小孩，凱羅琳卻不知道他究竟是什麼樣的人。凱羅琳畢竟是貴族子女，知道政治聯姻是理所當然的，也可以接受，但年齡差距可比父女的對象是很少見的。凱羅琳從小就在被山脈與魔森林等物理屏障隔絕於帝都之外的迷宮都市長大。光是要嫁到帝都就令她感到不安，一想到年齡差距就更加擔憂了。想到自己會在數年後離開迷宮都市遠嫁帝都，凱羅琳的心就像隨風飛舞的樹葉般搖擺不定。

身為貴族千金的凱羅琳之所以能以藥師的身分在冒險者公會寄賣商品，或是每天拜訪身為平民的瑪莉艾拉，不只是因為迷宮都市是個封閉的地方。她能自由生活的時間恐怕只有待在迷宮都市的日子。因為是進入婚姻前最後的任性，才能夠得到眾人的默許。

（我也能和未來的丈夫一起過著那麼融洽的生活嗎……）

凱羅琳注視著抱著衣服說「幸好有全部找回來～」並走回屋裡的瑪莉艾拉與吉克。

雖然凱羅琳沒有問過瑪莉艾拉與吉克的年齡，但他們看起來差了將近十歲。感受著他們兩人之間的溫馨氣氛，凱羅琳希望自己和未婚夫也能有個幸福的未來。

「不過，畢竟瑪莉艾拉是那個樣子，我覺得關鍵應該在於吉克如何進攻吧。」

閒話家常才剛開始，燃料（話題）還不夠炒熱氣氛。

你們不是裝修了這家店嗎？有沒有什麼小道消息？——梅露露姊就像是想這麼說地望向矮人三人組。她的視線彷彿緊盯獵物的魔物，非常可怕。

「咱們也差不多該回去工作了～」

「我得把這個點子整理成設計圖才行。」

「俺都忘了還有個修理窗戶的委託啊～」

感到尷尬的矮人三人組站了起來，向回到店門口的瑪莉艾拉和吉克打了招呼便離去。他們一如往常地各買了一罐傷藥。似乎是代替茶水的錢，他們每天都會買藥，再拿給從貧民窟僱用來的，因為受傷而暫停工作的冒險者。

「你啊，加油吧。」

「請加油。」

「好好努力唄。」

擦身而過時，矮人三人組這麼替吉克打氣。

瑪莉艾拉與吉克對矮人的謎樣激勵感到疑惑，回到店裡時又對梅露露姊那銳利的目光感到畏縮。

「好了，我也要回去了。瑪莉艾拉～我會有兩三天不能來，妳要自己吃午餐喔。拜啦，吉克。加油吧。」

林克斯走出廚房這麼說，搓揉瑪莉艾拉的頭後離去。

「嗯，我知道了～不對，我本來就會自己吃午餐啦～」

雙手抱著衣服，無法保護頭部的瑪莉艾拉噘起嘴這麼說。因為頭上有林克斯的手，所以瑪莉艾拉看不到林克斯的臉。林克斯的視線轉向吉克，然後示意凱羅琳與其護衛的方向。吉克知道林克斯的「加油」和矮人三人組帶有不同的意思。

「嗯，路上小心。」

說完，吉克跟瑪莉艾拉一起與林克斯錯身而過，回到店裡。

（亞格維納斯的大小姐和護衛在瑪莉艾拉跟吉克離開店裡之後，也沒有做出什麼奇怪的舉動。）

在遠處看著瑪莉艾拉的店，林克斯這麼想。

亞格維納斯家的千金小姐在瑪莉艾拉開始大量供應魔藥的時間點出現在她的店裡。瑪莉艾拉的魔藥被用於治療受傷的士兵並補充迷宮討伐軍的庫存，還沒有流向其他的貴族家庭。

關於迷宮討伐的情報從好幾年前便開始保密，不只是現在到達的樓層，就連萊恩哈特受傷和迷宮討伐軍差點潰散的情報都有經過控管。迷宮超過五十層樓的情報不能流入民間。人們會觀賞萊恩哈特率領的迷宮討伐軍在前去遠征的路上展開一場英勇的遊行，在遠征中大顯身手的冒險者、來自迷宮的各種素材也令整座城市熱鬧歡騰，卻沒有人看到士兵何時歸來。

亞格維納斯家是管理魔藥長達兩百年的鍊金術師家族，雖然一部分的人知道他們家族世世代代都全心全意投入魔藥的製作，但其心力全都投注在鍊金術，並沒有諜報能力特別高，或是擁有強大武力的情報傳出。

所以林克斯認為他們不可能這麼快就注意到瑪莉艾拉的存在。

（不過，凡事都有萬一。）

凱羅琳出現以後，瑪莉艾拉的店面周圍也沒有什麼可疑的動靜。當然了，凱羅琳與其護衛也沒有做出可疑的舉動。

（再稍微深入調查一下好了。）

林克斯的影子消失在巷弄之間。

04

「牠」棲息在地下大水道中。

「牠」不知道自己是何時誕生的。

因為「牠」是沒有智能，只會依循本能四處遊蕩的空虛生命。

流入地下大水道的盡是一些沒有營養的廢水，「牠」的同胞一直長不大，不斷誕生又消失，消失又誕生，如此慢慢增加數量。「牠」能長大只不過是偶然。

「牠」的地盤裡有個絕佳的覓食處。

從批發市場流出的廢水會經過史萊姆槽的處理再排出，但在迷宮討伐軍的遠征期間等有大量食材運送過來的時候，史萊姆槽無法處理完全的廢水就會直接流進地下大水道。

富含魔力的魔物殘骸對「牠」來說是一頓大餐。

大餐並非隨時都有。如果不再有食物乘著水流過來，「牠」就會移動到別的覓食處。

「牠」正好吃完這個覓食處的大餐。

「牠」依循著四處尋求食物的本能，開始緩緩地往下一個覓食處前進。

05

「泰魯托上校，我想到了一個好方法！」

金戴爾建材部長今天也放著自己的工作不管，忙著討好都市防衛隊的泰魯托上校。而且是幾乎要把泰魯托從鞋子到頭頂都擦得亮晶晶的態度。

「是比和破限之光蓋閣下見面還要好的方法嗎？」

身為冒險者癡的泰魯托似乎只想要和光蓋舉辦懇親會，用不高興的表情瞪著金戴爾。他已經完全忘了本來的目的了。

即便是擁有稱號的冒險者，竟然會這麼執著於一個熱血過頭的中年老爹，泰魯托或許可以說是一個值得讚許的冒險者痴。他最推崇的當然是「雷帝愛爾席」，並非只喜歡男性冒險者。這一點很重要，考試時或許會出。

「是！不，那個……我覺得您還是在工作以外的機會和光蓋閣下見面會比較好……」

金戴爾找藉口蒙混過關，泰魯托則順勢說：「那倒也是，就由你去預約吧。」

「那麼，關於藥草的問題……」

金戴爾一邊擦汗一邊回到原本的話題。

「只要動員貧民窟的人，收割全貧民窟的藥草就行了。」

「那麼做有點不妥吧？」

聽到金戴爾的提議，泰魯托面有難色。他好歹也是率領都市防衛隊的長官，似乎還保有最低限度的良知。

「怎麼會呢！我們迷宮都市不是有著銅牆鐵壁般的防守嗎？看看那道堅固的圍牆！包圍四周的除魔藥草園！最重要的是，只要有我們泰魯托上校率領的都市防衛隊！我們就是無敵的！簡直就像那個傳說中的S級冒險者——『隔虛』一般固若金湯！」

「你……你說『隔虛』嗎？」

「沒錯！正如『隔虛』一般，不，既然您是廣大迷宮都市的守護者，說您超越了『隔虛』也不為過！只要有您泰魯托上校在，即使拔掉貧民窟的一兩株藥草，又豈會有什麼影響呢？」

「是嗎？這麼說來，其實我也這麼認為。」

「當然了，您說得一點也沒錯！」

「也對，我說得一點也沒錯。哈哈哈！」

「那當然了！嘻嘻嘻嘻！」

喜歡冒險者的泰魯托被捧成S級以上，那聊勝於無的良知就輕易瓦解了。不知道究竟在開心什麼，兩人放聲大笑。

「那麼，我會這麼安排的，請您允許出借一些士兵。」

「就交給你去安排吧。只不過，要由我來指揮。」

具體的內容明明什麼都還沒決定，他們卻好像全都談妥了。以心傳心嗎？組織的命令和認可等體制程序到底是怎麼運作的？

兩人完全無視於所有常識上的判斷基準，隔天便前往貧民窟開始了藥草採集計畫。

「這次的動員關係到偉大的都市防衛隊的作戰行動！」

金戴爾建材部長在貧民窟的街頭大聲喊道。

泰魯托上校和幾名部下站在他的身後。

為什麼在這裡大喊的人是金戴爾呢？來到這裡的泰魯托的部下不是沒有這種疑問，就是有疑問也逃不掉的傻瓜，每個人都有氣無力地望著空氣。

「那是怎樣？」

三個人用冷淡的視線望著他們。

這三個人是曾經幫忙改建瑪莉艾拉家的冒險者。因為他們每天都按照瑪莉艾拉的指示擦藥，傷口癒合後也持續按摩，所以傷勢已經徹底痊癒，得以重新開始冒險者的工作。雖然現在他們還在比以前更淺的樓層工作，但應該很快就能找回過去的狀態，回到原來的樓層吧。雖然不多，他們也有了一點存款。脫離貧民窟的便宜旅館也只是時間的問題了。

「採集藥草？就算只是布魔敏特草和多吸思藤，這也太廉價了吧。」

動員貧民窟居民一事本身並不是什麼稀奇的事。這裡聚集了許多在迷宮受傷，不得不放棄工作的落魄冒險者。貧民窟有定期烹煮食物的活動，公開發放基本的糧食以維持居民的生存。

僱用貧民窟居民的行為會受到獎勵，不管是公家還是民間都會頻繁地提供手腳有困難也能完成的單日零工。這些工作機會薪水微薄，一旦融入貧民窟的生活就很難脫身，但還是可以靠著社會制度繼續在這裡謀生。

金戴爾用刺耳的聲音說明的藥草收購價格是足以用雙手環抱的量只有銅幣一枚。烘乾並粉碎的工錢也是銅幣一枚。這種價錢是行情的十分之一。再把藥草加工成除魔香或繩子的工作也是以差不多的價位進行招募。

迷宮都市中隨處都生長著布魔敏特草和多吸思藤。在其他城市會種植花朵的地方有布魔敏特草生長著茂密的紫紅色葉子，迷宮都市的建築物和外牆上也全都爬滿了多吸思藤。這一點不論是貧民窟還是貴族宅邸都不例外。如果只是把隨處可見的藥草採集過來，應該會有人願意做，所以金戴爾才會提出這個點子。

迷宮都市的法律中並沒有明文規定居民必須種植布魔敏特草和多吸思藤。可是，每一戶人家都一定會種植這些藥草。它們易於栽培，長得過度茂盛還可以加工成商品來賺外快也是好處之一。不過這種理由也不足以促使人們積極地種植這些外觀不討喜的植物。迷宮都市的居民種植它們的理由只有一個——

恐懼。

迷宮都市的外圍有高高的圍牆環繞。圍牆高得必須抬頭仰望，石磚也堆砌得十分厚實。能夠超越此處的圍牆即使在帝都也不一定有。

可是在兩百年前，魔森林的魔物攻破這道高牆，毀滅了安妲爾吉亞王國。

迷宮就此在迷宮都市的中心持續成長至今。

雖然迷宮討伐軍會定期遠征，獵殺魔物以削弱迷宮的勢力，但自古以來便有魔物從疏於管理的迷宮中湧出，毀滅村落或城市的許多例子。

內有迷宮，外有魔森林。

簡直就像是生活在魔物的巢穴中似的。

據說過去有人離開城市，居住在魔森林中。他們似乎會用多吸思藤覆蓋住家，並在四周種植布魔敏特草，藉此防止魔物的入侵，過著寧靜的生活。

迷宮都市就是效法這樣的方式所建立起來的。人們種植魔物討厭的藥草，它們便生長得十分茂盛。無法生長在人類領域的藥草如此成長茁壯的模樣正好提醒了人們，這座城市是屬於魔物的領域。

這兩百年來，雖然曾面臨各式各樣的問題，迷宮都市依然得以存續。可是人們還是會害怕，所以才會在住家的周圍築起高高的外牆，把門建造得極為狹小以免大型魔物入侵，把供馬車通行的大門安排在長著茂密藥草的後院。建築物本身是石造，窗框則是鐵製。為了躲在屋內避難，房屋有義務設置地下室。一切都是為了應付萬一有魔物入侵迷宮都市的狀況。

建築外觀的美感和採光、通風等機能性都是其次。只有耐得住魔物入侵的房屋，才是這座城市需要的。

沒有人對這些常規有異議。即使沒有明文規定，人們還是會在自己家中栽培外表陰森的藥草。人類和魔物有著根本上的不同，無法共存。恐懼魔物的本能已經深深根植於迷宮都市的主幹。

「布魔敏特草和多吸思藤不是到處都有嗎？只要把它們拔起來再拿來就好了！」

冒險者三人組對大聲嚷嚷的金戴爾投射冰冷的視線。

「我們走吧。」

三人今天也要去迷宮好好賺錢。拿到的藥就快要用完了。所以要用自己賺的錢去買。沒有空理會那種傢伙了。三人低聲這麼說完後離開，金戴爾卻依然不斷高喊，可是果然沒有人願意為了一點小錢破壞自己的住家，貧民窟的居民只是待在建築物的暗處，用懷疑的眼神看著那些討人厭的入侵者。

就連泰魯托和他的部下都突然想起有**急事**要辦，匆匆離開。

「混蛋～竟敢不聽我的話！」

金戴爾氣得直跺腳。

「不過是一群非法居住者！不過是一群非法居住者！嗯？非法居住者？」

明明可以想些有建設性的點子作好自己的本業，金戴爾似乎又想到什麼餿主意了。

臉上浮現不懷好意的笑容，回到商人公會的金戴爾前往的不是自己的部門，而是住宅管理部。

也就是管理迷宮都市的住宅與居民的部門。

06

「史萊肯，早安。」

瑪莉艾拉一如往常地起床。

最近瑪莉艾拉有了一個比吉克更早道早安的對象。牠就是用克拉肯的內臟和史萊姆的核心作成的「瓶中史萊姆」──史萊肯。

雖說是與克拉肯合成的生物，史萊肯還是沒有智能。牠無法理解瑪莉艾拉所說的話，就連是否有認知到她是自己的主人也很難說。

雖然在瓶中蠕動的軟體生物並不可愛，瑪莉艾拉還是很喜歡史萊肯，會在睡覺時把史萊肯的瓶子從工房拿到寢室的桌上。

即使核心上有從屬刻印，牠畢竟還是史萊姆。牠只會遵照本能，四處徘徊覓食，無法像普通寵物一樣交流情感或溝通。瑪莉艾拉也很清楚這一點，所以不會把牠放出飼養瓶，卻相當疼愛牠。

瑪莉艾拉把史萊肯放回工房的櫃子上，一如往常地走向藥草園。因為上次把乾燥多吸思藤和布魔敏特草大量賣給了商人公會，所以今天要多採收一些，製作備用品才行。

吉克代替專心窩在藥草園的瑪莉艾拉幫聖樹澆了水。他用的是瑪莉艾拉裝在澆水器裡的，含有「生命甘露」的水。吉克似乎很受聖樹喜愛，掉落給吉克的葉子比瑪莉艾拉澆水的時候還要多。

（我……我才不會不甘心呢。我已經有史萊肯了！）

瑪莉艾拉萌生莫名的競爭意識，和吉克一起打理完藥草園。把大量的多吸思藤和布魔敏特草搬到地下室之後，瑪莉艾拉用鍊金術技能進行「乾燥」處理，然後準備吃早餐。今天採集的量比較多，所以早餐時間比平常更晚。

兩人忙碌地作完家事並準備營業。

差不多在開門的同時，一群抱著大袋子的小孩子來到了店裡。

「早安～我們送阿普力堅果來了～」

「早安。你們今天也採到好多喔，謝謝。沒有受傷吧？」

他們是孤兒院的孩子。阿普力堅果會生長在只有史萊姆出沒的迷宮淺層，或是迷宮都市外的普通森林等幾個小孩子也能安全採集的地方。孩子們會請其中比較年長的人擔任護衛，撿拾堅果並送來店裡。因為是小孩子撿的東西，裡面會混著被蟲蛀過或是腐爛的堅果，需要多花時間分類。雖然價格比較便宜，卻有很多店家都因為嫌分類太麻煩而不買，但瑪莉艾拉會固定向孩子們購買。

「沒事啦～今天連史萊姆都沒有出現。」

「我們一大早就去撿了，所以採得比平常還要多喔。」

瑪莉艾拉準備了幾包添加阿普力堅果的餅乾給滿臉笑容的孩子們。這是用便宜的粗製糖和躍谷羊奶油作成的普通餅乾，沒有特殊效果。可是甜點沒有便宜到可以每天吃，所以孩子們高興得不得了。

「謝謝大姊姊～！最喜歡妳了！」

孩子們興高采烈地圍到瑪莉艾拉身邊。

瑪莉艾拉非常受歡迎。簡直就是桃花期到來的泡沫化狀態。

「每個人都有份，不要推擠喔～來，給你。」

收到餅乾的孩子們紛紛道謝，然後高興地離去。

瑪莉艾拉的桃花期泡沫很快便破滅。看著如同消失的泡沫般快速離去的孩子們，瑪莉艾拉這才注意到一件事。

「那些孩子忘了收阿普力堅果的錢就走掉了……」

今天林克斯不會來，中午就暫時關門，和吉克一起把錢送到孤兒院去吧。中午可以到好久沒去的「躍谷羊釣橋亭」吃個午餐。去批發市場買小吃也不錯。

瑪莉艾拉和吉克一邊這麼聊著，一邊把阿普力堅果搬到廚房的桌上，然後一如往常地開始工作。

07

「讓你久等了。那麼現在就開始治療吧。」

尼倫堡治療技師對接受治療的士兵淡淡一笑，這麼說道。

這名士兵大概想說「不不不，我根本沒有在等你」吧。他的腳以詭異的角度連接著，「連接處」也明顯呈現十分扭曲的形狀，看起來就像是把被咬斷的腳勉強接合起來似的。如果維持現在的狀態，他恐怕一輩子都無法再走路了。

「等等等……等一下啦，醫生。治療會用到紅色或黑色的藥嗎？」

「嗯？你是指新藥嗎？新藥怎麼了嗎？」

面臨尼倫堡的恐怖治療，士兵發問。
亞格維納斯家提供的魔藥稱為「新藥」，中階是紅色，高階是黑色。
「沒有啦，雖然我只有用過紅色的藥，可是我很討厭那個。我知道那種藥很貴重，但是用起來就是有種很冷的感覺。真要說的話，傷口的疼痛不是比較像發熱的感覺嗎？可是用了那種藥就會有種冷到骨子裡，讓人難以忍受的感覺。肌肉再生時也是，就好像有什麼不屬於自己身體的東西漸漸長出來一樣。」
「嗯……」
尼倫堡很感興趣地聆聽著，於是士兵繼續說了下去：
「雖然我也只是聽說，但用了黑色的藥好像會作奇怪的夢。黑色的藥不是高階嗎？會用到那種藥的傷患幾乎都已經失去意識了，聽說他們當時都會夢到自己漂在水裡。他們的身體好像沒有感覺，在感覺不出冷熱的水裡連一根手指也動不了。眼睛也被某種東西蒙住，可是還是可以從縫隙間看到身體。聽說他們會看到身體到處都漸漸碎掉，還有血在水裡散開的景象。而且不只是一個部位，好幾個部位都這樣。明明沒有疼痛之類的感覺，卻會覺得愈來愈冷，視野也愈來愈模糊，心想『啊，我就要死了』的那種夢。最詭異的是，有好幾個人都說自己作過同樣的夢。而且他們每個人醒來時都會覺得『終於回到自己的身體裡了』。」
或許是因為害怕尼倫堡的治療，士兵變得特別多話。尼倫堡對他說「放心吧，這次不會用新藥」，然後在士兵的胸口附近拉起一條像是窗簾的布幕。

如果患者因為痛楚而亂動，就會影響到施術的過程。因此，要在迷宮討伐軍的基地進行伴隨痛楚的治療時都會麻痺患部的知覺，但即使不會痛，看到自己的身體被切開，噴出鮮血的景象，就算是習慣戰鬥的士兵也會感到不舒服。

自從上次遠征以來，尼倫堡要執行大手術時都會拉起布幕，避免讓士兵看到患部和施術的過程。而且過去只有麻痺患部的痛楚，手術是在患者有意識的情況下進行，所以患者也知道自己接受了什麼治療，不過現在還會再使用睡眠魔法，在患者睡著的期間結束手術。這麼做是為了不讓士兵知道治療過程用了許多魔藥，只有參與治療的尼倫堡等人知道這件事。

不知道事實的士兵還以為尼倫堡變溫柔了，感到相當震撼。

「活體探查。」

確認士兵陷入沉睡後，尼倫堡發動了技能。

這名士兵的腳被魔物咬斷了。雖然其他人打倒了魔物並回收斷肢，然後勉強接回以免腐壞，但肌肉和骨骼都有一部分的短缺。這麼重的傷勢是無法單靠治癒魔法來治好的。尼倫堡的部下打開魔藥的保存箱。箱子裡放著好幾種特化型的高階魔藥。其實這樣的傷勢最好能用特級來治療，但只要有幾種高階特化型魔藥和優秀的治癒魔法師，就可以讓他恢復原狀了。

「開始治療吧。」

聽到尼倫堡這麼說，身為部下的治癒魔法師都點點頭，開始為士兵動手術。

治療結束後，被移到其他病房的士兵很快便醒了過來。

他沒有不舒服的感覺，也沒有作惡夢。他看了看下半身，發現自己的腳已經接回正確的角度，沒有不協調感，相當舒暢。

「我要確認你的知覺。會痛就告訴我。」

尼倫堡把手伸向士兵的腳，用食指的第二關節使勁擠壓他腳底的一點。

「痛死我啦——！」

士兵大聲慘叫。

「是嗎？會痛啊。會痛就好，你康復了。不過，你是不是有點喝太多酒了？經過這次的教訓，你以後該節制點。」

尼倫堡揚起嘴角一笑。他看起來相當愉快。

士兵痛苦地心想尼倫堡變溫柔的傳聞根本是胡說八道。不論如何，士兵的腳已經痊癒。這樣一來就能用自己的腳走路了。

「既然要手術，怎麼不順便把我的腳弄得長一點嘛！」

不知道自己的患部在治療的過程中被打碎以增加長度的士兵在道謝的同時向尼倫堡這麼開起玩笑。

「如果你下次兩隻腳都斷了，我會考慮看看。」

尼倫堡認真地接受了士兵的要求。尼倫堡的部下知道手術的內容，臉色變得有點蒼白。

「尼倫堡治療技師，令嬡前來拜訪。我已經請她到辦公室等待。」

診察結束後，一名部下這麼通知正要走出診間的尼倫堡。

「這樣啊。」尼倫堡回道，然後前往辦公室。

「雪莉來了啊～那孩子是尼倫堡醫生的女兒這件事，比迷宮還要不可思議耶。」

說完，士兵嘿咻的一聲從床上跳下來。嘴上說著要去活動一下身體，士兵便離開自己待了很長一段時間的病房。

「爸爸～你忘了帶便當，我幫你送過來了。」

傑克．尼倫堡治療技師的辦公室裡坐著一個十二歲的女孩。

她就是尼倫堡的愛女——雪莉。

和眼神凶惡的尼倫堡正好相反，雪莉是個有著一對大眼睛的少女，除了同為黑髮以外，她都可愛得不像是尼倫堡的女兒。將來肯定會變成一個美女吧。不必像某個藥師一樣用餅乾收買別人就可以大受歡迎的未來正在等著她。

不，她現在就發揮了一部分的魅力。

每次雪莉來訪，從尼倫堡的辦公室通往迷宮討伐軍基地大門的通道就會有更多士兵四處遊蕩，應該不是偶然。雪莉很令人擔心，為了看一個十二歲少女而聚集過來的士兵也很令人擔心。難怪尼倫堡的醫術會變得如此高明。

雪莉的母親在幾年前過世，為了替忙碌的父親減輕負擔，尼倫堡家的家事都是由雪莉一手包辦。尼倫堡當然有僱用幫傭，但年僅十二歲的雪莉能有現在的料理手藝，尼倫堡覺得相當了不起。

「我想跟爸爸一起吃，所以也作了自己的份帶來。」

幸好可以一起吃飯，尼倫堡跟笑著這麼說的愛女一起享用午餐。

雪莉作菜的調味方式和母親有些相似。她可愛的容貌也和母親愈來愈像了。尼倫堡衷心希望愛女的未來能充滿光明與幸福。

（為了她，我也要努力消滅迷宮才行。）

吃完便當後，雪莉也要回家了。

尼倫堡送她到基地的大門。

「貧民窟很危險。就算要繞遠路，也要走北側的路回家。」

「爸爸真愛瞎操心！現在才中午呢，沒事的啦！」

多虧有尼倫堡那足以殺死人的強烈視線，迷宮討伐軍的基地內沒有人敢靠近雪莉，但基地外就不一定了。雖然這麼說或許有點多慮，但尼倫堡依然叮嚀女兒盡量走比較安全的路線。

「不說這個了，爸爸也要快點回家喔。」

這麼說著，把父親的擔憂當作耳邊風的雪莉吻了他的臉頰，揮揮手便踏上歸途。

她沒有遵守尼倫堡的囑咐，走的是貧民窟方面的捷徑。

08

在迷宮都市的西南部，有個人稱貧民窟的地方。

建在這裡的房屋並沒有固定的居民。

無家可歸又付不出住宿費的人會聚集在此處，住在還留有屋頂的廢墟裡。

當然也有些屋子沒有作好廢水處理。

從有一餐沒一餐的人家流出的廢水只含有稀薄的魔力，雖然稱不上是大餐，但「牠」並沒有能感受到美味與否的味覺。

「牠」會為了覓食而徘徊、吸收，然後分解。如此而已。

「牠」的同伴中有許多個體成長到一定程度就會分裂，但「牠」卻沒有分裂，而是不斷長大。

這或許是「牠」為了獨占覓食處並存活下來所達成的進化。

從絕佳的覓食處移動過來的「牠」慢慢地開始進食。

09

「不要拖拖拉拉的！拿去，心懷感激地收下銅幣吧！」
金戴爾建材部長的刺耳聲音在貧民窟迴響。
「您覺得如何呢？泰魯托上校！」
「哦，蒐集到不少嘛。」
「我比那個只會出一張嘴的頑固女還要有用多了吧？」
「是啊。你和某人不同，是個優秀的部長呢。」
泰魯托的面前放著來自整個貧民窟的多吸思藤和布魔敏特草，堆成了一座座小山。幾名看似貧民窟居民的消瘦老人正在一起用技能「乾燥」處理。他們的魔力似乎早就已經見底，因此腳步蹣跚，卻又因為數度停下來休息以恢復魔力而遭到金戴爾大罵「快給我工作」。
搬運藥草過來的貧民窟居民雖然臉上掛著不愉快的表情，卻還是默默地搬著藥草，領取銅幣後離去。
「怎麼？你們那是什麼眼神？有意見嗎？有意見的可是我們啊！你們該不會是忘記了吧！」
金戴爾秀出一疊文件，貧民窟的居民便別過臉，沉默地放下藥草後離開。

金戴爾手上的那疊文件是從住宅管理部半強迫式地借來的貧民窟空屋清冊。他一早就向泰魯托借來兩名都市防衛隊的隊員作為「護衛」，挨家挨戶地對貧民窟的居民這麼說：

「這棟房子應該是空屋才對，你這個非法居住者。要是不想被趕出去，就採集家裡的藥草帶到大街上。」

貧民窟有許多房屋都不像迷宮都市的其他住宅一樣有圍牆，牆壁也只是在安妲爾吉亞王國的廢墟上用木板和布塊補強的破爛構造。這些住家比城市裡的任何地方都更需要保護人們不受魔物侵害的藥草，金戴爾卻怒吼著叫居民把藥草全部都收割過來。只因為這裡並不是屬於他們的房屋。

貧民窟的居民以前大多是冒險者。他們受了傷而不得不放棄冒險者的工作。在當冒險者時存到足夠的錢，得以在退休後藉著別的生意過活，或是擁有戰鬥以外的技能，找得到新工作的人只占了極少數；許多受了重傷無望恢復的冒險者都會失去一切，流落到貧民窟。

沒有人是自願住在貧民窟的。

就是因為了解這一點，住宅管理部才不會告發擅自居住在貧民窟的人，管理迷宮都市的休森華德家也默許這樣的情形，還會定期烹煮食物發放，且獎勵僱用貧民窟居民的行為。

而這個（金戴爾）男人究竟有什麼權限做出如此粗暴的事？

守在金戴爾後方的兩名士兵用冰冷的眼神看著金戴爾。他們的任務是護衛金戴爾。兩人忍受著極為不愉快的狀況，靜靜地在後方待命。

他們來自孤兒院，沒有家世也沒有足以加入迷宮討伐軍的武力，足以當上文官的頭腦，或是立志成為冒險者的野心。他們只會為了穩定的生活而老實地執行任務。都市防衛隊聚集了許多家世好但欠缺武力與智力的人，很需要像他們這樣**方便**的人才。他們要壓抑情感，只管聽命行事。一直以來都是如此。

他們不帶表情，卻咬牙切齒。開口表達自己的意見是很簡單的事，前提是作好因此丟掉工作的覺悟。可是他們還有必須保護的家人。

（只要我忍耐，孩子們或許能過著比較像樣的人生。）

他們抱著這樣的想法忍耐著，但光是站在金戴爾身後就足以盡到身為護衛的職責。即使過去是冒險者，對這些連飯也吃不飽，身體上有某些缺陷，更沒有足夠武器和防具的貧民窟居民來說，四肢健全且經過武裝的士兵可不是能為了發洩怒氣就隨意出手攻擊的對象。

於是正如金戴爾的期望，貧民窟的藥草接二連三地被收割起來。

「那邊不是還有一些多吸思藤嗎！」

金戴爾叫住放下藥草後離去的貧民窟居民，指著大街上的一個角落。

「那裡是排水口，聽說會連接到地下大水道。」

貧民窟的居民這麼回答金戴爾。

比自己（金戴爾）還要卑賤的貧民窟居民竟然敢對自己發表意見，不服從自己的意見。這件事讓金戴爾大為光火。

「你……你以為你在跟誰說話？竟敢不聽我的命令！」
金戴爾滿臉通紅，破口大罵。
可是貧民窟的居民認為自己已經完成工作了，對金戴爾視而不見，回到貧民窟的深處。
「唔唔唔唔……可惡！可惡！爛東西！爛東西！」
金戴爾氣得把排水口附近的多吸思藤連根拔起。
他完全沒有注意到——
把藥草收割過來的貧民窟居民留下了過幾天就會自然復原的根部，也在割除時保留零星的幾株藥草。
居民知道多吸思藤的莖部和根部即使枯萎了也有一定的效果，所以只把顯眼的鮮嫩藤蔓收割過來。
他們完全沒有動到通往地下的排水溝附近的多吸思藤，為的就是保留最低限度的除魔功能。
——金戴爾完全沒注意到居民的苦心，連地下大水道裡究竟潛伏著什麼東西都不知道，就把大街旁的排水口周圍的多吸思藤徹底連根拔起。

——那裡開了一個洞。

在地底下爬行的「牠」如此感受到發生在上方的變化。

「牠」會以寄宿在生物或其屍體中的魔力為食。「牠」會在攝取魔力的過程中融解各式各樣的物質，但這也只不過是進食的手段罷了。

「牠」的身體柔軟又脆弱，接觸到多吸思藤的莖部或根部就很容易被吸取魔力。「牠」本能地害怕這種魔力漸漸流失的感覺。

「牠」擁有長年累積下來的大量溶液。石塊或土壤等物理屏障對「牠」來說不是什麼重大的阻礙。因為遇到「核心」無法通過的障礙，只要融解再前進即可。

可是，多吸思藤的根與莖就像一面網子般覆蓋在上方，阻擋了「牠」的去路。

而現在，這面網子破了一個洞。

網子的另一頭有許多食物。那是「牠」從來沒有吃過的頂級美食。

「牠」向上爬行。

「牠」攀附在地下大水道的頂部，企圖穿越洞口。

通往洞口的水管非常狹窄，「牠」的核心無法通過。

「牠」接連吐出溶液。水管因融化而逐漸擴大。

新的覓食處就在不遠的前方。

11

在滿臉通紅且氣喘吁吁的金戴爾面前，排水口附近的地面開始坍塌，一隻巨大史萊姆從地下大水道溢了出來。

「咿……呀啊啊啊啊啊！」

金戴爾被突然出現在眼前的巨大史萊姆嚇得跌坐在地。

史萊姆本來是核心和蛋黃差不多大，體型可以用兩隻手掌捧起來的魔物。但是出現在金戴爾面前的史萊姆光是核心就和人頭的大小相當，非常巨大。

被融解而塌陷的排水口附近冒出陣陣煙霧，軟體從洞中溢了出來。軟體鼓脹到必須抬頭仰望的高度，其中蠢蠢欲動的巨大核心就像是眼球似的。牠彷彿不同於史萊姆的某種未知魔物，讓觀者產生不安與壓迫感。

高黏度液體般的大部分身體都從洞裡湧到地面上之後，大小相當於一輛馬車的巨大史萊姆為了捕食附近的獵物，鼓起身體撲向金戴爾和近處的貧民窟居民。

「危險！」

這麼大喊的人是一大早便以金戴爾的護衛身分巡迴貧民窟的都市防衛隊士兵，名叫凱特。他馬上使用「護盾」技能，舉起自己的盾牌面對巨大史萊姆。

凱特的護盾技能可以在短時間內提昇盾牌裝備的性能。舉例來說，木製盾牌怕火，金屬盾牌會被強酸腐蝕。護盾技能可以彌補這種材質上的弱點，在極短的時間內抵擋超出盾牌面積的攻擊。當然了，太強的攻擊無法完全擋住。這麼弱的能力根本比不上迷宮討伐軍的盾牌戰士。

但他依然挺身而出。

（再怎麼巨大，對手也只是史萊姆。我的技能應該能擋住史萊姆的溶液！）

凱特使出的盾牌強擊把企圖吞噬獵物的巨大史萊姆發動的攻擊彈開，甚至完全擋下了牠噴出的溶液。

「沒事吧？趁現在快跑！」

「謝……謝謝你！」

貧民窟的居民被凱特搭救，道謝後跑走。

凱特從早上開始就一直隱忍著。看著居住在貧民窟依然努力生存的人們受到壓迫的樣子，自己卻什麼也做不到，凱特感到焦躁、不甘又悲慘。

「太好了。幸好有救到一個人。」

凱特重新舉起盾牌，叫同事去引導居民避難，然後跑去與部隊會合。

「怎……怎摸遮樣～啊噗……啊噗噗，我邀……我邀融化惹～」

凱特守護了貧民窟的居民。他的技能保護得了的人頂多只有一個。

他已經盡力了。

比貧民窟的居民還要稍微遠一點的金戴爾被巨大史萊姆吞噬也是無可奈何的事。

凱特力有未逮。他只能為這場悲劇嘆息。

因為他已經盡力了。

當場目睹金戴爾在轉眼間融化於巨大史萊姆之中，貧民窟的大街陷入了一陣恐慌。貧民窟的居民往四面八方逃竄。他們過去曾當過冒險者，預知危險的能力比在安全的部隊過著悠哉日子的都市防衛隊還要強多了。那東西雖然巨大，卻是史萊姆。牠沒有眼睛和耳朵、鼻子，只會感應獵物的魔力並發動攻擊。因此要壓抑魔力以免被牠發現，並且分頭逃跑，不要集中在同一處。

貧民窟居民的判斷是正確的。對巨大史萊姆來說，自己好不容易來到糧食豐富的地方，卻一抵達就面臨獵物四散而去的情況。見到獵物逃走，魔物的本能就是追上去攻擊。巨大史萊姆吸入空氣，讓身體膨脹到接近兩倍，然後往四周噴出大量的溶液。躲開巨大史萊姆溶液的，只有馬上躲到建築物後方的人和少數具備護盾技能的士兵，貧民窟的大街因此被人們的慘叫聲籠罩。

「呀啊啊啊！」

「嗚啊啊！」

「啊啊啊！好燙！好燙！」

人們因為皮肉遭到腐蝕所造成的灼熱感而大聲喊著。溶液噴射的範圍很廣，遠在騷動之外的迷宮附近的環狀道路也受到了波及。

「用水！用大量的清水沖洗！快點！」

身為盾牌戰士的凱特高聲喊道。本來應該負責指揮現場的泰魯托上校只是目瞪口呆地站著，根本派不上用場。其他士兵也都不知所措地等著指示。

「振作一點！對手只不過是史萊姆。我們不是都市防衛隊嗎？」

因為凱特的喊話而想起自己的職責，士兵終於開始行動。

「去引導居民避難。以傷患為優先。」

「傳令兵去向迷宮討伐軍請求支援。這裡離迷宮討伐軍的醫療所比較近。把重傷的傷患送到那裡。」

「盾牌戰士去擋住巨大史萊姆的溶液。其他人用居民蒐集過來的多吸思藤築起路障。那樣一來史萊姆應該就不敢靠近了。會用攻擊魔法的人負責施魔法來牽制牠。」

都市防衛隊的士兵互相喊話，開始行動。

『好不容易爬到地面上，獵物卻在眼前逃走，剩下的食物也很難吃到。』

——如果史萊姆有思考能力的話，應該會這麼想吧。可是巨大史萊姆並沒有停止捕食。有個魔力還不少的食物就毫無防備地站在附近。

巨大史萊姆襲向還在目瞪口呆的泰魯托。

「為……為什麼？為什麼是我～！」

泰魯托大口大口地喘著氣，拔腿就跑。巨大史萊姆沿路融解地面，爬行著追了上去。

巨大史萊姆離開了出現大批傷患，已經化為危險地帶的大街。

怎麼辦？正當都市防衛隊之中開始瀰漫起這樣的氣氛時……

「泰魯托上校親自幫我們引開了巨大史萊姆！趁著這段時間，快點救助傷患並引導居民避難！」

盾牌戰士凱特又喊道。

不愧是泰魯托上校！果然有率領部隊的器量。我們絕對不會忘記您的英姿！——是否有人這麼想還有待確認，但都市防衛隊的大多數人都開始救助傷患，而總是在泰魯托身邊當跟屁蟲的幾個富家子弟則裝出參與救助的樣子，慢慢地跑去追趕泰魯托。

「吉克，那邊好像有點吵呢。有什麼活動嗎？」

吃完午餐，也已經把阿普力堅果的錢送到孤兒院的瑪莉艾拉與吉克，正走向迷宮靠近貧民窟的出入口。孤兒院位於迷宮都市的西側，在貧民窟和住宅區的交界處。因為圍繞著迷宮的外牆在冒險者公會所在的東北側和貧民窟所在的西南側有出入口，所以要從孤兒院前往批發市場，直接穿越迷宮的圍牆之內是最快的。既然都出門了，兩人決定去採買晚餐的食材再回家。

雖然要經過一段貧民窟的路，但靠近迷宮的地方的治安並不會太差。這種大白天，小孩子也會在街上走動。而且兩人會壓低氣息和魔力，遇到可疑人物的機率很低。

這麼想的瑪莉艾拉與吉克走在貧民窟的小巷裡時，剛好撞見了被巨大史萊姆追趕的泰魯托。

「救……救救我啊～」

「咦咦咦咦！」

瑪莉艾拉驚慌失措，吉克則是瞬間掌握了狀況，把她扛到肩上，轉頭就跑。

「等等等……等一下啦～」

不知為何，泰魯托跑過來尋求吉克的幫助。他的腳程出乎意料地快。

吉克用面向下方的姿勢把瑪莉艾拉扛在左肩上，以左手抱著她的腳，大步奔跑。要不是瑪莉艾拉晃著雙手雙腳看著追上來的泰魯托和巨大史萊姆，看起來有點像是當街擄人。

巨大史萊姆的弱點是核心，但因為有厚厚的黏液阻礙，用劍攻擊是行不通的。巨大史萊姆的溶液反而會把劍腐蝕掉。就算要和牠對峙，在這裡戰鬥也會把瑪莉艾拉捲入。吉克不認為瑪莉艾拉躲得掉巨大史萊姆噴出來的溶液。

一行人在貧民窟的狹窄巷弄中左奔右跑。

吉克扛著瑪莉艾拉，一邊閃躲巨大史萊姆不時噴出的溶液一邊衝刺。吉克明明總是無預警地改變方向，泰魯托卻像是有事先聽說似的緊跟在後。

「我們分頭逃跑比較好。」

就算巨大史萊姆追趕的是吉克和瑪莉艾拉，只要逃到沒有人煙的地方就可以用除魔魔藥來解決。如果巨大史萊姆去追泰魯托，那也無所謂。對吉克來說，瑪莉艾拉的人身安全比什麼都重要。三個人一起繼續逃亡也不是辦法，於是吉克對泰魯托這麼提議。

「我……我的技能『同調』擅自發動了啦～」

泰魯托的技能——「同調」是在對象的思緒中，針對對自己有利的內容產生共鳴的能力。雖然在戰鬥中派不上什麼用場，卻能在處世方面發揮絕佳的效果。

泰魯托的這項技能是在十多年以前，他還是中堅階級時覺醒的。當時發生了規模比往年還要大的半獸人襲擊，於是迷宮討伐軍與都市防衛隊便共同參與了半獸人的鎮壓行動。

金獅子將軍萊恩哈特當時便以迷宮討伐軍的將軍身分嶄露了頭角。不只是個人擁有優秀的戰力，萊恩哈特高聲吶喊便讓軍隊士氣大振，並且帶頭橫掃半獸人大軍的英姿都讓泰魯托深受感動。

共同參加作戰會議時，泰魯托甚至對要坐在哪個位子猶豫不決，就為了盡量讓萊恩哈特留下深刻的印象。

然而，已經是個出色的將軍，又是邊境伯爵繼承人的萊恩哈特身邊不乏許多追隨者，泰魯托根本無法靠近。即使如此，泰魯托仍然很高興自己能和將軍一起出席同樣的場合，用閃閃發亮的眼神注視著他，這時機會來了。

「物資的庫存狀況如何？」

萊恩哈特向泰魯托這麼問。物資的管理是泰魯托的管轄範圍。

（我一定要正確地報告！）

泰魯托緊張地從胸前的口袋取出筆記，報告庫存狀況。這個時候——

咚咚。

緊緊守在萊恩哈特身邊的一名同事——賽柯亞斯戳了戳自己的太陽穴，對泰魯托做出看似指著頭盔的舉動。

（我……我的頭盔髒了嗎？）

慌張的泰魯托趕緊把頭盔脫下來，開始用手帕仔細擦拭。

「泰魯托，你搞錯了。你的頭盔沒有髒掉。我的意思是你應該把這點小事記在腦子裡才對。」

賽柯亞斯輕蔑地笑了。會議室一陣哄堂大笑。在萊恩哈特面前成為眾人的笑柄，泰魯托的臉紅得簡直要噴出火來。

「別說些無聊的話，賽柯亞斯。辛苦你了，泰魯托。」

雖然萊恩哈特這麼打了圓場，但在憧憬的將軍面前丟臉的這件事使泰魯托留下了深深的心理創傷。

賽柯亞斯精明地占據萊恩哈特附近的位子，在眾人面前貶低泰魯托。兩者的家世和武力與智力都沒有什麼差別，泰魯托卻因為處世方式的差距而受到如此的羞辱。

我不甘心。我不甘心。我不甘心。

這樣的意念讓泰魯托的「同調」技能萌芽了。

多虧同調技能加上後來賽柯亞斯失勢的影響，泰魯托成功晉升為上校。

遭到巨大史萊姆追趕的現在，他也能配合吉克那反射性的逃亡判斷，躲開巨大史萊姆噴出的溶液，跳過腳邊的障礙物，或是突然急轉彎，展開一場遠超過自身運動能力的逃亡。因為吉克和瑪莉艾拉壓抑著魔力，如果泰魯托遠離兩人，巨大史萊姆應該會選擇追趕泰魯托。靠著泰魯托本來的運動能力，不一定能一直逃到這裡。

可是這場追逐卻在突然之間結束了。

「沒……沒有路了……」

三人抵達的地方是貧民窟巷弄中的死路。

巨大史萊姆漸漸逼近。牠很快就會從轉角處現身了。

泰魯托仰望聳立在眼前的牆壁。這道牆看起來非常高，即使泰魯托伸長了手，恐怕也搆不到頂端。

（到此為止了嗎……）

泰魯托對保護著少女一起逃到這裡的男人說道：

「抱歉把你們也拖下水。我來爭取時間，你們就趁現在快逃吧。」

或許是對吉克想要保護瑪莉艾拉的意念產生了同調，泰魯托背對吉克，將魔力集中到右手，企圖對即將現身的巨大史萊姆使出火焰魔法。

為了迎戰漸漸逼近的巨大史萊姆，泰魯托準備施展火焰魔法。

泰魯托腦中浮現的景象是萊恩哈特將軍討伐半獸人的英姿。

面對從魔森林鋪天蓋地般湧出的醜惡魔物，萊恩哈特將軍向前伸出右手，放出了火焰魔法。

「火焰風暴！」

萊恩哈特的右手放出的火焰描繪出螺旋狀的軌跡，掀起一陣風暴。雖然泰魯托腦中回憶的魔物數量和魔法的威力都增加了十倍，但萊恩哈特的魔法確實將半獸人大軍徹底蹂躪了一番。

「啊啊，半獸人肉的可食部位被……」

維斯哈特哀嘆的同時，萊恩哈特拔刀。守護他的軍神或許就寄宿在他的劍之中，一場單方面的掃蕩在泰魯托的眼前展開。

現在，泰魯托就像當年的將軍一樣，向前伸出右手。

面對從轉角處如雪崩般朝自己逼近的巨大史萊姆，泰魯托詠唱了火焰咒語。

「火球！」

泰魯托不會使用「火焰風暴」。可是他用盡渾身的魔力放出一顆火球。火球猛烈燃燒，大小相當於巨大史萊姆的核心。

「接招吧啊啊啊！」

泰魯托放出的火球往巨大史萊姆的核心快速飛去……

噗咻。

然後在擊中的同時空虛地消失。

（咦咦咦咦咦～！）

瑪莉艾拉的吶喊被吉克體貼的摀嘴舉動消除了。唔唔唔唔。

「走這裡。」

吉克伸出手對啞口無言的泰魯托說。

泰魯托正在詠唱「火球」時，吉克已經扛著瑪莉艾拉輕快地爬上牆壁，坐在頂端了。

讓泰魯托感到絕望的牆壁似乎不是多大的障礙。

泰魯托喊著「等等我啊～」，在牆壁下方跳個不停。

相對於泰魯托的滑稽，巨大史萊姆就像海嘯般襲來，就快要吞噬泰魯托了。

看到即將被巨大史萊姆吞噬的泰魯托，瑪莉艾拉下定決心使用除魔魔藥。材料都湊齊了。瑪莉艾拉被吉克扛著逃跑時拔了一些布魔敏特草和多吸思藤，身上也還帶著今天早上拿到的新鮮聖樹葉子。因為今天從一早開始就匆匆忙忙的，所以沒有處理就一直帶在身上。

（雖然有可能會被發現是鍊金術師，但我不能對幫我們阻擋巨大史萊姆的這個人見死不救。）

瑪莉艾拉下定決心。

「鍊成空……」

「雷電！」

劈哩啪啦轟隆——！

瑪莉艾拉正要使用鍊金術技能時，天上突然降下一道雷電。

就這麼一記雷之鐵鎚。

光是如此，巨大史萊姆的核心就被徹底燒焦，使黏液狀的身體分散崩解。化為一灘溶液的巨大史萊姆的身體正冒出陣陣煙霧融解地面時，一名女性翩然落地。

帶電而飄散的棕色頭髮因為放電的火花而散發著既像金色又像銀色的光芒。

包覆全身的緊身衣是用特殊的魔物皮革製成，就像是把她放出的電流轉換成光線一樣，身體各處浮現幾何造型的發光線條，然後又消失。她用保護眼睛的有色墨鏡遮住了眼部，臉上的妝只有彩繪嘴唇的口紅。

這副姿態簡直就是——

「雷……雷雷雷雷雷帝！」

泰魯托睜圓了眼睛大叫。真不敢相信。她就是泰魯托夢想著見上一面的A級冒險者——「雷帝愛爾席」本人。「雷帝愛爾席」開啟雙唇：

「妳沒事真是太好了，瑪莉艾拉小姐。對了，為什麼連泰魯托上校也在呢？」

「愛……愛爾梅拉小姐？」

「雷帝愛爾席」的本名叫作**愛爾**梅拉．**席**爾。

只用了一招就葬送掉巨大史萊姆的人就是商人公會的藥草部長——愛爾梅拉．席爾。

被吉克扛著爬下牆壁，終於回到地面上的瑪莉艾拉把仍然目瞪口呆的泰魯托放在一邊，和吉克一起聽了說明。

用簡單的水魔法把腐蝕周圍的溶液沖掉之後，愛爾梅拉小姐這麼說：

「光靠冒險者採來的藥草一定會有不足的情況，所以即使委託冒險者也還是不夠的藥草就要由藥草部負責採集。因為這個關係，我才會登錄為專門採集的冒險者，但由於我天生就具有『雷神的庇佑』，所以就稍微有了一點名氣。」

而一提到平常的服裝和現在的落差極大的事，她則說：

「咦？平常的服裝？因為『雷神的庇佑』的影響，我的靜電很嚴重。光是碰到我的皮膚就會發出『啪嘰』的聲音呢。所以我才會穿著包覆全身的衣服，也一定要戴手套。頭髮還會

像這樣飄散開來。可是自從用了瑪莉艾拉小姐的洗髮皂，狀況就變得很好呢。咦？現在把頭髮放下來的理由？要是綁著頭髮用雷魔法，頭髮會燒焦的。而且我的視力也因為雷擊的強光而變差。雖然戰鬥時可以用魔法調節視力，但平常這麼做的話就會帶電，就算穿著衣服也會發出『啪嘰』的聲音。這種體質真的很令人困擾。」

（呃……嗯……吐槽點太多了，就算聽了說明還是讓人搞不太懂。）

瑪莉艾拉欲言又止，最後只好尷尬地笑著閉上嘴巴。

終於恢復神智的泰魯托大叫「愛愛愛愛爾席閣下～！」，慌慌張張地並用雙手雙腳奔向愛爾梅拉小姐身邊。

「沒……沒想到商人公會引以為傲的英才——愛爾梅拉部長就是那位大名鼎鼎的雷電美女！」

之前不是才說她是只會出一張嘴又讓人受不了的無能頑固女嗎？

對於帶著閃閃發亮的眼神靠過來的泰魯托，愛爾梅拉冷眼以對。

「我是『雷帝愛爾席』的事是祕密。因為要是工作再增加，我就更無法準時下班了。因此，若是遇到有人可能多嘴，我會請他失去記憶。」

說完，她把右手的拇指和食指張開成L形，在靠得極近的泰魯托眼前「滋滋」的一聲放出電流。

「這樣你懂了嗎，泰魯托上校？」

對於微微一笑的愛爾梅拉小姐，不，是「雷帝愛爾席」，泰魯托用幾乎要搖斷脖子的激烈力道連連點頭。

「針對金戴爾建材部長強行把住宅管理部的空屋清冊帶走的事情，商人公會的會長指示我過來處理。這起巨大史萊姆事件似乎也出動了迷宮討伐軍呢。可以請你到萊恩哈特將軍閣下面前好好解釋一下究竟發生了什麼事嗎？」

帶著經過一番逃亡而累得像個落魄武士般的泰魯托，愛爾梅拉小姐前往迷宮討伐軍的基地。低著頭被愛爾梅拉小姐帶走的泰魯托背部似乎有點焦黑。

瑪莉艾拉和吉克只是無端被捲入，反而希望有人能幫忙說明，所以似乎可以直接離開。

「我改天會再去向你們說明的。」愛爾梅拉小姐這麼說。

瑪莉艾拉順便問了她為什麼要穿著那麼顯露體型的皮革緊身衣，她說：

「這是雷龍的皮革，我先生在結婚前送我的。這種素材和雷屬性很契合，卻又很堅韌。他還說『要是妳受傷就不好了』呢。呀！」

愛爾梅拉小姐用雙手捧著臉頰扭動身體。

「原來是妳先生的喜好啊。你們真恩愛呢，謝謝招待。」

夫妻倆的甜蜜故事成了瑪莉艾拉的飯後甜點。她下次來拜訪時一定也會聊到很多這方面的話題吧。

話說回來，剛才還真危險，瑪莉艾拉心想。

畢竟午餐後馬上就發生了這次的事件。突然遇到巨大史萊姆，瑪莉艾拉被吉克扛著在貧民窟裡跑來跑去。

過程中晃得不得了。當時的狀態實在很危險。

幸好沒有在貧民窟沿路灑出巨大史萊姆的食物。瑪莉艾拉的名字差點就變成「瑪莉嘔啦」了。嗚嗯。

「晚餐就吃些口味清爽的東西吧。」

說完，瑪莉艾拉終於可以去批發市場採買食材，和吉克兩個人一起回家。

12

尼倫堡治療技師正帶著幾名部下，在貧民窟的大街進行治療。因為也有症狀相當嚴重的人被抬進迷宮討伐軍的診療所，所以尼倫堡將半數的部下以及稱得上是左右手的優秀治癒魔法師留在基地。

尼倫堡接到聯絡便馬上趕了過來，是因為他擁有戰鬥能力。集合治癒魔法師組成治療部隊時，尼倫堡會獲選為隊長並不只是因為他具備豐富的知識和活體探查的技能。他不會使用治癒魔法，卻相對擁有B級偏高的戰鬥技術。

保護缺乏戰鬥技術的治癒魔法師也是他的任務。他的能力並不適合對付巨大史萊姆，但並非打不贏區區的巨大史萊姆。

在迷宮討伐軍派遣士兵過來之前一邊爭取時間一邊進行治療，對他來說不是什麼難事。

不過尼倫堡抵達貧民窟大街時，現場早已沒有巨大史萊姆的蹤跡，只有一群傷患。

據說都市防衛隊的泰魯托上校親自擔任誘餌，把巨大史萊姆引到了沒有人煙的地方。

雖然有許多人受傷，但死者只有一名。巨大史萊姆的溶液已經用大量的清水沖洗過，急救處理做得好，所以被害狀況只靠治癒魔法或普通的藥品就能充分應付。

一旦被史萊姆的溶液腐蝕，就算經過治療也會留下燒傷般的痕跡。治癒魔法是提高人體的自癒能力，在短時間內修復傷口的技術，所以即使用治癒魔法來治療，還是會留下傷痕。

可是接受治療的貧民窟居民明明應該對都市防衛隊等士兵有意見，卻紛紛向馬上趕來的尼倫堡等治療部隊的成員道謝後，回到了貧民窟去。

（這樣的工作也不壞。）

尼倫堡揚起嘴角一笑。

巨大史萊姆似乎被商人公會派遣的「雷帝」解決掉了。聽說「雷帝」已經帶著泰魯托上校和其他幾名都市防衛隊的士兵前去拜會萊恩哈特將軍。現在應該正在進行偵訊吧。迷宮討伐軍的士兵正在和留在現場的都市防衛隊一起做著貧民窟的復原工作。

治療完傷者的尼倫堡帶著部下回到了診療所。

「尼倫堡治療技師。」

一名負責在診療所治療傷患的部下向尼倫堡跑了過來。

「令嬡……」

尼倫堡衝進部下所說的病房中。

「爸爸……對不起……」

病房裡的人是臉上包著繃帶的愛女——雪莉。

第三章

肉之祭典

Chapter 3

01

「是喔，原來還發生過那種事啊。」

瑪莉艾拉和吉克在「躍谷羊釣橋亭」裡，把巨大史萊姆事件的內容一五一十地說給了林克斯聽。

因為不想被消除記憶，兩人隱瞞了「雷帝愛爾席」的真實身分。

雖然愛爾梅拉小姐只說「會『啪嘰』一下喔～」，但連靜電到雷擊都用「啪嘰」這個狀聲詞來形容，反而讓人很害怕。後來明明有出現「滋滋」的聲音。

（要是被那種招式打到，一定會連記憶以外的重要東西都失去！）

瑪莉艾拉的嘴巴就像緊閉的拉鍊，沒有洩漏出這段心聲。

根據愛爾梅拉小姐所說的話，金戴爾建材部長以私人理由濫用職權，還做出了一連串的越權行為，最後把棲息在地下大水道的巨大史萊姆吸引到了貧民窟之中。他本人被巨大史萊姆吞噬而死，留下的財產也全數充公，用於災害的復原工作。

「被留下來的金戴爾建材部長的家人好像有點可憐。」瑪莉艾拉這麼說，香料店的梅露露姊在旁邊聽到這句話便以愛爾梅拉小姐為對象，把實際發生的情況演了出來。

「他的太太一邊說『跟人家這個可憐人一起回帝都的老家嘛～』之類的話，一邊很高興地向年輕僕人示好呢。像這樣。」

愛爾梅拉小姐也很配合地說著「夫人～」，同時接住梅露露姊那半獸人般的豐滿身材。不愧是A級冒險者，面對梅露露姊也不動如山。

話說回來，為什麼梅露露姊會連這種事都知道呢？太太們的情報網真是可怕。

沒收自金戴爾的財產會用來把貧民窟的住宅修繕得更適合居住，愛爾梅拉小姐拋了個媚眼這麼說。

而說到泰魯托上校，他身為率領都市防衛隊的負責人，卻沒有管理好屬於戰略物資的藥草，而且還幫助金戴爾犯罪，責任重大；不過考量到他在巨大史萊姆出現後挺身保護居民的功績，他只被調離現職，以顧問的身分留在都市防衛隊。

繼任者好像是行政人員出身，詳細情況則不明。聽說是個非常不起眼的人，總是在泰魯托上校的背後腳踏實地地工作。往後那個人應該也會腳踏實地地繼續工作吧。

這次盡力平息這場風波的人是一名叫作凱特的平民士兵，他似乎因此晉升為隊長了。根據愛爾梅拉小姐的形容，他似乎是個「很認真卻又非常有趣的人」。泰魯托顧問接受諮詢的對象不是新的上校或凱特隊長，和仗著身分不聽命令的隊員「聊聊」似乎才是他的工作。

眾人聊著這些話題，一起享用晚餐。

今天是黑鐵運輸隊回到迷宮都市的日子，因為是慶祝他們平安歸來的宴席，料理十分豐盛。黑鐵運輸隊的成員聚集在「躍谷羊釣橋亭」，迪克隊長一如往常地調戲安珀小姐，又被巧妙地躲開，對抱枕連聲呼喚著「安珀～」。

新加入的三個奴隸也在店裡的角落吃飯，瑪莉艾拉向他們打招呼，他們便點了點頭回應。

「瑪莉艾拉，差不多快到小朋友睡覺的時間了吧。」

瑪莉艾拉還沒有問新人的名字，林克斯就這麼說。

「討厭，我又不是小孩。你的年紀明明就跟我差不多。」

瑪莉艾拉很不高興，這時吉克在一旁低聲說：「史萊肯的吃飯時間要到了吧。」

瑪莉艾拉說「哦，對喔」，很快便消氣，和吉克一起走出店門口。

「話說回來，那些新人好安靜喔。」

瑪莉艾拉對來到店門口送行的林克斯這麼說。

林克斯只回答「是啊」，然後揮著手說「下次見」。

「因為我們把他們的喉嚨弄啞了啊。」

林克斯接著說出的這句話，並沒有傳進離去的瑪莉艾拉耳裡。

交易魔藥的黑鐵運輸隊有許多工作上的祕密。長年同生共死的夥伴和用金錢買來的奴隸是不能享受同等待遇的。光靠「命令」也有可能會因為巧妙的誘導而洩漏祕密。為了保守瑪莉艾拉等人的祕密，奴隸的喉嚨已經被弄啞，無法出聲說話。

永久奴隸和犯罪奴隸本來就是連這種事都能被允許的東西。

（下次的貨物也是奴隸嗎……）

馬洛副隊長和迪克隊長用念語互相交談。表面上只是馬洛靜靜地喝著酒，迪克則叫著「安珀～安珀～」，還把臉埋在抱枕裡，同時搓揉個不停。

上次和上上次的貨物也都是奴隸商人雷蒙委託的奴隸。

迷宮討伐的遠征和麥子的播種都已經結束了。接下來的季節將進入冬天。雖然迷宮內的季節與外頭無關，但迷宮討伐的規模會暫時縮小。這時候並不是需要人手的時期。說起來，運送人員和物資進入迷宮都市的主流管道其實是躍谷羊商隊。以偏高運費運送躍谷羊的定期班無法負擔的物資，才是黑鐵運輸隊的工作。只有奴隸供不應求，究竟發生了什麼事？

（林克斯，瑪莉艾拉小姐附近的狀況如何？）

結束與迪克的念語後，馬洛開始和林克斯交換情報。結束念語的迪克依然繼續搓揉抱枕，所以與其說是偽裝，他或許就只是想要搓揉而已。實在令人搖頭。

（瑪莉艾拉周圍沒有異狀。亞格維納斯家的大小姐也沒有問題。現在亞格維納斯和其他的貴族好像都還沒有發現瑪莉艾拉。對了，我有看到雷蒙先生出入亞格維納斯家的別館。）

奴隸的買主是亞格維納斯家嗎？管理並研究魔藥的鍊金術師家族，到底要拿奴隸來做什麼？

（真可疑。）

馬洛喝乾了杯中物，然後消失在夜晚的城市中。

「好了，努伊、尼可、小賈，吃完飯就準備回據點了。」

林克斯對三名奴隸這麼說。

聽到林克斯的聲音，狼吞虎嚥地把剩下的食物塞進口中，慌慌張張地衝過來的人是努伊。他的本名叫作努伊勒。

跟在他後面的駝背男人是尼可萊，大家都叫他尼可。

維持著不遠不近的距離偷偷跟著，眼睛卻同時到處窺探的人是賈克伯，簡稱小賈。

上次的貨物明明也是奴隸，在交貨給雷蒙的幾天後，黑鐵運輸隊去買奴隸時，好的奴隸卻全都已經賣出了。看起來勉強能駕駛馬車的就是這三個人，只有小賈是二十五歲左右，另外兩個人都已經超過三十歲。他們是魔力少，也沒有什麼戰鬥技術的犯罪奴隸，個性很膽小卻專挑弱者幹些強盜之類的勾當，是一群狡猾的男人。

三人跟著林克斯返回黑鐵運輸隊的據點。

（小毛頭跩什麼跩。我叫作賈克伯。少在那邊隨口叫我什麼小賈。）

走在最後方的小賈沒有把心聲寫在臉上，而是在心裡默默咒罵。

（這些人就只顧自己跟女人玩。把我們趕回去之後，他們肯定也會盡情享樂吧。可惡，真令人羨慕。話說回來，我好像看過剛才那個小丫頭。啊啊，是那個買了半個死人的窮丫頭啊。她還帶著一個小白臉……不可能吧。那個半死不活的奴隸不可能還活著。肯定是釣了一個迷宮都市的冒險者。過得可真愉快啊，不過是個臭丫頭。話說回來，那丫頭的男人拿的武器還真不錯。要是我也有那種武器，一定可以幹得更好。）

小賈是在雷蒙商會的客用騎獸小屋看到瑪莉艾拉的。那是瑪莉艾拉剛甦醒，跟黑鐵運輸隊一起前往雷蒙商會的時候。小賈是個很會算計的男人，他在雷蒙商會主動攬下照顧騎獸的工作，嘴巴上說是不好意思在自己被買下之前的期間吃免錢飯。

他並非喜歡騎獸或是擅長照顧動物，也沒有自己口中所說的那種高尚情操，而是因為拜訪奴隸商館的客人大多是搭乘馬車前來。坐馬車來的客人要找的奴隸幾乎都是做些危險的粗活，例如去礦山工作，或是平常當農奴，在農閒期則被派去迷宮討伐軍當搬運工或戰奴。

（我才不要去那種鬼地方。連在商會打雜這種輕鬆的工作也很煩。如果一直沒有賣出去，我就可以繼續賴在奴隸商館（這裡）了吧？）

只要照顧騎獸，客人就會以為他是隸屬於奴隸商館的人，談生意時也不必待在商品屋裡。既然不被客人當作商品看待，應該就能順利滯銷了。

靠著這一招，小賈滯留在雷蒙商會的時間可說是長得出奇。

會被黑鐵運輸隊買下，也是因為沒有其他可以駕馭馬車的人。就連奴隸商人雷蒙也是被問到除了尼可和努伊還有沒有其他人在，才終於想起「對了，還有那個人」。

光是被往返魔森林的黑鐵運輸隊買下，對小賈來說就已經是一大不幸了，卻又在賣出後馬上被弄啞了喉嚨。小賈從來沒想過治癒魔法還有這種用途。

（那個叫作法蘭茲的治癒魔法師，我恨你一輩子。）

雖然喉嚨被弄啞的當下並不會痛，但小賈的喉嚨已經連「啊」或「嗚」的聲音都發不出來了。

黑鐵運輸隊給予犯罪奴隸的待遇絕對不算差。他們的衣食住都足夠，有時候也可以像今天一樣吃到美味的料理或喝到少量的酒。穿越魔森林時，比起要對付魔物的黑鐵運輸隊成員，他們的處境安全多了。對於專挑老弱婦孺等弱者下手攻擊、奪取錢財、侵犯，有時甚至殺害的男人來說，這樣的境遇已經是好過頭了。

但小賈的內心依然充滿了怨恨。

（我們裹著薄薄的毛毯躺在床上時，他們一定是繼續盡情地吃肉喝酒，再和女人開心地玩樂吧。）

好羨慕，好羨慕，好羨慕。

小賈感到不滿，失去聲音的嘴巴卻沒有洩漏出怨言。

「請問有跟這個一樣的傷藥嗎？」
「我想要買大量的煙霧彈。」
「請問這裡是少女和美少女的藥店嗎？」
最近還真忙碌，瑪莉艾拉一邊接待客人一邊這麼想。
「對了，最後那個人是不是少說了一個『美』字？」
瑪莉艾拉這麼抱怨，今天也擅自跑到「枝陽」的廚房吃午餐的林克斯則反問：「咦？沒少女？」
（喂，林克斯先生、吉克先生，為什麼你們的視線要轉向我的胸部？）
提到「少女和美少女」的客人低聲說著「沒少女與美少女……太深奧了」。奇怪的常客好像又更多了，真傷腦筋。
說到常客——
矮人三人組每天都會來店裡喝茶休息，然後購買傷藥。瑪莉艾拉說偶爾買藥就好，只是來喝茶也沒關係，但他們似乎會把傷藥送給受了傷而困在貧民窟的冒險者。
幫瑪莉艾拉的店「枝陽」增建的三個貧民窟居民好像已經完全痊癒，回去當冒險者了。上次他們有來買傷藥，還說自己終於可以用當冒險者賺來的錢買藥了。瑪莉艾拉非常高興，把添加除魔與催眠藥草的煙霧彈送給他們當贈品，效果似乎相當好，於是在客人的口耳相傳之下，開始有大量的訂單湧進店裡。雖然那不是魔藥，只是普通的商品，效果卻好像會隨著細部的調整而改變。

香料店的梅露露姊也很會幫忙打廣告。

瑪莉艾拉的店裡有賣好幾種肥皂。這些也不是魔藥，只是普通的商品。登錄在瑪莉艾拉「書庫」裡的「讓生活更方便的鍊成品」包含了許多配方，有洗衣用的粉狀肥皂、洗碗盤用的液體肥皂，洗澡用品中還有洗髮用的液體肥皂和洗身體用的固體肥皂、洗臉用的乳狀肥皂。功能各有保溼和清爽這兩種。另外也有好幾種散發宜人香氣的肥皂。

其實配方中還有「潔淨」、「深層清潔」等更多種類，但店裡販售的品項都是用鍊金術技能完全沒有提昇的狀態下可以用的「乾燥」、「粉碎」，再搭配上生活魔法所能作出的東西。考慮到和其他店家之間的平衡，價格設定得比迷宮都市的肥皂市價還要稍高一點，前來購買的太太們卻絡繹不絕。

安珀小姐還笑著說：「瑪莉艾拉的藥很有效，我也有推薦給其他同業呢。對了，我還有把傷藥推薦給客人。抓傷過了一個晚上就會痊癒，甚至還有客人覺得很可惜呢。呵呵呵。」真不知道該不該吐槽關於抓傷的部分。

雖然常客的口碑讓生意變好是一件值得感激的事……

「喂喂喂，無照藥店，用了這裡的藥害我的手腫成這個樣子，你們要怎麼賠我啊！」

「就是嘛就是嘛！我們可是冒險者啊！要是害我們沒辦法進迷宮，你們打算怎麼辦！」

最近有愈來愈多客人跑來胡亂找碴。

有客人說藥裡有蟲，蟲子還大到讓人反而想問他是怎麼裝進去的；有客人很有精神地大喊自己吃了藥之後肚子有多痛；有客人說自己買的傷藥裡面裝的是別的藥，其實是在其他地方的軟膏罐上貼了「枝陽」的標籤再拿過來。

這些人都是第一次來到店裡，又是一副明顯的流氓裝扮。今天跑來的人也一看就知道是流氓，享受優雅品茶時光的常客被打擾而對他們投射銳利的目光，他們就惱羞成怒，卻在企圖動粗時被吉克輕鬆制伏，又被隨時放在櫃檯角落的繩子緊緊綑綁起來。雖然直接把他們帶去都市防衛隊的派出所也行，不過瑪莉艾拉還是和凱兒小姐一起診察了他們說的腫脹患部以防萬一。

「啊～這是巨人蝸牛的黏液啦～」

瑪莉艾拉看著被綁起來的男人的紅腫手臂，這麼說道。應該是剛才才塗上的，他腫起來的手上還殘留著黏液，看起來油油亮亮的。

巨人蝸牛是棲息在迷宮的潮溼樓層的大型蝸牛，光是殼的部分就有成人的兩個拳頭那麼大。因為牠們不是魔物，所以只要打倒就可以拿到一整隻蝸牛。牠們的體表帶有濃稠的黏液，赤手觸摸就會引起紅腫癢的反應，但只要用清水沖洗並避免搔抓，到了隔天早上就會徹底痊癒了。

順帶一提，巨人蝸牛可以食用。昨天的批發市場有大量進貨，他們應該就是用了那裡的巨人蝸牛吧。

瑪莉艾拉也有買，還沒吃完的部分就放在保存糧食的魔導具裡。

「我就說了，是用了你們的藥才變成這個樣子的啦！」

無視於繼續找碴的流氓，瑪莉艾拉悠哉地拿出巨人蝸牛。

「哎呀！」凱兒小姐似乎是第一次見到，驚訝地喊道，卻用充滿興趣的表情看著。因為巨人蝸牛是便宜又噁心但還算好吃的庶民美食，所以應該不會出現在亞格維納斯家這種貴族的餐桌上。用來煮湯可以熬出不錯的湯頭，肉也很有彈性且沒有怪味，很適合搭配蔬菜，是一種可以用來熬湯或炒菜的萬用食材。

「這就是巨人蝸牛～只要把表面的刺激性黏液稍微川燙一下再用水沖過就沒問題了。不過……」

瑪莉艾拉用鐵鎚應聲敲破巨人蝸牛的殼。

瑪莉艾拉從溢出的內臟中取出一個黃綠色的袋子並放在小碟子上，再切開袋子，取出其中的黃色液體。瑪莉艾拉用湯匙的背面沾取這種液體，舉高到所有人都看得到的位置。

「要是在巨人蝸牛的黏液裡加入這種毒液的話～」

瑪莉艾拉不理會大叫「喂，幹什麼？住手！」的流氓，把黃色的液體塗在紅腫的患部上頭。

於是，流氓的皮膚長出了和豆子差不多大的圓形膿包，密密麻麻地布滿了患部。而且從根部到頂端還呈現綠、黃、白、藍等多彩的顏色，從上方俯視，就像是長了一大片魚眼睛一樣。

「咿！」

兩個流氓的臉色一口氣發白，啞口無言。

凱兒小姐雖然說著「好噁心……」，眼睛卻眨也不眨地緊盯著這些顆粒。

（嗯，噁心的東西就是會讓人想要看個仔細呢。我懂。）

凱兒小姐這種不像是千金小姐的地方，就是她和瑪莉艾拉很合得來的原因吧。

「我就知道是巨人蝸牛。啊～要是你們早點說是巨人蝸牛，我就不用做這麼危險的事了嘛～都變成這個樣子了～真可怕～好恐怖的顏色喔…………想要我治好你們嗎？」

瑪莉艾拉開始恐嚇流氓。唸臺詞的語調非常平板。這樣可拿不到最佳女主角獎。不過流氓已經被顆粒嚇壞，這種程度的演技似乎就足夠了。

聽了瑪莉艾拉所說的話，流氓瘋狂點頭。

接下來的事情就簡單了。他們用快要哭出來的表情乖乖地回答了吉克的問題。

順帶一提，巨人蝸牛的內臟液體並沒有毒。說成毒液單純是為了恐嚇流氓。巨人蝸牛有個鮮少人知道的習性，那就是在體表的黏液上分泌這種液體，在表面形成色彩鮮豔的顆粒以吸引獵物。因為是中空的氣泡，所以根本無害，用水清洗就可以輕鬆去除。

把它塗在紅腫癢的地方，痊癒的速度反而比用水洗還要快。

（好久沒有看到這種顆粒了。）

瑪莉艾拉回想起自己快要可以作出中階解毒魔藥的時候，師父的臉和脖子等部位都長出大量的這種顆粒，還用逼真的演技說著「瑪……瑪莉艾拉～救救我！快點作解毒魔藥！低階的不行，要中階的」。完全受騙的瑪莉艾拉還以為師父要死了，哭著拚命製作解毒魔藥。

當然了，中階解毒魔藥是治不好這種顆粒的。這不是中毒或疾病，只是黏在表皮上的氣泡，根本不可能治得好。

「治……治不好啊～」

瑪莉艾拉哭著這麼說，作了好幾瓶解毒魔藥，因此才徹底學會了作法；但公布謎底時，師父笑著說「騙妳的啦」的表情實在讓人忘也忘不了。

所以瑪莉艾拉讓師父吃了整整三天的巨人蝸牛全餐。

回想起師父的事讓瑪莉艾拉有點惱火，於是用針一顆一顆戳破流氓身上的顆粒。只不過是氣泡，應該不會痛，兩個流氓卻真的以為這是自己的膿包，哭著說「對不擠，我悶不毀再這樣惹」，拚命道歉。

他們真的以為這是很危險的毒液。看到兩個流氓大哭的樣子，瑪莉艾拉起了惡作劇的念頭，在陶製水壺裡裝水，再加上一點躍谷羊奶調成淡淡的白色，然後用生活魔法「照明」在水壺裡面打光。

「因為你們有老實認罪，我現在就用珍藏的藥水來治療你們。」

說完，為了避免被他們發現水壺裡有光源，瑪莉艾拉從較高的位置把水澆在患部上。因為用「照明」從水壺裡打光，白色半透明的水就像是在發光似的。魔藥或「生命甘露」都不會發出這種光芒，這樣的把戲還頗有意思。

色彩鮮豔的氣泡顆粒被只是在發光的普通的水輕易沖掉，逐漸脫落。以為這是什麼「仙丹妙藥」的兩個流氓低聲下氣地謝罪並道謝，然後被梅露露姊找來的衛兵帶走了。

「這次也是同業的藥店啊～」

瑪莉艾拉嘆了一口氣。瑪莉艾拉的藥很受好評，客人的口碑讓生意愈來愈好。就連在冒險者公會的販賣處最受歡迎的凱兒小姐都來到這裡，現在有幾種藥是和凱兒小姐共同製作的商品。開幕還沒有多久，業績就已經好到人們要買藥時就會馬上想到「枝陽」。

瑪莉艾拉的藥愈是暢銷，業績變差的藥師所做出的騷擾行為就變得愈是嚴重。一開始只是一些負面謠言，卻被梅露露姊等人的主婦網路消音……應該說反將了一軍。

（主婦真可怕。她們是資訊戰的專家嗎？難道還有主婦諜報部隊什麼的嗎？）

如果對方在這個階段收手，瑪莉艾拉就只會對主婦諜報部隊感到畏懼，他們卻好像還進一步採取了僱用流氓的粗暴手段。目前流氓經過瑪莉艾拉等人的禮貌「說明」就會認命地說出雇主是誰，但總不能一直這樣下去。

（真傷腦筋。）

瑪莉艾拉想要找凱兒小姐商量，卻發現她正熱衷於混合巨人蝸牛的黏液和黃色的分泌液，玩著製造七彩氣泡的遊戲。好奇心也太旺盛了。

注意到瑪莉艾拉的視線，凱兒小姐露出了閃閃發亮的眼神。

「瑪莉艾拉小姐，剛才那種發光的水是怎麼做到的呢？」

現在實在不是找她商量的好時機。

瑪莉艾拉說出把戲的手法，她便興高采烈地拿起水壺和茶壺倒起發光的液體。就連常客和剛才旁觀的客人都依序在杯子裡注入發光的水或茶。

順帶一提，這個「發光的魔法之水」遊戲和帥氣的倒茶姿勢一起大為流行。玩過頭而弄得滿地都是水的小孩和爸爸被媽媽臭罵一頓的故事，與潑出水時的姿勢，都暫時獨占了大家的話題。

「枝陽」也回應了常客的熱情要求，在店裡的角落擺放桌上型加熱用魔導具和煮水壺，以及幾種茶葉、茶具組，開始提供自助泡茶的服務。附近也放著清潔用具，所以不小心打翻茶水的人還會幫忙收拾乾淨。

多虧如此，每天都有人用各種花式技巧倒出發光的茶水，讓人更加搞不懂這裡到底是什麼店了。

過了幾天，瑪莉艾拉才終於能向凱兒小姐商量關於同業騷擾的事情。

凱兒小姐似乎完全沒有把騷擾的事放在心上，歪著頭說：「哎呀……要是其他藥師也能像瑪莉艾拉小姐一樣作出好藥就好了。」

「這麼說的確沒錯。像是作法……啊～對喔。我想到了。」

瑪莉艾拉想到一個點子，於是當天比平常還要稍微早一點打烊，和吉克一起去拜訪了愛爾梅拉小姐。

03

「妳願意公開藥的作法嗎？」

在商人公會擔任藥草部長的愛爾梅拉小姐反問。擔任副部長的里安卓先生也擺出了很意外的表情。

「是的。當然不是全部，可是例如傷藥和止痛藥、煙霧彈等銷量好的藥，我想要把作法告訴大家。啊，我已經取得凱兒小姐的同意了。」

為了解決同業藥師的騷擾問題，瑪莉艾拉和吉克來到商人公會拜訪愛爾梅拉小姐。

「可是那些不都是很暢銷的商品嗎？」

「是沒錯，但也都是些很簡單的東西。像傷藥這麼基本的商品就可以讓營業額有差距，不是有點糟糕嗎？」

瑪莉艾拉的疑問正好直搗迷宮都市藥品問題的核心。這座城市的藥師水準低，許多人甚至連基礎都無法完全掌握。多虧有來自迷宮的高品質材料，作出來的藥才能有一定的效果。實際上，這裡三不五時就會發生藥品相關的糾紛，提昇藥師的水準一直是讓愛爾梅拉很頭痛的問題。

以匯集藥草效果和處理方法的大作《藥草藥效大辭典》為首，藥草部發行了記載基礎藥品作法的各種書籍，還實施了講習和認證制度等穩定的政策；但愛爾梅拉藥草部長要求的水準與藥師的水準差距太大，所以拿不出多少成果。

並不是所有的藥師製作藥品的方式都很隨便。《藥草藥效大辭典》和其他藥品相關的書籍資料也是他們努力鑽研的成果。即使如此，迷宮都市的藥品水準依然無法提昇，原因在於他們的鍊金術技能等級太低。

瑪莉艾拉會製作高階魔藥，而且素材的處理等基礎也都很紮實。正因為如此，她光是看到素材或半成品就能知道那是什麼東西，目前是什麼樣的狀態。就像廚藝好的廚師只要嚐過料理就能知道材料的處理方法和使用的調味料一樣，鍊金術技能也能輕易得知五感所感覺不到的資訊。

隸屬於亞格維納斯家的鍊金術師是來自帝都，應該能做到同樣的事，但他們不會出現在民間。雖然可以請帝國或鄰近國家的鍊金術師過來，但擁有一定知識與技術的人可以在與地脈締結契約的土地工作，根本不會特地來到無法使用鍊金術的迷宮都市。

經營藥草店的賈克爺爺擁有鑑定素材的技能，從年輕時就持續使用鑑定技能到現在，因此技能等級很高。即使是藥品這種混合素材製成的東西，他也能透過專用魔導具和鑑定技能來獲取資訊。

然而，能將難以熟練的鑑定技能提昇到這種等級的人非常稀少，擁有技能的人也經常為了避免麻煩而保密。知道賈克爺爺擁有鑑定技能的人很少，而他的店裡之所以擺放著變質的二流商品，也是為了要偽裝成普通的藥草店。

簡而言之，迷宮都市只有極少數的人能夠正確得知藥草的狀態和藥的品質。

人們無法明確判斷材料的優劣和成品的品質。即使作出新的藥品，也要經過好幾次的臨床實驗才能得知效果。如果有公家機關的輔助或許可以改變狀況，但相較於在戰鬥中也能瞬間治好傷口的治癒魔法和彌補其缺點的魔藥，藥的效果較差，因此只能停留在個人研究的階段。

商人公會的藥草部也是在愛爾梅拉就任為部長之後才開始努力提昇藥的品質。藥草部原本是在出口藥草到迷宮都市外的過程中負責調整出貨量的部門，為了維持高價藥草的行情，做好處理工作是他們的職責。在沒有餘力的狀況下，迷宮都市不得不投注大部分的心力在迷宮討伐上，藥的品質遲遲沒有進展也是無可奈何的事。

在這樣的狀況下，瑪莉艾拉打算公開作法的藥品結合了師兄姊記錄在「書庫」裡的技術和素材處理方式，超越了這座城市的藥品水準。雖然傷藥是很基本的藥，作法的知識與技術卻又不能說是基礎等級。很少有人會把重要的商業機密告訴生意上的競爭對手。

聽到瑪莉艾拉表示願意公開資訊，愛爾梅拉會感到疑惑也無可厚非。

其實就算公開作法，瑪莉艾拉和凱兒小姐也不會有什麼困擾。最近大量訂購的訂單增加，根本來不及製作商品。而且即使傷藥和止痛藥、煙霧彈賣不出去，凱兒小姐也會努力調配緩和後遺症的藥，瑪莉艾拉則能製作各式各樣的藥。

順帶一提，瑪莉艾拉正在努力開發口味甜又容易入口的藥，卻完全沒有進展。

兩人本來就不是靠賣藥的生意維生，只是沒有說出口罷了。僱用員工的話，麻煩事也會增加。知識只侷限在特定領域的十六七歲少女根本無力應付，瑪莉艾拉和凱兒小姐都很清楚。

況且瑪莉艾拉還有著身為鍊金術師的祕密，要是被有心人士操弄就糟了。比起擴展規模並獨占市場，提供一定程度的情報，混進眾多藥師之中還比較安全。

「嗯～保留作法的使用權，在簽約時請對方支付一次情報費，往後再收取商品的一部分營業額怎麼樣呢～」

「你是指在帝都實施的專利制度嗎？可是其中並沒有『藥品』這個項目呢。」

聽到里安卓副部長的提議，愛爾梅拉感到困惑。她當然知道這個制度。迷宮都市屬於帝國的一部分，所以也適用該制度。

雖然是保護新技術的制度，但帝國的專利制度有項目上的限制。申請人最多的項目是

「魔導具」。相反地，其中並沒有魔藥等鍊成品的項目。這是因為鍊金術師有「書庫」，只有師父認可的人可以得知情報，所以藉由專利加以保護反而會造成阻礙。

鍛造技術也不在保護對象中。一般鋼鐵的製造會隨著技術的進步而大規模化，但祕銀和精金這種魔法金屬不管是精鍊還是鍛造，鐵匠的技能等級不夠就無法製造。對於只有技術高超者能夠製作的產品，人們對其專利化大多抱持審慎的態度。

相反地，隨著迷宮都市的發展而急速成長的「魔導具」技術不需要特定的技能，根據情報的不同，開發者的利益很有可能會受到損害。帝國的專利制度能有今日的進展，說是多虧了「魔導具」的發達也不為過。

帝國內無法製作魔藥的地區只有迷宮都市所在的地脈一帶，有藥的地方也只有迷宮都市，專利制度中不存在「藥品」這個項目。因此如果要申請專利，就必須從成立新的項目開始做起，而愛爾梅拉認為從藥的市場規模來看，成功的可能性應該很低。

聽到愛爾梅拉低聲說「還要申請項目……」，里安卓這麼提議：

「愛爾梅拉小姐～妳是覺得就算申請新項目也很有可能不會通過吧～有什麼關係嘛～如果通過就當作是運氣好。反正就算申請了，也要等個幾年的時間才會有結果嘛～目前就暫且以『講習費用』的名義請對方支付情報費，再順便簽訂使用費的契約就好了啊～」

不愧是里安卓，思考方式很靈活。

「原來如此。那倒也是。至於騷擾瑪莉艾拉小姐的店『枝陽』的藥師，就強制請他們參加吧。」

「那麼～我會叫有空的部下針對專利制度寫一份企畫書的～愛爾梅拉小姐請跟會長說一聲吧～瑪莉艾拉小姐～就拜託妳擔任講師嘍～」

說完，里安卓揮了揮手，跑去找有空能把工作全部攬下來的部下。這件事明明是里安卓提出的，他卻好像沒有要自己寫企畫書的意思。

瑪莉艾拉彷彿可以看到他說著「我這裡有一份很有趣的工作喔～要不要一起做？我會在旁邊好好看著的～雖然只是看著而已啦～」，然後巧妙地使喚部下的模樣。

「瑪莉艾拉小姐，我也會以職員的身分參加，讓失禮的藥師『啪嘰』一下，麻煩妳了。啊，這麼一來迷宮都市的藥師水準也可以提昇了。」

愛爾梅拉小姐非常興奮。她的「雷帝」身分難道不是祕密嗎？

怎麼可以隨便讓別人「啪嘰」一下呢？好不容易學到的藥的作法，搞不好會因此而瞬間忘光。

據說被里安卓先生逼著攬下所有工作的部下熬夜寫出了企畫書，愛爾梅拉小姐也在隔天就取得了商人公會會長的許可。聽取簽約費和使用費的說明後經過兩週的通知期間，講習終於開課。

順帶一提，簽約費和使用費會根據提供的藥品配方而不同。這次預定教學的傷藥、止痛藥、煙霧彈的簽約費各是大銀幣一枚。這筆錢同時也是講習費用。使用費是每年支付營業額的二%。講習前會簽訂包含這些內容的魔法契約，所以支付時無法謊報金額。若是以學到的作法為基礎加上大幅的改良，明顯獲得更好或是不同的效果，就會被視為別的產品，不受契約的約束。

舉辦講習以後，同業便突然不再騷擾瑪莉艾拉的店。

自己在騷擾別人的時候，其他同業的藥品水準就會愈來愈高，所以每個藥師都會爭先恐後地來參加講習。多虧如此，講習可說是座無虛席，甚至得每週都定期舉辦。

教唆流氓做出騷擾行為的藥師都在教室的角落默默地聽課。而且他們下一週也來參加了。因為講習費用也兼作簽約費，收取兩次就是重複收費了，於是瑪莉艾拉問了原因，他們卻露出尷尬的表情。

「我照妳教的方法作了，可是沒有成功。」

他們似乎是把乾燥的庫利克草連同葉脈和莖一起使用了。

這對瑪莉艾拉和愛爾梅拉來說太過理所當然，所以根本沒想到有人不知道藥草的藥效成分集中在何處。瑪莉艾拉恍然大悟，於是在講習中增加了實際演練，也在講習以外的時間定期舉辦了以學員為對象的研討會。

和藥師交流過幾次以後，他們開始會提供如何依照病情選藥、販售優良藥草的店、藥師也能輕鬆採集的冷門好地點等等瑪莉艾拉所不知道的情報。

如此一來，瑪莉艾拉終於成為迷宮都市的藥師的一員。

04

每年定期舉辦的半獸人祭典即將到來。

到了甜蕪菁的收成期，就會有大批想吃甜蕪菁的半獸人從魔森林蜂擁而至。此時獵到的半獸人肉會大量且便宜地出現在市場上，替冬季的迷宮都市增添糧食，所以城市的居民都不說這是「襲擊」或「討伐」，而是帶著期待稱之為「祭典」。

半獸人、米諾陶洛斯、半魚人等雙足步行的魔物在帝都等地不會被視為食物，但在缺乏糧食的迷宮都市卻是很重要的其中一種食用肉類。迷宮都市的大多數農地都位在城市之外，就像這次的甜蕪菁一樣，麥子和薯類、蔬菜也隨時都受到魔物的覬覦。這裡甚至連農作物都有一部分要靠躍谷羊商隊運送過來，只剩下極少的餘力能分配給畜牧業。吃得到家畜肉的人頂多只有貴族。

今年泰魯托前上校用完了除魔香和多吸思藤製成的繩子，還在貧民窟引起了史萊姆騷動；不過多虧有瑪莉艾拉等與商人公會交好的商人願意提供，再加上騷動時蒐集而來的藥草，似乎還是勉強湊齊了必要的物資。

半獸人祭典也會有許多冒險者參加。只要繳交打倒的半獸人的尾巴，就可以根據尾巴的數量分配到半獸人肉；即使沒有拿到尾巴，只要出示參加證書，也可以在為期一週的討伐期間結束後參加半獸人肉的烤肉派對。

雖然是每年定期舉辦的半獸人祭典，但也是討伐魔物的行動，所以並非沒有危險。不過，團體行動比單獨狩獵半獸人還要有效率許多，而且萬一遇到了半獸人王等中階魔物，也會有參加祭典的高階冒險者幫忙打倒，所以從年輕冒險者到退休的老爺爺冒險者全都會一起參加。

半獸人是只以雄性組成的種族，靠著侵犯其他種族的雌性以繁衍後代，繁殖力非常旺盛。有學者認為牠們誕生時是雌雄同數，但幼小的雌性在成長前就會被勒死，所以才會只以雄性組成，不過真相依然不明。

不論如何，女性被盯上的風險都更高，所以女性只有C級以上的冒險者可以參加。相對地，她們可以自由參加討伐期間結束後的烤肉派對。因為這個場合能製造年輕男女相識的機會，所以單身女性比起討伐，比較注重化妝打扮，或是在相當遠的地方聲援。

討伐的過程除非有遠觀技能，否則幫忙聲援的女性都看不到，卻有許多單身漢冒險者或都市防衛隊的隊員想要盡量表現出帥氣的一面。具備參加資格的女性冒險者比起狩獵醜惡的半獸人，一邊在遠處觀戰，一邊跟同性大聊女孩間的話題還比較有樂趣，所以幾乎沒有人會參加。

也就是說，半獸人祭典算是迷宮都市中最有男人味的活動。

肌肉與半獸人互相衝突所展開的肉與肉的慶典，現在揭開序幕。

「吉克、林克斯，加油！」

瑪莉艾拉對吉克和林克斯投射前所未有的熱情視線。

這並非後宮情節。她的眼裡就只看得到自己從未見過的「肉」而已。不，或許該說是「王肉」。因為半獸人祭典有很高的機率會出現半獸人王。

瑪莉艾拉和愛爾梅拉小姐一起到場觀摩。愛爾梅拉小姐的丈夫沒有參加，但商人公會藥草部的幾名年輕職員有報名。雖說是商人公會，有時候卻也會採集不足的藥草，所以會需要一定的戰鬥力。愛爾梅拉小姐從剛才開始就興奮地說著「不知道今年會展開什麼樣的戰鬥呢」，或許是為了讓她觀戰，年輕職員才會被迫參加的吧。

只要待在身為A級冒險者的愛爾梅拉小姐身旁就安全了，於是吉克和林克斯屈服在瑪莉艾拉說「想吃半獸人王肉」的壓力之下，報名參加了半獸人祭典。

這次的半獸人祭典同時也是都市防衛隊新上任的凱特隊長很重要的舞臺。大家都認為他應該會為了立下功勞而卯足了幹勁，不過……

「各位冒險者大家好，我是這次負責指揮工作的凱特。我也是在半獸人祭典認識我妻子的，但卻是一直到第五次參加才順利追求到她。我在最初的兩次受了輕傷，被同伴強押到診療所，沒能參加派對。第三次時為了換掉渾身是血的衣服，我晚了一步。我在第四次心想這次一定要成功，卻被當時遇到的美女拿走了所有作為討伐證明部位的尾巴。第五次也是一場激烈的爭鬥，但我終於漂亮地獲得我妻子的芳心。各位知道我想說什麼了嗎？半獸人不過是前哨戰罷了。這只是一場暖身運動。半獸人的尾巴就像是贈送給女性的花朵。真正的戰鬥在這之後才要開始。請大家不要有壓力也不要太勉強，按照計畫狩獵所有的半獸人，作出一把漂亮的尾巴花束吧！」

凱特隊長這麼對眾人發表演說。他這番話實在不像是戰鬥前的演說。可是，過來人的話份量就是不同，大家都連連點頭。雖然也有人大喊「臭小子，我參加了七次啦！」，卻也都很認真聆聽作戰計畫。因為這也是迷宮都市最容易產生多餘傷者的活動，這番話似乎成功控制了一心只想參加烤肉派對的單身男性的幹勁。

作戰計畫很簡單。在接近甜蕪菁田的魔森林邊界煮甜蕪菁皮的碎屑，再用風魔法把散發出來的香甜氣味吹向魔森林，為了迎接冬天而來到迷宮都市附近覓食的半獸人就會用鼻子發出陣陣叫聲，從森林裡跑出來。

為了防止田地被破壞，除了預定作為戰場的地方以外，魔森林的邊界會立起木樁，並將混合著多吸思藤製成的繩子纏成鋸齒狀，組成簡易的柵欄，還會焚燒除魔香並用風魔法把氣味吹向魔森林，因此出現地點大致上都限定在戰場預定地周圍。

如果有半獸人王率領，半獸人也能做到一定程度的團隊行動，不過牠們幾乎都是以幾隻為一群的形式出現，這時排隊的冒險者會依序打倒牠們。

雖然每年都是同樣的作戰計畫，卻還是能順利引誘到大量的半獸人，實在不可思議。牠們難道沒有學習能力嗎？不，就連凱特隊長都在半獸人祭典失敗了四次，人類或許也跟半獸人沒有多大的差別。

受到甜蕪菁氣味的吸引，馬上就有三隻半獸人出現了。一大早就來排隊的年輕冒險者隊伍率先出擊，大叫著往前衝。他們太心急了。在魔森林的邊界附近打倒半獸人的年輕人被後方的冒險者群起奚落。

「等牠們靠近一點再打啦。是想累死負責搬的人嗎！」

「心急的男人沒人愛啦！」

「吵死了～大叔吃醋的樣子有夠難看！」

年輕人回嗆對方，把作為討伐證明部位的尾巴割下來後護衛被派來當搬運工的農奴，帶著打倒的半獸人回到隊伍的後方，重新排隊。

「隊伍的尾端在這裡～好～不要著急～半獸人會不斷出現的～」

因為有拿著立牌的都市防衛隊員幫忙疏導人群，冒險者雖然嘴巴很壞，卻很守規矩。

順帶一提，魔森林的邊界和隊伍的中央處畫了一條線，超越這條線的半獸人可以由下一個冒險者打倒，所以沒有自信的冒險者可以在這條線附近戰鬥，覺得沒有勝算時就逃離並尋求協助。

冒險者依序打倒零散但不斷湧現的半獸人。打倒的半獸人會被放到準備在隊伍附近的拖車上，運往迷宮都市，由冒險者公會的肢解人員和批發市場的肉類攤商總動員，進行放血、肢解、用冰魔法冷凍的作業。

拉動拖車的躍谷羊也都是公羊，或許是被戰鬥的氛圍感染了，牠們高高抬起威風的角，意氣風發地拉著拖車。以前載過瑪莉艾拉與吉克的躍谷羊似乎也在其中。牠輕快地踏著蹄，運送滿身是血的半獸人屍體。

（躍谷羊不是草食性動物嗎？也太血氣方剛了……）

瑪莉艾拉這麼想著，正在悠哉地觀摩時，似乎輪到吉克和林克斯上場了。

兩人擺出自然的姿勢守在中央線附近。

「喂喂喂～才剛開始就想逃跑了嗎～？」

「沒有尾巴的人就算參加派對也不會受歡迎啦～」

冒險者齊聲揶揄，同時有四隻半獸人逼近。

吉克在半獸人抵達中央線前衝了出去，林克斯則踏出一步並投擲小刀。林克斯的小刀從兩隻半獸人的眼窩貫穿至腦部，讓牠們瞬間倒地。衝出去的吉克在半獸人揮下舉起的棍棒之前就把第一隻的喉嚨斬斷，然後在千鈞一髮之際躲開第二隻的一擊，衝進牠的懷中，刺穿其心臟。兩人都在轉眼之間解決了半獸人。

現場掀起一陣騷動，同時也讓冒險者噓聲四起：

「光是站著就有女人會靠過來的高階冒險者大爺少來這裡湊熱鬧啦啊啊啊！」

「你們最好被敗家女騙到傾家蕩產啦！」

只有泰魯托興奮地連聲尖叫。

「他是那個時候的！他是誰！是什麼階級？他有稱號嗎！」

泰魯托興奮得不得了。從上校這個重責大任中解脫的他已經可以盡情觀賞冒險者的活躍，現在是他最快樂的時候。泰魯托完全無視了很想說「你給我好好工作」的士兵的眼神。

順帶一提，參加時不需要登記名字，所以吉克和林克斯的名字都不會被泰魯托得知。他們並不會開始一段新的故事，請各位儘管放心。

吉克與林克斯舉起單手，瀟灑地迴避冒險者的噓聲，用帥氣的態度走回隊伍的尾端。包括戰鬥的過程在內，他們的英姿太過遙遠，瑪莉艾拉根本看不到。

聲援專區設在距離戰場很遙遠的迷宮都市門前，愛爾梅拉小姐正在此處開心地進行著實況轉播：

「哎呀，瑪莉艾拉小姐認識的那兩個人很厲害呢。他們各拿到了兩隻半獸人。這樣一來就不必擔心冬天沒肉吃了。到時候可以把一部分的肉換成香腸喔。拿來煮成清湯燉菜很好吃呢。」

愛爾梅拉小姐說著現場的詳細情形。她肯定有用魔法調整視力。從剛才開始，每次她的手快要碰到瑪莉艾拉時，就會「啪嘰」的一聲產生靜電，感覺有點痛。

而說到送走兩人的瑪莉艾拉，卻已經有點失去興趣了。

戰場太遠，根本看不到他們在做什麼，周圍還會傳來年輕女孩的肉食系對話：

「今年的新人沒有什麼潛力呢。」

「我問妳喔，收了沒有興趣的男生送的尾巴會不會變得很麻煩呀？」

「那個人？聽說他們分手了。可是她說對方還在糾纏不休呢。」

瑪莉艾拉在食物的嗜好上可以說是肉食系女子，但今天的獵物是半獸人王肉，所以其中沒有什麼讓她興趣的話題。

發著呆的瑪莉艾拉正打從心底後悔沒有帶《藥草藥效大辭典》過來，這時一名女性前來搭話：

「妳是經營藥店的人對吧？」

瑪莉艾拉回答「是的」，同時看著這名女性。她大約二十歲左右，穿著平民風格的服裝，但站立的姿勢卻沒有什麼破綻，有著一身贅肉很少的結實體格。她應該是個冒險者吧。

「妳有賣能讓這種燒傷痕跡變淡的藥嗎？」

女性捲起衣袖，露出一片嚴重的燒傷痕跡。

「雖然我們隊上的治癒魔法師幫我把燒傷治好了，卻還是留下了傷痕。我是不在意啦，但我的同伴每次看到這個傷痕就會露出很愧疚的表情。」

她似乎是為了保護隊伍裡的同伴而受傷的。她用很溫柔的眼神注視著半獸人祭典的現場，對方說不定是她的戀人。

聽到女性這麼問，瑪莉艾拉支支吾吾地說：

「很抱歉。擦一些美白類的乳霜是可以讓疤痕稍微淡一點……」

瑪莉艾拉賣的藥無法治好燒傷的痕跡。要是能使用高階魔藥的話，燒傷的痕跡就可以輕鬆治好了。

瑪莉艾拉垂下眼，女性冒險者卻高興地對她笑了。

「這樣啊。美白乳霜對吧。妳的店裡也有賣嗎？」

瑪莉艾拉表示會作一些，女性冒險者說自己一定會去買之後便離開。

順帶一提，聽到關於美白乳霜的事，愛爾梅拉小姐也訂購了一罐。周圍的女性似乎也都聽到了這個消息，於是瑪莉艾拉接到了大量的訂單。

工作忙碌是一件好事吧。瑪莉艾拉這麼想著時，半獸人祭典的現場傳來了慌忙的氛圍。那邊似乎也突然忙碌了起來。

「半獸人王出現啦～！」

男人在半獸人祭典的現場高聲歡呼。

半獸人王會率領著幾隻半獸人將軍和數百隻半獸人現身。過去萊恩哈特將軍參與討伐時不只是沒有採用冒險者，還有高達七隻的半獸人王同時襲來；不過這次只有兩隻半獸人王和五隻半獸人將軍、五百隻左右的半獸人，規模算小。由於半獸人祭典才剛開始，這可以說是很正常的出現機率。

半獸人王單獨的強度是C級偏低，C級的冒險者在一對一的情況下可以戰勝。都市防衛隊的士兵換算成冒險者階級大約是D到E。C級以上的戰力會被分配到迷宮討伐軍，所以儘管無奈，都市防衛隊也只有中階到低階的戰力。即使如此，只要指揮命令體制有確實運作，還是能夠討伐一兩隻半獸人王率領的半獸人軍團。況且今天還有冒險者齊聚一堂。

以下是題外話，冒險者的採用是由泰魯托的繼任者，也就是現任上校所想出的點子，並由泰魯托推行。那是發生在泰魯托就任為上校以前的事。

「這麼做可以就近觀賞冒險者的活躍，討伐結束後開派對還能和他們進行交流呢。」

部下在提案時加上了這句話，泰魯托便發揮前所未有的強烈衝勁，跨越一道又一道的難關，讓這個點子通過了。這或許是泰魯托唯一一次將自己的技能「同調」運用自如的事蹟。

結果相當成功，不只是取得便宜的戰力和隨之而來的安全性提昇，還為市民提供了娛樂，促進官民之間的交流，帶來提昇都市防衛隊的形象等各式各樣的附加效果，使泰魯托得以晉升為上校，簡直是把興趣當成工作而成功的絕佳例子。雖然也有可能只是因為他的運氣太好了。

參加半獸人祭典的冒險者大多是和都市防衛隊同為D級以下的人，但其中也有太太想要拿到肉而被逼著來參加的高階冒險者。

雖然以高階冒險者的收入，想買多少半獸人王肉都沒問題，但面對「好划算」、「好便宜」、「隔壁太太的先生也有參加」等強烈刺激太太們的詞彙，許多丈夫都只好來參加半獸人祭典。

也就是說，一場壯烈的半獸人王肉爭奪戰即將揭開序幕。

「吉克，那邊那隻被B級的人盯上了。我們去打另外一隻半獸人王吧！」

「知道了！」

林克斯與吉克有如一陣疾風般起跑。周圍的冒險者當然也同時從隊伍中衝了出去。

半獸人王出現的同時也宣告了混戰的開始。

兩人沿路打倒或穿越逼近的半獸人，朝半獸人王奔去。旁邊的半獸人王似乎被好幾名冒險者盯上了。天空浮現好幾把冰槍，刺向半獸人王。一陣風之刃擊落了那些冰槍。

「混蛋！少在那邊礙事！」

「吵死了，那是我的獵物，你才給我閃邊去啦！」

B級冒險者展開了一場量產「多餘傷者」的醜陋紛爭。趁機衝出去的大劍士被潛伏在某處的土魔法師絆倒，栽了個跟斗，還靠著衝撞的力道把好幾隻半獸人直接送往地獄。

現場一片混戰。愛爾梅拉小姐在遠處的聲援專區極為興奮地進行著實況轉播。她每次比手劃腳地形容時，就會「啪嘰」的一聲產生靜電，實在很痛。她真的有打算隱瞞「雷帝」的身分嗎？瑪莉艾拉忍不住詢問本人，她卻笑著拋媚眼說「我只是普通的雷魔法師啦」。她的睫毛末端「啪嘰」的一聲噴出火花，讓瑪莉艾拉只能回答「也對」。

吉克與林克斯一邊閃躲幼稚的對手往腳邊放出的妨礙魔法，一邊往半獸人王直奔而去。這個時候，一名身披斗篷的男人從後方的人群中高高跳起，用超乎常理的跳躍力降落在兩人面前。

他的存在感震撼了全場。降落地點附近的半獸人都害怕地後退。斗篷的下襬猶如魔鳥之翼般隨風開展，使他露出隱藏的面貌。

「半獸人王是我的啦！」

豎起大拇指如此宣言的，是今天依然耀眼的神祕男子。

（為什麼連你也在啊，光蓋。這很明顯是戰力過剩吧——）

在感到無力的冒險者洩露心聲之前，光蓋的降落地點浮現出一片不可見的網子，捕獲了光蓋。

「唔哦，還太嫩了！」

光蓋揮舞手臂，企圖扯破網子。可是光蓋還來不及逃出網子，不知從何而來的幾個影子便逼近光蓋，在轉眼之間包圍了他。

「會長，該回去了。你會給大家添麻煩的。」

「請回去工作。會長最近玩得太凶了。」

「你的行動模式這麼好懂，陷阱很好設呢。」

「放……放開我！有話好說啊！要是沒有獵到半獸人王，我會被老婆罵，會被老婆罵的！」

冒險者公會的幹部穿著一身筆挺的辦公制服，把不斷掙扎的光蓋綑綁起來，像抬神轎一樣將他抬走。明明看不到他們攻擊的手法，擋住他們去路的半獸人卻一一被打倒，可見他們的實力有多麼堅強，但光蓋的階級卻是在幹部之上。即使是面對比自己更強的對手，藉著作戰計畫和團隊合作也有可能戰勝，他們正好在眾多的年輕冒險者面前做了一次很好的示範。

「哦……哦哦哦哦哦哦哦哦哦哦！那不是光蓋小隊嗎！好厲害，好厲害喔！」

泰魯托極度興奮。他周圍的士兵都用只能說「太好了呢」的溫暖表情在一旁看著他。

順帶一提，稱為「光蓋小隊」的正式名稱根本不存在。這不過是俗稱。他們是光蓋親自訓練的幹部，會根據狀況替換為適合的成員。並不是因為幹部「不想跟會長待在同一支隊伍」才拒絕以小隊自稱。他們或許，大概，一定很愛戴光蓋的吧。

趁著最大的敵人（光蓋）被排除的空檔，吉克和幾名冒險者逼近了半獸人王。

「呼吼哦哦哦哦哦哦哦哦哦哦哦哦！」

半獸人王高聲嚎叫。牠的身材比一個成年男子還要高大，重量恐怕有成年男子的好幾倍。不愧王者之名的壯碩身軀發出地鳴般充滿壓迫感的嚎叫，威嚇眾多冒險者。然而，牠這

麼做也無法阻止抵達此處的戰士。

半獸人王揮舞相當於成人體型的巨大棍棒。周圍的半獸人被牠造成的風壓吹飛，卻有人用劍把這陣風壓反彈向牠的喉嚨，也有人踩著棍棒衝向半獸人王的頭部。吉克也側身閃過棍棒，然後順勢利用腳部的跳躍力如子彈般衝向半獸人王，用祕銀之劍刺向其心臟。

被同時攻擊頭部、喉部、心臟的半獸人王馬上就不支倒地。

成功了。打倒半獸人王了。可是是誰？同時嗎？肉究竟會落入誰的手中？

「幹得好，吉克。好了，我們走吧！回『躍谷羊釣橋亭』開慶功宴了。」

不知何時站到吉克身邊的林克斯對吉克這麼說。吉克沉默地握起拳頭，和林克斯的拳頭互相碰撞。

林克斯握拳的手指上纏著明顯和普通半獸人不同的威風尾巴。

「哎呀～真沒想到光蓋會出現呢～」

林克斯在「躍谷羊釣橋亭」一邊咬著半獸人王肉，一邊用逗趣的口吻描述著整場戰鬥的過程。趁著吉克吸引其他冒險者的注意力並迎戰半獸人王時，林克斯繞到後方割下半獸人王尾巴的一幕是很少人知道的稀有片段，但瑪莉艾拉和身為旅館活招牌的艾蜜莉兩個人都很專心地吃著半獸人王肉，根本沒有在聽。

帶回尾巴的林克斯分到十五公斤的半獸人王肉，包含吉克在內，給予最後一擊的三個人則各分到十公斤。像半獸人王和半獸人將軍這種高級肉，即使沒有帶回尾巴，對討伐過程有貢獻的人也能獲得分配。為此，都市防衛隊的高級肉類負責人會拚命監視戰況。畢竟這場活動聚集了很多為了高級肉而來的高階冒險者，不論如何都不能有分配上的不公。食物引發的怨念是很可怕的。

兩人拿到二十五公斤的半獸人王肉，把其中五公斤帶到「躍谷羊釣橋亭」請老闆作成料理，舉辦了慶功宴。剩下的十公斤由瑪莉艾拉收下，另外十公斤則替黑鐵運輸隊存放在「躍谷羊釣橋亭」。

雖說是慶功宴，參加者也只有林克斯、吉克、瑪莉艾拉和「躍谷羊釣橋亭」的艾蜜莉。另外就只有老闆和安珀小姐等人會在接待客人的空檔輪流來到空著的位子上吃一點肉而已。

瑪莉艾拉也有邀請愛爾梅拉小姐，但她以要和家人吃晚餐為由拒絕了。最喜歡宴會的黑鐵運輸隊的迪克隊長目前身在帝都的天空之下，留在迷宮都市的馬洛副隊長等人也有工作要忙，沒辦法在太陽剛下山的時間來到「躍谷羊釣橋亭」。

「要是迪克隊長在的話，一定會來參加的！」

「他一定會參加。所以我才沒有告訴他半獸人祭典的事。」

林克斯這麼回答瑪莉艾拉的問題。這次也有某個不懂得看場合的公會會長突然亂入，如果是迪克隊長，肯定會為了進貢半獸人王肉給安珀小姐而參加活動。安珀小姐本人就在瑪莉艾拉身邊津津有味地享用著半獸人王肉。

「真好吃～」

「入口即化呢。」

「好好七喔～爸爸也快點來吃嘛。嗯嗯。」

「嗯唔～」

吉克和林克斯周圍明明是小女孩、少女、好幾名美女應有盡有的後宮狀態，小女孩和少女破壞氣氛的威力卻非常強大。她們露出幸福的表情享用半獸人王肉，鼓起的雙頰隨著咀嚼的動作蠕動著。

吉克與林克斯相視而笑，咬了一口自己盤裡的肉。

半獸人祭典獲得的肉約半數會分配給參加者，不想要肉的話也可以換成現金。剩下的可食部位會透過批發市場以便宜的價格販售給民眾。有賣半獸人王或半獸人將軍肉的肉店全都生意興隆，展開了一場主婦之間的壯烈戰爭。能在第一天就取得冬天的半獸人肉甚至半獸人王肉是一件幸運的事。因為瑪莉艾拉恐怕無法在競爭激烈的特價商戰中存活下來。

加上肢解費用、戰場和派對會場的布置等各種經費的話，其實會有一點點的虧損，但這場活動本來就是為了討伐跑來搶食甜蕪菁的半獸人，考量到都市防衛隊單獨負責討伐的情況，這已經可以說是破格的收支。

半獸人祭典會持續一週，直到甜蕪菁的收成結束。

都市防衛隊會在夜間於戰場周圍焚燒除魔香並巡邏，將半獸人的出沒時間控制在白天。

林克斯和吉克的戰鬥在獲得半獸人王肉的時候便告終，但悲哀男人的戰鬥直到最後一天的烤肉派對都不會結束。

沒有人知道冒險者公會的會長——光蓋的餐桌是否會有端出半獸人王肉的一天。

The
Survived
Alchemist
with a dream
of quiet town life.

02
book two

第四章

開墾的路標

Chapter 4

＊

01

以鐵皮包覆的黑色裝甲馬車在魔森林裡奔馳。

馬車跟著帶頭的騎兵，在後方以一定的速度前進。

想到這次也能按照預定計畫在傍晚前抵達迷宮都市，騎著奔龍護衛馬車的男人——多尼諾為旅程的順遂感到安心。多尼諾負責裝甲馬車的維修工作。畢竟能像現在一樣擔任護衛，可見他也有戰鬥能力，但比起對付魔物，改裝裝甲馬車還比較符合他的性格。

雖然是已經往返多次的道路，要甩掉不斷來襲的魔物並持續行進整整三天還是一件相當累人的事。即使是哥布林或森狼等弱小的魔物，數量一多還是不容小覷。狼群特別棘手，不管扯掉幾隻，牠們都會再次咬住馬車不放。

（結果呢？只要用幾瓶低階除魔魔藥，別說是攻擊我們了，牠們甚至還會主動逃走。照這個樣子看來，馬車的裝甲或許還能改得更薄，讓速度更快。）

自從在迷宮都市成立據點，留在迷宮都市的隊員就會負責準備要運送到帝都的商品。所以抵達迷宮都市以後，只要休息和維修工作結束，就可以馬上往帝都出發。

現在在迷宮都市停留的間隔也和以往一樣是四天，所以有很多時間可以分配在維修上。

藉由據點的成立，現在也可以設置用來維修裝甲馬車的大型道具。

過去的裝甲馬車是以承受攻擊為前提，是個只求堅固的行走鐵箱。搭乘起來既不舒適，速度也沒有多快。抵擋著攻擊勉強穿越魔森林以後，馬車本身的重量會讓車軸受損。這原本是個難以解決的缺點，但按照現在的狀況來看，進行大幅度的改造應該也沒有問題。

多尼諾一路上保持警戒，同時思索著裝甲馬車的改造方案。

看著多尼諾的背影，被稱為小賈的奴隸男子握著裝甲馬車的韁繩。小賈以前是在迷宮都市的奴隸商人雷蒙手下照顧騎獸的奴隸，在一個多月前被黑鐵運輸隊買了下來。

這是他第二次往返魔森林。

魔森林對小賈來說是非常可怕的地方。小賈是被躍谷羊商隊帶到迷宮都市的，所以不曾經過魔森林，但他從穿越了魔森林的奴隸口中聽說過，知道那裡並不是一般人能夠往返的地方。

受到「命令」的小賈戰戰兢兢地握著韁繩。被交代擔任夜間駕駛時，他甚至因為恐懼過度而在駕駛座內嘔吐。聽到「髒死了，去洗乾淨」且被踢出駕駛座時，小賈還以為自己就要被魔物吃掉了，半發狂地緊抓住把自己踢出來的腳，毫無尊嚴地大聲哭叫。

可是小賈……不，黑鐵運輸隊從來不曾因為魔物的襲擊而喪命。就算有遇到，也只是撞見碰巧經過的魔物，簡直就像是魔物會主動退避似的。雖然裝甲馬車上方裝著用來焚燒除魔香的臺座，但除魔香的效果有這麼強烈嗎？

（這是怎麼回事……）

小賈的眼睛狡猾地轉動著，觀察周遭環境。他的喉嚨被弄啞了。因為他連讀書寫字也不會，所以只能透過自己的耳朵和眼睛來蒐集情報。他偷偷摸摸地持續打探著消息。

在這之後，路上只有偶爾出現幾隻哥布林，裝甲馬車按照預定計畫抵達了迷宮都市。

「我們已恭候多時。」

奴隸商人雷蒙前來迎接抵達奴隸商館的黑鐵運輸隊。

這次的貨物也是奴隸。

「貨物」從裝甲馬車上走下來，接受例行檢查。

可是情況有點不尋常。其中混著缺了一隻眼睛的人、手指不齊全的人，甚至還有好幾個斷手或斷腳的人。四肢健全者之中有幾個看似重刑犯的凶狠男人，以雙手受到拘束、嘴裡咬著口銜的狀態被強押出來。

雖然被送到迷宮都市的奴隸都是犯罪奴隸或終身奴隸，但他們的用途是提供勞動力，因此身體有缺損而無法順利工作者，或是無法配合其他奴隸也不好使喚的重刑犯不管價格再怎麼便宜，採買時也會盡量避免。這些奴隸並不是由黑鐵運輸隊來挑選，而是奴隸商人雷蒙所要求的。

「我們確實收到商品了。貨款就照老樣子。」

雷蒙的表情並沒有透露出他的真意。他是長年以人口買賣維生的人。雷蒙一如往常地像買賣牲畜一樣，不，應該說是以更加抽離情緒的態度結束了交易。黑鐵運輸隊的工作是運送「貨物」，並不會公開探究客人訂購的目的。

目送結束交易的黑鐵運輸隊離開後，奴隸商人雷蒙叫住了要把奴隸押進牢房的其中一名部下。

「最近不是有很多半獸人肉嗎？拿去請今天這批人吃吧。明天就要出貨了。到時候他們就會……」

雷蒙的話停在這裡。接到指令的部下默默低下頭，和奴隸一起走進建築物內。

「真是的，年紀大了就是這樣。我明知道同情都只是多餘的。好了，去向買主通知貨到的消息吧。」

雷蒙如此低聲自言自語，然後走進了商館。

02

迷宮都市的東南部，距離靠近外牆的貴族街中心稍遠的地方有亞格維納斯家的宅邸。從安妲爾吉亞王國時代便繼承至今的土地在迷宮都市也相當廣大，周圍被高聳的圍牆包圍，無法從外側窺知裡頭的模樣。

據說兩百年前的魔森林湧出魔物時，亞格維納斯家的當家正好離開國內，因此逃過一劫。在那之後，帶著士兵率先趕回亡國的亞格維納斯家當家使用除魔魔藥和除魔藥草確保了安全地帶，並召集倖存的鍊金術師投入復興的工作。他們將作出的魔藥分配給所有倖存的國民和趕來救助的帝國士兵，使迷宮都市得以築起人們的居所。

這項功績讓亞格維納斯家受到迷宮都市的重用，負責管理鍊金術師留下的大量魔藥。亞格維納斯家提供的魔藥就這麼持續支援迷宮的討伐長達兩百年的歲月。

亞格維納斯家的現任當家——羅伯特・亞格維納斯在宅邸的別館，經由一段隱藏階梯往地下走去。

他的年紀大約二十出頭，是個自幼便被譽為神童的英才。羅伯特的母親在妹妹凱羅琳還小的時候便去世，自從父親在幾年前因實驗失敗而臥病在床，他便繼承了一家之主的位子。

亞格維納斯家的別館是在此處重建為迷宮都市時開始就存在的古老建築物，和幾十年前所建的本館雖然是在同一片住宅用地上，卻稍有一段距離。

在本館重新整修以後，別館依然作為魔藥的研究設施使用，只有當家和繼承人，以及其他極少數的協助者能夠在此出入。

就連身為妹妹的凱羅琳也不曾進入過別館。

別館有寬敞的地下室，支撐著迷宮攻略的大量魔藥就儲藏在這裡。羅伯特現在所走的不是通往魔藥儲藏庫的階梯，而是只有歷代當家才知道的隱藏通道。

羅伯特往陰暗走廊的深處前進。通過只有當家持有的鑰匙才能打開的門以後，他來到一個類似墓穴的空間。

室內的兩側排放著好幾個老舊的棺材。十個以上的棺材全都已經被打開，從房間的入口處就可以看到裡面並沒有躺著任何人。房間的最深處比擺放這些棺材的地面還要高了一階，放著一座玻璃棺材。

玻璃棺材的周圍設置著幾個照明魔導具，照亮了玻璃棺材。棺材的下半部蓋著繡有精緻薔薇花紋的布，從棺材上披掛到地面的樣子就像是身在薔薇花園中一般。

在缺乏物資的迷宮都市，繡著華麗花紋的布料是相當高價的奢侈品，根本不會用在這種不見天日的地方。這份禮物如實地表達了贈禮者對棺材主人的心意。

羅伯特走向玻璃棺材。

她就沉睡在玻璃棺材中。

她是位非常非常美麗的女性。

閃耀的銀髮呈現和緩的波浪線條流瀉而下，掛在瓷器般光滑的雪白臉龐上。她的臉上有個直挺的可愛鼻子，小巧的紅唇彷彿作著美夢般描繪出微笑的線條。包覆著纖細肢體的禮服是柔和的薔薇色，襯托著她的美麗。

裝飾眼瞼的纖長睫毛彷彿馬上就會顫動著睜開雙眼。

她的眼瞳究竟是什麼顏色呢？

像是裹著一層糖蜜般的光潤嘴唇開啟時，會用銀鈴般清亮的聲音呼喚對象的名字嗎？

「噢，美麗的愛絲塔莉亞。我們的始祖鍊金術師。」

羅伯特．亞格維納斯在棺材前跪下。

羅伯特在正式確定繼承家業的十歲時遇到了持續沉睡的她。初次見到她的當時所受到的震撼如今依然支配著他的心思。

她是羅伯特見過最美的女性。

也是持續沉睡了兩百年的，安妲爾吉亞王國最後的鍊金術師。

「愛絲塔莉亞，妳要成為這座迷宮都市的始祖鍊金術師。直到那一天到來為止，我都不會讓任何人妨礙妳的安眠。」

等到迷宮被消滅，這塊土地回歸人類手中時，人們會與地脈牽起脈線，讓這片土地再次充滿鍊金術師。可是和地脈締結契約時需要「鍊金術師」。這是只有可以收人為徒的鍊金術師才能得知的情報，有許多人即使身為鍊金術師也不知道。鍊金術師即使沒有師父在身邊，也可以透過「書庫」取得新的鍊金術知識，但卻將師徒關係看得比什麼都重要，理由就在於這裡。

不拜他人為師就無法成為鍊金術師。

徒弟必須跟著精靈潛入地脈，牽起脈線，然後藉著師父的能力回歸現世。因此，要讓鍊金術師重回迷宮都市，「她（愛絲塔莉亞）」是不可或缺的。

（她將成為迷宮都市所有鍊金術師的師父，永遠名留青史——）

羅伯特凝視著在棺材中沉睡的愛絲塔莉亞。

寄宿在他眼裡的是愛慕、崇拜，還是瘋狂？

「安心沉睡吧，愛絲塔莉亞。直到迷宮毀滅，這塊土地迎來嶄新黎明的那一天。遵照古老時代的約定，妳要在那個時候覺醒。在那之前，我的新藥會成為毀滅迷宮的助力。」

羅伯特對沉睡的她這麼說。他已經將這番話、這份決心反覆訴說了好幾次。

他把繡著薔薇的布稍微往棺材上半部拉起，愛憐地撫摸棺材，然後離開了地下室。

03

「現在開始五十三樓之樓層主人，識別名稱『咒蛇之王』的討伐。一雪前恥吧！」

「哦哦！」

選自迷宮討伐軍的百餘名菁英回應了金獅子將軍——萊恩哈特的呼喊。

迷宮五十三樓是現在的討伐最前線。這裡就是萊恩哈特在先前的遠征中了巴西利斯克的石化詛咒而不得不撤退的宿命樓層。

眾人一邊打倒普通的巴西利斯克，一邊往通道的深處前進，便來到一個看似人工產物的石柱四處矗立的寬敞空間。這裡就是「咒蛇之王」——巴西利斯克之王的巢穴。

巴西利斯克是頭部與尾巴類似蛇類的魔物，腹部則像蜥蜴般往側面鼓起，還長著四隻短短的腳。巴西利斯克的眼睛被稱為石化的邪眼，被邪眼瞪視的人會遭受到解毒也無法完全治癒的石化詛咒。只不過，石化詛咒的發病機率並不高。萬一發動，只要有施予「神聖守護」這種可以預防詛咒並擊退不死者的防禦魔法就能夠防止石化。

石化詛咒也能用鏡子反射，只要讓盾牌戰士裝備打磨得如鏡子般光亮的盾牌，就能夠穩定地防禦巴西利斯克的詛咒。順帶一提，巴西利斯克並不會因為自身的詛咒而石化。

巴西利斯克的牙齒和爪子、尾巴帶有石化毒素，毒性也非常強烈。只要受到攻擊，就必定會發動石化。不過其中不含詛咒，所以使用解毒的魔法或魔藥就能治癒。

牠們用長長的尾巴和頭部所使出的攻擊非常強勁，屬於S級的魔物，但卻是萊恩哈特率領的迷宮討伐軍能夠戰勝的對手。

真正的問題是在廣場的中央抬起蛇首的「咒蛇之王（巴西利斯克）」。

牠的體長是普通巴西利斯克的數倍，嘴巴大得足以直接吞下一個人。牠的頭上扭曲地長著好幾根角狀的突起，形似王冠，簡直就像是被吞噬的獵物肋骨刺穿頭蓋骨所長出的角。

被藍綠色鱗片包覆的身軀到處都附著著鐵鏽般的雜質。這些雜質就像孵化前的繭般蠢蠢欲動，不時破裂並混入空氣中，和迷宮的汙濁魔力融合後產生出新的巴西利斯克。

牠的腹部長著八隻腳，是普通巴西利斯克的兩倍，所以無法進入到處都有石柱的廣場邊緣或是通道中，但戰鬥一旦開始，牠恐怕就會生出好幾隻普通的巴西利斯克，從四面八方放出石化詛咒，然後吞噬化為石像的獵物吧。

上次就連萊恩哈特也沒有逃過牠們的魔爪。戰線被一次出現數隻的巴西利斯克打亂，讓軍隊不得不撤退。看出萊恩哈特是軍隊將領的巴西利斯克不斷地對他施展石化詛咒。這些詛咒突破了反覆詠唱的「神聖守護」的空檔，擊中了萊恩哈特。

但現在已經不必畏懼。

「使用聖水。」

一聽到維斯哈特的號令，所有士兵拿起聖水往身上潑灑，然後施放「神聖守護」。聖水也和「神聖守護」一樣具有預防詛咒的效果。這麼做還能提昇對巴西利斯克的石化毒素的抗性。「神聖守護」無法重複施加，但聖水可以。在「神聖守護」失效到重新施放的期間，聖水可以預防詛咒。

「淨化武器，裝填彈藥。」

這次要在武器上潑灑聖水。這麼做也能在攻擊滿身詛咒的蛇王時增加攻擊力。

魔法師開始詠唱，製造出好幾支以聖水為核心的冰槍。

弓兵在薄薄的金屬模具中注入聖水再插入箭身，並由會使用冰魔法的人急速將其冷凍，作出以聖水製成的箭鏃。

對手是眾人挑戰了好幾次都無法戰勝的強敵。不知道有多少戰友在牠們的嘴裡犧牲。可是士兵的臉上並沒有面對強敵的懼色。

靠著這次的作戰計畫，一定能獲勝。擔任副將軍的維斯哈特十分確信。

畢竟這次軍隊準備了「整桶」的聖水。換算成魔藥瓶大約是八百瓶。

（每天一百瓶高階，還能在不到兩週的時間內準備這麼多的聖水，對方真是個可怕的鍊金術師。）

維斯哈特和眾多士兵都殷切地等待著金獅子將軍——萊恩哈特的號令。

「現在就洗刷那一天的屈辱吧。」

萊恩哈特一聲令下，揭開了「咒蛇之王」討伐大戰的序幕。

「神聖護盾！」

被分配到六人隊伍裡的盾牌戰士接連發動聖屬性的護盾。配合打磨得如一面鏡子，足以反射詛咒的鏡面盾牌，戰士順利擋開了巴西利斯克的石化詛咒。

由盾牌戰士和前衛、會使用「神聖守護」的賦予術師和治癒魔法師所組成的六人小隊，巧妙地阻擋著「咒蛇之王」所生出的普通巴西利斯克，壓制住牠們的攻勢。

現在還不能打倒普通的巴西利斯克（這些傢伙）。

牠們的數量一減少，「咒蛇之王」就會創造出新的蛇僕（巴西利斯克）。蛇僕的出現地點無法預測，迎戰「咒蛇之王」的戰力一旦被盯上，戰線就會一口氣被打亂。

因此，有八支隊伍的任務是負責壓制蛇僕。

趁著他們壓制礙事者（蛇僕）的期間，主力部隊要與「咒蛇之王」對峙。

「搭箭！放箭！」

弓兵聽從維斯哈特的口號，發射冰凍聖水製成的箭矢。箭鏃是流線型，尺寸比普通箭鏃還要大了十倍以上。考量到鐵的比重和空氣阻力，這個大小是能夠觸及「咒蛇之王」的最大尺寸。它的速度當然比普通的箭更慢，也無法造成多少穿透力。

好幾支箭描繪出拋物線，如冰雹般灑落在「咒蛇之王」身上。急速冰凍的箭鏃並沒有凍結到內部，一擊中「咒蛇之王」的堅硬鱗片便馬上碎裂。

同時把封在內部的聖水潑灑在「咒蛇之王」的表皮上。

「嘶啊啊啊啊啊啊啊啊啊！」

「咒蛇之王」瘋狂晃動與身體的長度不成比例的長尾巴和長脖子，把冰箭甩掉。弓兵的聖水之箭無法傷害「咒蛇之王」。可是覆蓋著鱗片的鐵鏽般的詛咒瘴氣一碰到聖水便被淨化，讓「咒蛇之王」非常不悅地抖著身體。

好機會。

「全軍突擊！」

聽到萊恩哈特的咆哮，士兵全都迅速跟上這波攻勢。

為了吞食迎面逼近的萊恩哈特，「咒蛇之王」抬起蛇首，張開血盆大口。魔法師對牠的頭部射出以聖水為核心的冰槍。

聖水冰槍猛力擊中「咒蛇之王」的頭部，毀損了好幾枚堅硬的鱗片，甚至刺到張開的巨大蛇口中。對渾身詛咒的「咒蛇之王」來說，聖水就像是毒藥。萊恩哈特等士兵拔刀砍向為了咬碎冰槍而閉起的嘴巴。

真是可恨。這隻魔物的內心會有這樣的感情嗎？從「咒蛇之王」的角度來看，萊恩哈特不過是渺小又脆弱的生物。牠想用石化邪眼把對手變成石塊後吞食，但詛咒卻遭到「神聖守護」的阻礙而無法觸及。不管「神聖守護」被破除幾次，守在後方的賦予術師也會不間斷地施放「神聖守護」，魔法失效的短暫空檔還有提供雙重保障的聖水持續發揮著效果。

「咒蛇之王」改變攻擊方式，企圖用八隻巨大的腳踩死對手，於是抬起腳襲向萊恩哈特等人。

「散開！」

迷宮討伐軍隨著一聲號令往四面八方移動陣形。看準移動時的些微破綻，「咒蛇之王」像揮舞鞭子一樣甩動長得異常的蛇尾和蛇首。士兵被打飛，甚至撞上石柱。高速揮舞的尾巴打出的衝擊波斬斷了士兵的手腳。

雖然這強烈的一擊幾乎造成了致命傷，被分配到前線的治癒魔法師卻會立即施放治癒魔法，避免士兵當場死亡。

將治癒魔法師投入前線是從這次才開始的嘗試。過去他們總是要保留魔力，以耐得住長時間戰鬥為第一要務。藉著將回復人員投入前線，才能夠把前線的盾牌戰士縮減到最少，以萊恩哈特等前衛為主軸，切換成以攻擊為重的作戰計畫來面對「咒蛇之王」。

難以靠治癒魔法即時恢復的傷者會馬上脫離戰線，被抬到尼倫堡所率領的治療部隊。留在治療部隊的治癒魔法師只有少數幾名不適合前線的人。如果是過去，這樣的人數根本來不及治療傷者。不過——

「不要省魔藥。優先使用紅色和黑色的。黑色的效果不穩定。不夠的話可以使用中階和高階。以士兵的體力為優先，不要用治癒魔法消耗他們的體力。」

尼倫堡對治療部隊下達指示。

他們是上次和尼倫堡一起治療傷者的治療部隊。不管是見到內臟破裂，手腳變形，不，即使是斷手斷腳的傷勢，他們都已經能夠冷靜地面對。

「斷得這麼俐落，很容易治療呢！」

「下次請自己把斷掉的手腳撿回來喔！」

他們甚至有餘力說出這種話。

治療完畢的士兵馬上就回到了前線。回到互相削弱肉體與精神的消耗戰之中。

04

事情要回溯到約兩週前。

「咦~高階特化型的解咒魔藥一百瓶？沒辦法啦。材料根本不夠，缺了苔蘚。為什麼迷宮採不到普拉納苔呢？連賈克爺爺也沒有賣。沒辦法的。」

瑪莉艾拉很稀奇地否決了魔藥的委託。

瑪莉艾拉在作魔藥瓶時就把普拉納苔採光了，手邊有的量根本不夠作一百瓶。即使想購買，連賈克爺爺都說「不知道」的東西，瑪莉艾拉也不知道要從何取得。就連愛爾梅拉藥草部長都聲稱網羅了迷宮所有藥草的《藥草藥效大辭典》裡也沒有記載，可見普拉納苔有多麼稀少。

「而且要對付使用詛咒的對手，準備聖水不就好了嗎~」

瑪莉艾拉無心的一句話對「咒蛇之王」討伐作戰產生了很大的影響，而她本人也完全沒想到這句話會害自己落得必須每天早起的下場。

聽到聖水的訂單是以瑪莉艾拉整個人都進得去的木桶為單位時，瑪莉艾拉忍不住反問了好幾次。

「瑪莉艾拉，早安。該起床了。」

吉克今天也很早起。不需要太多睡眠的人實在太令人羨慕了。瑪莉艾拉揉著惺忪的睡眼，勉強爬出被窩。外頭還很昏暗，朝日尚未升起。這一切都要怪某個將軍或副將軍大人提出一桶聖水這種誇張的訂單。總共是八百個魔藥瓶的量。聖水以等級來說屬於中階，並不是很難的東西，材料蒐集起來卻很麻煩。

「嗚嗚～冷死我了～雖然是我提出的點子，可是也加班太多了吧～我要申請加班費～」

季節就快要從秋天進入冬天了。日出前的時間相當寒冷，手腳容易凍僵。在這種時間灑水到底是什麼懲罰？

瑪莉艾拉在吉克準備的澆水器和木桶裡注入添加了「生命甘露」的水，兩人一起來到屋頂上。聖樹就生長在瑪莉艾拉的家旁邊，所以在屋頂就可以搆到接近聖樹頂端的地方。聖樹的頂端比站在屋頂上的瑪莉艾拉還要高，但從這裡灑水就沒有問題了。

瑪莉艾拉用澆水器從屋頂朝聖樹灑水。吉克用風魔法輕輕把水滴吹散，讓水均勻地灑在所有的聖樹葉子上。兩人合力用水充分地灑滿整棵樹。

偶爾有頑皮的風會把澆水器灑出的水滴吹往瑪莉艾拉的方向，冷得不得了，但又得在天亮前把水灑完，所以瑪莉艾拉只能忍耐。

灑完水後，兩人回到一樓，把水盆和水桶、碗盤等家裡能裝水的東西全部都放到聖樹的根部。剛才灑好的多餘水分開始滴滴答答地從樹梢落下，一樣很冰冷。滴到脖子上時會讓人忍不住驚叫一聲。

放好容器後，接下來只要等待太陽升起就好。

聖水的材料是「聖樹的朝露」。聖樹的恩惠會溶入充分沐浴朝陽的水滴，產生驅散邪惡的神聖力量。重點在於朝陽和聖樹的恩惠，不一定非凝結的露水不可，就算是雨水或人工灑水，只要是水都可以。使用含有「生命甘露」的水可以讓效果更好，所以趁著日出之前提早準備好朝露是最快的。為了維持聖樹朝露的濃度，才要在多餘的水分稍微滴落之後再放容器，所以會被冰冷的水滴打中，不過這也是有聖樹的房屋才做得到的蒐集方法。

瑪莉艾拉喝著添加許多砂糖且冒著煙的熱可可，在暖爐前等待日出。瑪莉艾拉打算在冬天的「家具市集」買齊家具，所以現在有個漂亮暖爐的客廳沒有什麼家具，只鋪著一條蓬鬆的白色毛皮地毯。這似乎是叫作雪猿的雪地猿猴毛皮。

迷宮都市很缺工匠，所以很難買到手織布料，卻可以找到很多魔物的毛皮。這條白色地毯也是其中之一，是一塊有著長長手腳的溫暖毛皮。它的每一根毛都比外觀看起來還要堅韌，就算有麵包屑等食物掉落在上頭也不太會結成毛球，而且還能在家洗滌，是很適合一般家庭的熱門商品。

一大早就能窩在暖爐前的蓬鬆毛皮上，真是太奢侈了。

因為沒有家具而用木箱代替桌子的樣子實在有點窮酸，但對瑪莉艾拉來說反而更令人放鬆。

「希望市集有賣比這個木箱更好的桌子。」

「市集會賣比這個木箱更糟的桌子嗎？」

瑪莉艾拉和吉克兩個人一如往常地閒聊時，天色開始亮了。

聖樹在朝陽中閃閃發光。灑滿葉片的水珠受到朝陽的照耀，充分吸收了陽光與聖樹恩惠的模樣帶著莊嚴的氛圍。看到這幅景象就讓人重新認知到聖樹有多麼特別。

吉克用風魔法輕輕吹動樹梢，讓葉片上的水珠像一陣小雨般落在下方的容器裡。

滴……滴滴……答……答答……

如果這裡有精靈，一定會隨著水聲起舞吧。聆聽完閃閃發光的朝露所演奏的音色，瑪莉艾拉與吉克把朝露全部倒進木桶中。

每天不斷重複這種單調的作業，兩人花了約兩週才終於蒐集到一桶朝露。

剩下的材料有「用精靈之火淨化過的鹽」和「少女的頭髮」。

瑪莉艾拉久違地召喚了火蠑螈，請祂用精靈之火淨化鹽。雖說是「淨化」，成品比較像是「加熱融化後凝固」的鹽。

最後的少女頭髮指的是純潔女孩的頭髮。只需要一點點就夠了，而且愈年輕效果愈好。話雖如此，小嬰兒卻不行。似乎要已經萌生性別認知的女孩才可以。

「躍谷羊釣橋亭」的活招牌——艾蜜莉在剛剛好的時機哭著跑來說「爸爸把人家的頭髮

剪得亂七八糟的啦～！」，於是瑪莉艾拉幫她把瀏海修剪整齊，並用了當時剪下來的頭髮。她才十歲，還是個會把自己的餅乾分給爸爸吃的好孩子，效果應該非常好。

如果這次的作戰計畫順利成功，背後的功臣或許是把艾蜜莉的頭髮剪得亂七八糟的「躍谷羊釣橋亭」的老闆吧。

靠著如此作好的一桶聖水，「咒蛇之王」討伐作戰揭開了序幕。

材料除了鹽之外都是免費的，但話可不能這麼說。瑪莉艾拉的幸福貪睡時間和艾蜜莉的頭髮，無價。

05

奴隸商人雷蒙的馬車在萊恩哈特率領的迷宮討伐軍開始挑戰「咒蛇之王」的幾個小時前駛入亞格維納斯家的宅邸。

「我把您委託的『商品』運送過來了。」

亞格維納斯家的管家把裝著貨款的袋子親手交給態度恭敬的雷蒙。

「……我確實收到了。」

雷蒙收下貨款，行了一禮後離開宅邸。他不問「下次的訂單是什麼」。雷蒙是奴隸商人，接到訂單就會加以回應。他不會挑選客戶，也絕對不會深入探究或洩漏祕密。雷蒙不會在交易中夾雜私人情感。這也是他們奴隸商人必須遵守的「制約」之一。

可是，這位客人**消耗得太快了**。

買賣人口的奴隸商人是社會很忌諱的職業。可是他們也發揮了監獄官和執行官的作用，是受到國家的保護與監視的職業。雷蒙等奴隸商人擁有的「隸屬契約」的技能根據用法的不同，是一種非常危險的技能，甚至可以強制奴役無辜的人。

這類對國家來說重要度很高且持有者少的技能會被歸類在鑑定紙的「其他」項目，無法透過鑑定紙得知詳細內容。擁有「其他」技能的人會被召集到專門的機關，使用特殊鑑定紙進行鑑定。國家會審核並拔擢有能力的人。「隸屬契約」的技能持有者從小就會被施行專門的思想教育，並在接受許多「制約」後以奴隸商人的工作維生。

在反覆買賣人口的過程中，雷蒙的心已經漸漸變得麻木，但他原本其實是個非常公正且善惡分明的人。自從被發掘出「隸屬契約」的技能，他就一直接受這樣的教育。

即使是犯下罪惡的人，即使這個世界沒有能讓他們好好更生的餘力，只能把他們當作犯罪奴隸，雷蒙也很清楚他們並非可以任由他人輕易「消耗」的「物品」。

所以每次遇到這樣的客戶，他就會忍不住覺得自己就像個零件。可是雷蒙受到許多「制約」束縛，無法停止擔任奴隸商人。即使知道「商品」會被「消耗」掉，他也無權選擇「不賣」。

如果能真的像個零件一樣，什麼也感覺不到就好了，雷蒙這麼想。雖然他的心已經幾乎不會受到撼動。

雷蒙請載著奴隸過來的兩輛馬車先回商館，吩咐馬車駕駛在街上慢慢行駛再回去。他從馬車的車窗呆呆地望著慢慢向後飛逝的街景。

母親安撫跌倒的孩子，孩子們互相追逐，攤商大聲叫賣著晚餐的食材。

雷蒙很喜歡欣賞這些平凡無奇的情景。

突然間，一對年輕男女的身影映入他的眼簾。

「為什麼你和林克斯都不帶我去參加半獸人祭典的烤肉派對嘛～」

「瑪莉艾拉，妳有在徵男朋友嗎？」

「才才才……才不是呢！是肉啦！我想吃肉。難得有機會免費吃肉耶。不去不是很可惜嗎……真的不是那樣啦。」

「哈哈哈。不過，如果我們去參加，我和林克斯應該會太受歡迎，讓妳只好一個人吃肉吧。」

「哼～才不會呢～我一定也會很受歡迎，受歡迎到沒有時間吃肉啦～」

「既然這樣，有什麼關係？反正去了也吃不到肉。機會難得，今天要不要吃米諾陶洛斯？老是吃半獸人，妳也膩了吧。」

「米諾肉！我想吃漢堡排。把絞肉揉成大大的肉排吧！」

「……瑪莉艾拉，妳真的很喜歡攪拌或揉捏材料呢。」

（我記得那名少女。她是買下瀕死奴隸的女孩。旁邊那個男人該不會是……）

雷蒙集中精神，感覺到男人身上殘留著自己所施的「隸屬契約」。

（不會錯的。原來他活下來了。）

原本瀕死的奴隸在少女的身旁露出柔和的笑容。他的表情非常自然且溫柔。可是他同時也很警覺地戒備周遭的環境，看得出來他在保護少女。

（太好了。）

他能夠遇到一個好主人，真是太好了。雷蒙這麼想。

雷蒙不會深入探究那個瀕死的奴隸到底是怎麼獲救的。光是能知道有「商品」受到幸運之神的眷顧，那就夠了。

雷蒙不會挑選客戶，也絕對不會深入探究或洩漏祕密。因為這是他們奴隸商人必須遵守的「制約」之一。

載著雷蒙的馬車與瑪莉艾拉和吉克擦身而過，慢慢穿越街道，回到了奴隸商館。

06

（這還真奇怪。）

被運送到亞格維納斯家的其中一名奴隸看著分配到自己眼前的熱湯，這麼想著。

被按上隸屬的烙印之後，他的腳依舊拖著鎖鏈，雙手也被銬在身體前方。

他是帝都很有名的盜賊團的一員，也是殺了好幾個人的重刑犯。盜賊團的據點曝了光，於是首領和反抗的同夥都被殺了。不知道算不算是運氣好，被鈍器打昏的這個盜賊和他的小弟被捕，審問一結束，他們便墮落為犯罪奴隸。

他們成為奴隸還沒有幾天，一直都沒吃到什麼像樣的食物。拿到的麵包全都是快要丟棄的東西，有些又乾又硬，有些帶著即將腐敗的酸臭味道，有些甚至已經發霉到內部。

但在抵達奴隸商館的昨天，晚餐卻是半獸人肉。雖然切得很薄，份量少，只有用一點點鹽調味，卻是他們好久沒吃的肉。

恐怕是為了避免奴隸趁著沒有人監視的時候打架而降低「商品價值」，看起來乖巧的人都被統一關進大牢房，屬於重刑犯的盜賊則被關進個別的地下牢房。為了方便監視，面向走廊的牆面是由鐵桿組成，可以清楚看到其他牢房。

監視者離開之後，盜賊一邊吃著自己盤裡的肉，一邊大聲這麼說道：

「聽說我們會被賣到同一個地方，所以說接下來我們就是好同事了。是吧？老弟。」

「是啊，大哥。你們應該也知道這是什麼意思吧？」

「話說回來，肚子好餓啊，就吃這麼一點肉，根本不夠嘛。」

說著，盜賊一個一個仔細瞪著其他牢房裡的奴隸。

要是被賣到同樣的地方以後，被他盯上就難受了。

無法忍受他的眼神壓力，一個人交出了自己的肉，接著周圍的奴隸也把肉放到那個盤子裡，於是盜賊的面前堆起了吃也吃不完的大量的肉。多虧如此，盜賊今天早上也用肉填飽了肚子。

所以他現在並不餓。被盜賊搶走肉的其他奴隸狼吞虎嚥地喝著亞格維納斯家提供的加了碎肉的湯，兩名盜賊卻只吃掉湯裡的肉，然後趁著沒有人監視的時候把自己的湯倒進附近奴隸的碗裡。

（這還真奇怪，待遇會不會太好了？）

一抵達目的地就能吃到肉，到了買主的家還能喝到加了肉的熱湯。

盜賊並沒有天真到會以為自己受到了歡迎。因為他們知道自己並不是什麼了不起的人物。

他們抱著空的湯碗，仔細觀察周圍。

這棟房子裡的人全都是一些瘦弱的男人。只要隸屬紋沒有發動，就算手腳被枷鎖束縛，盜賊應該也能輕鬆打倒他們。奴隸被按上隸屬紋的烙印時，身為「主人」的男人並沒有現身。因為契約是用裝在瓶子裡的血液完成的，所以奴隸不知道誰是可以「命令」自己的主人。

（是哪個傢伙……？）

如果主人不在場，或許可以逃出這裡。

「嗚……」

咚的一聲，盜賊把湯倒進其碗中的隔壁奴隸打翻湯碗，倒了下來。他沒有喝完盜賊倒的湯，把一些湯潑到了盜賊身上。

盜賊正想抱怨「髒死了」的時候，發現自己的嘴巴無法順利活動。

（毒藥……不，是麻藥嗎？）

殺死特地買來的奴隸也沒有意義。盜賊迅速環顧四周，發現被帶來的奴隸全都昏倒了。盜賊又馬上對小弟使了個眼色，意思是「配合我」。小弟也受到藥效的影響，但似乎還不至於失去意識。

（這種事情也是要看時機的。胡亂大鬧是笨蛋在做的事。）

據點遇襲的時候也一樣。盜賊至少還具備等待機會的智能。

（他們大概在打什麼鬼主意，可是那些瘦皮猴應該不太能打架吧。）

他們用鎖鏈束縛手腳的自由，甚至還對被烙上隸屬紋的奴隸下藥。肯定是因為怕奴隸反抗才會下藥。所幸盜賊並沒有喝到多少湯。他們打算假裝昏倒，趁著麻痺消退的機會發動攻擊，在受到「命令」前逃走。只要知道「主人」是誰，成功率就會大幅提昇。只要繼續假裝昏倒，他應該很快就會現身了。

（簡單啦，我還記得路。這裡是老房子的地下室。只有一條路，想迷路也沒辦法。）

盜賊假裝昏倒，靜靜地觀察周圍的情況。等到被送進來的奴隸全都一動也不動，深處的門才終於打開，走出幾個男人。他們把喝了藥而昏倒的奴隸一個一個搬到載得動人的手推車上，然後運送到深處的房間裡。

一個男人檢查了被運上手推車的奴隸，然後下達「把那個人送到紅色房間。把這個人送到準備室」的指示。看來有部位缺損的人會送到「紅色」的房間，四肢健全者則會被分配到「準備室」。

（這下慘了。老弟（那傢伙）被逮到時斷了一隻手。再這樣下去，我們會被丟進不同的房間。逃跑的時候也是夥伴愈多愈好。那個高高在上地叫其他人把奴隸送進什麼紅色房間或準備室的傢伙大概就是主人，可是他就是不離開這裡。）

奴隸們一個接著一個被抬走。順序就快要輪到盜賊了。他漸漸陷入焦慮。小弟恐怕也是同樣的感受吧，從剛才開始就頻頻向盜賊投射視線。

手腳的麻痺感已經舒緩許多。乾脆豁出去賭一把吧。

盜賊的忍耐快要到達極限時，深處的房間傳出了某種動靜。剛才下達指示，看似主人的男人走進了深處的房間。

（就是現在！）

對小弟使眼色的盜賊和他一起跳了起來，往入口拔腿就跑。

這個時候——

「『不准動』。很遺憾，你們是無法逃出這裡的。」

他是什麼時候出現在那裡的？聲音從盜賊的身後傳來。

對方大概是個年輕男子吧。因為被命令「不准動」，兩個盜賊看不到他的臉。

「把手推車推過來。也別忘了拘束器。他們還懂得避開下藥，不要太大意了。」

隸屬契約的「命令」會消耗魔力。效果會根據下令者的魔力和命令的內容、受令者的意識而有很大的變化。下令「我現在要殺了你，所以你一步也不准動」的話，究竟能發揮多久的效果？

在恐怕沒有多長的「命令」有效時間內，盜賊被綁到手推車上。他們還很謹慎地讓盜賊咬住口銜，讓盜賊無法喊叫。要是盜賊能大聲胡鬧的話，或許還有機會叫醒其他因藥效而睡著的奴隸，然後趁亂逃跑。

（該死，真不走運……）

兩人被綁在手推車上，盜賊被送往「準備室」，用不清不楚的聲音想說些什麼的小弟則被送往「紅色房間」。

「快點把剩下的人綁好然後帶走。藥效差不多要退了。」

男人的眼裡已經沒有拚死嘗試脫逃的盜賊。不，他打從一開始就沒有把被帶來這裡的奴隸當作一個一個的人看待。

「剛才那兩個人的體力似乎不錯。希望他們能撐久一點。」

確認剩下的奴隸都被抬走以後，「命令」盜賊的男人——羅伯特也走向容納奴隸的深處房間。

（剛才「紅色房間」似乎有什麼騷動。大概只是醒過來的奴隸開始反抗了吧。主任已經過去處理，情況差不多該穩定下來了。）

上次的遠征到現在大約已經過了一個半月。魔藥的訂單差不多快來了，有必要加快製造的腳步。羅伯特製造的新藥是劃時代的發明。雖然效果不及鍊金術師所作的魔藥，卻能發揮足以稱為「魔法藥品」的效果。新藥必定能代替魔藥，協助人們攻略迷宮。

羅伯特走在亞格維納斯家開拓長達兩百年的道路上。即使鍊金術師已經死絕，他也不能停下腳步。

（不管要採取什麼樣的手段，我一定要達成目標。我一定要帶愛絲塔莉亞前往迷宮毀滅以後的，約定的世界——）

羅伯特再次重複自己長年以來的心願。

就像是要說服自己，就像是要束縛自己。
而重新邁出步伐的羅伯特，再也沒有停下腳步。

07

「話說回來，瑪莉艾拉小姐的藥總是要攪個不停呢。」
一名藥師一邊喊痛一邊轉動肩膀這麼說。
商人公會的會議室在製藥講習結束後依然很熱鬧。
講習費也包含了作法的情報費，所以一人只會參加一次，但只要是學員就可以無限次參加講習結束後所開的這種研討會。參加費很便宜，只有藥的材料費和茶水錢，所以即使學會了技術，也有很多藥師會每次都參加，作為資訊交流的管道。今天的主題是複習止痛藥的作法，有約二十位藥師在這裡用磨缽不停地攪著萊納斯麥。
凱兒小姐在攪拌材料的藥師之間四處走動，有時也會說些「還差一點呢，請加油」等建議。凱兒小姐是亞格維納斯家的千金小姐。為了避免把她捲入麻煩事，她一開始沒有出席，但參加課堂的藥師全都很勤勉，沒有什麼可疑人物，所以本人也有意願的她後來就以助手的身分參加了。

學員中有些人甚至會僱用別人去騷擾同業，瑪莉艾拉還以為會發生更麻煩的事，結果卻是意想不到。要是被當面說些惡毒的話，瑪莉艾拉也會覺得很難過，不過幸好學員都是很配合的人。瑪莉艾拉在研討會的空檔對里安卓先生提起這件事，他就笑著說出實情。

「這個嘛～畢竟妳提供了這麼寶貴的情報嘛～我和愛爾梅拉小姐都有好好跟學員『談過了～這也是商人公會的義務啊～』」

看來講習能夠這麼和平，都是多虧有愛爾梅拉小姐等人在背後幫忙的關係。真得好好感謝她。順帶一提，參加者之中沒有人的頭髮是燒焦的，可見他們的「談話」似乎是以口頭進行。幸好這邊也很和平。

「如果沒有經過充分攪拌，藥效成分和萊納斯麥裡面含有的『生命甘露』就沒辦法融合了。」

瑪莉艾拉一邊攪拌一邊回答。有沒有什麼可以脫離攪拌地獄的好方法呢？要是有的話，瑪莉艾拉也很想知道。

「既然沒辦法汲取『生命甘露』，我們也想過用富含『生命甘露』的材料來提昇藥效，可是要找到能順利融合的方法，應該也需要花很多的心力吧。」

瑪莉艾拉所教的製藥法可以應用在各式各樣的地方。一個點子是要在發想後經過幾十次嘗試和好幾道驗證才能獲得的珍貴資產。實際上，在場的藥師雖然也有想到同樣的點子，卻沒能確立方法。

因為同業的眼紅而受到騷擾的瑪莉艾拉即使有收費，藥師依然很感謝她願意公開這麼珍貴的手法。他們並非只因為和愛爾梅拉小姐等人「談」過才洗心革面。雖然「談話」無疑是發揮了極大的效果。靠著「書庫」的配方和鍊金術技能，很順利地找到作法的瑪莉艾拉沒有察覺到藥師的感謝之意，很悠閒地繼續說：

「啊～其他人果然也有想到～」

攪啊攪啊攪。瑪莉艾拉用磨杵把黏呼呼的萊納斯麥拉得長長的。一看就知道她已經攪膩了。

「對了，為什麼妳不用魔法攪拌？啊，是因為怕魔力轉移到材料裡嗎？」

「嗯？魔力轉移到材料裡也沒關係喔。那樣反而可以稍微提昇一點效果。」

如果是攪拌的方法，除了鍊金術技能以外還有好幾種。瑪莉艾拉採用手動攪拌只是因為不知道其他的攪拌方法，但藥師似乎以為手動攪拌具有某種意義。聽到瑪莉艾拉的回答，這名藥師一臉意外地反問：

「用魔力還能提昇效果嗎！」

這個問題讓會議室鴉雀無聲，藥師的視線全都集中到瑪莉艾拉身上。

「會提昇啊～可是魔力大概過一個星期就會消散了。」

以反覆拉長黏稠的萊納斯麥為樂的瑪莉艾拉沒有注意到其他人的視線，很乾脆地這麼回答。

瑪莉艾拉以前送給林克斯等黑鐵運輸隊成員的餅乾也有混入魔力，卻過了一週就變回了普通的餅乾。瑪莉艾拉原本就猜想會是如此，所以比起餅乾的魔力消散的事，吉克把餅乾珍藏起來，過了一個星期都沒有吃掉的事情還比較令她驚訝。

吉克似乎有收藏一些瑣碎雜物的怪癖。或許是在漫長的奴隸生活中無法持有私人物品所造成的反彈，他連瑪莉艾拉交給他的購物紙條都會偷偷收進口袋裡，有時還會把兩人一起喝過的葡萄酒的標籤撕下來收藏。

可是瑪莉艾拉一把房間弄亂，他又會毫不留情地把東西丟掉。

瑪莉艾拉把攪過的萊納斯麥集中成一團，戳弄著它。每戳一下，它就會很有彈性地搖晃，頗有樂趣。

（彈來彈去的，看起來有點好吃。晚餐要吃什麼好呢～）

瑪莉艾拉繼續玩著，這次換凱兒小姐發問：

「魔藥是靠『生命甘露』提昇藥效對吧？在萃取藥效的階段也會使用『生命甘露』來增強藥效本身。我聽說中階以上的魔藥會添加能夠灌注『生命甘露』的阿普力堅果和月光魔草來進一步提昇效果。」

「我們也在藥裡添加過阿普力堅果和月光魔草，但這些材料雖然能當作『生命甘露』的『容器』，卻不含多少『生命甘露』。所以就算使用，效果也沒有提昇。使用萊納斯麥或脂尼亞果油這類富含『生命甘露』的天然植物還比較能提昇效果。我說得沒錯吧？」

「是的，沒錯。」

因為凱兒小姐和藥師都很認真，瑪莉艾拉終於不再玩萊納斯麥，抬起頭來才看到藥師和凱兒小姐正帶著嚴肅的表情進行討論。

「這裡無法汲取『生命甘露』。可是既然用魔力也能提昇效果，用魔力不就好了嗎？」

「使用不同的素材，能夠灌注魔力的量也有差異吧？如果和『生命甘露』一樣使用可以當作『容器』的素材，是不是就能維持一定期間的效果了？」

「什麼是魔力的『容器』？」

「……魔石嗎？」

「那是禁忌呢。據說過去帝都曾經作過把魔石放入人類體內的研究。雖然似乎能暫時提昇魔力的量，但接受實驗的人好像都遭到魔石侵蝕而死了。」

藥師與凱兒小姐展開了一場議論。已經不玩萊納斯麥的瑪莉艾拉根本沒有機會插嘴。於是瑪莉艾拉只好測試加入多少水可以讓攪過的萊納斯麥增加延展性，重新開始攪拌。

「沒有其他容易灌注魔力的魔力媒介嗎……」

對於這個問題，一名藥師說出了大家恐怕都想過的答案：

「血……怎麼樣？」

08

「果然還是只能用血。」

在亞格維納斯家別館地下的「紅色房間」裡，羅伯特．亞格維納斯低聲這麼說。

羅伯特至今不知道究竟作了多少研究。

濃縮井水中的微量「生命甘露」的方法、使用萊納斯麥和脂尼亞果油等富含「生命甘露」的植物的方法、將萃取自天然物的「生命甘露」灌注到可以用來製作魔藥的阿普力堅果和月光魔草之中的方法——全都沒有成功。

研究得愈深入，羅伯特就愈覺得「生命甘露」實在是一種人類無法掌控的東西。

據說鍊金術師和地脈之間牽起的「脈線」並不是能夠汲取「生命甘露」的管線，而是將自身精神的一部分連結至地脈。藉由將一部分的精神連結至地脈，才能獲得使用「生命甘露」這種能量的權利與權限。換句話說，魔藥也可以說是使用地脈的力量所作出的產物。

那麼，有什麼能量是能由人類來操縱的？

羅伯特將心力都投注在使用魔力製造魔法藥品的研究。

富含魔力，或是能夠灌注魔力，且與人體有著良好的親和性。

任何人都能輕易聯想到的「人類血液」這種魔力媒介所能達到的效果，遠遠高於同時進行研究的其他替代品。

治癒魔法能提高受術者的自癒力。也就是說，受術者是借助治癒魔法的力量來靠自己的體力治療傷勢。魔藥借助的是地脈的強大力量。相對之下，使用可說是他人生命的血液來治療傷勢，必定會對人的心理造成難以接受的排斥感。可是羅伯特沒有任何一絲的猶豫。

「去準備採集血液用的奴隸。」

如果血液是來自善心人士，或許能帶給使用魔法藥品的人不同的效果，也帶給羅伯特不同的未來。

把人類當作材料。這道命令就是名為羅伯特·亞格維納斯的男人的人生分歧點。

而今天也一樣。

「嗚！呼！呼啊！」

咬著口銜的盜賊小弟扭動著身軀。他的雙眼充血，掙扎著想要扯下拘束器。

他被帶進的「紅色房間」裡排列著好幾臺跟他所躺的手推車相同的手推車。躺在手推車上的人全都被抬高了雙腳和頭部，身體固定成角度大的V字形，鼻子、手臂以及恐怕是下半身的地方都連接著細長的管子。插進鼻孔的管子應該延伸到了胃裡吧。裝在手推車上方的袋子經由連接到鼻孔的管子一點一滴地輸送著混合了營養劑和藥劑的液體。既然如此，下半身的管子應該是導尿管吧。從手臂延伸出來的紅色管子就不必多說了。

他們不知道被綁在這裡多久了。固定在房間深處的手推車上的人變得肌肉衰弱，手指和腳趾還僵硬地呈現彎曲的狀態。

這棟房子裡的男人在手推車之間來來去去，有時檢查連接紅色管子的魔導具，並在手上的筆記本上寫了些什麼。

「羅伯特大人，二十八號的魔力值從三天前開始就一直在規定值以下。」

「把魔石量提高到七十。」

「可是……」

「他的壽命到了。等到魔力值超過規定值，就全部抽完。」

接收到羅伯特的指示，男人走到被稱為二十八號的男人所躺的手推車旁，把連接到鼻子的袋子換成另一個。新袋子的液體一流進二十八號的體內，他那皮包骨般的身體便開始不斷顫抖。

「嘎！嘎啊！」

二十八號的頭部往後仰，張大嘴巴伸出舌頭。

他反覆發出急促的呼吸聲，持續抽搐。長期的拘束使他肌肉萎縮、關節僵硬。沒剩多少力氣的二十八號最後的發作並沒有強烈到足以形容為掙扎。可是也正因為如此，這幅景象才更讓人感到恐懼。

「魔力已達規定值。現在開始抽取。」

「開始吧。」

聽到羅伯特的指示，男人啟動了魔導具。

原本是個人的東西在轉眼間萎縮，漸漸乾枯。他的血液、魔力、生命、肉體究竟被榨取了多久的時間呢？就連到了末期，也要被一滴不剩地榨乾嗎？

（我也是嗎？接下來我到底要忍受多久同樣的對待……？）

盜賊的小弟用盡渾身力氣扭動身體，拚命想要掙脫拘束。他的雙眼因恐懼而充血，咬著口銜的嘴角流出了泡沫狀的唾液。

「睡吧。」

羅伯特對盜賊小弟下達「命令」。「睡吧」，「睡吧」，「睡吧」。

（我不要，我不要，我不要就這樣一覺不醒，救命啊，大哥！）

這就是自己過去嘲笑並拋棄那些乞求饒命的人所要付出的代價嗎？這就是應得的報應嗎？受到羅伯特的「命令」，盜賊小弟終於失去了意識。

09

「血……怎麼樣？」

在商人公會藥草部的會議室，一名藥師重複說道。意思是血液是否能當作以魔力提昇藥效的媒介。這個答案，聚集在現場的所有人恐怕都想過。

「血嗎？契約術式的確也會用到血。血含有很多魔力，也能灌注魔力到裡面……可是啊……」

「太沒良心了。」

「是啊。那不是能用來醫人的方法。」

對於自己得出的答案，藥師唉聲嘆氣。

那種駭人的東西不能說是一種藥。在陷入沉默的藥師之中，瑪莉艾拉反覆拉長攪拌過的萊納斯麥。拉得好長。創下新紀錄了。可惜藥效不會因此而改變。

「大家作藥時可以一邊想著『痛痛消失吧～』，一邊灌注魔力進去喔。雖然魔力很快就會消失，但灌注在魔力中的心意一定會留下來的。」

看著瑪莉艾拉專心攪拌萊納斯麥，藥師忍不住苦笑。瑪莉艾拉的藥肯定很有效吧。不只是療癒受傷的身體，好像也能療癒人心。

「算了，先不談魔力的事情，我說瑪莉艾拉小姐，不能使用攪拌機嗎？」

「咦？攪拌機？那是什麼？」

第二次沉默籠罩了會議室。

「瑪莉艾拉……畢竟我們的村子很鄉下嘛，幾乎沒有什麼魔導具。其實有能攪拌材料的魔導具。甜點店也會用魔導具來攪拌麵團。」

一直在瑪莉艾拉身後擔任護衛的吉克偷偷地這麼告訴瑪莉艾拉。幫忙彌補兩百年時差的青梅竹馬設定在這種時候特別方便。

「咦……咦咦咦咦咦咦！還有那麼方便的東西嗎！」

「……我還以為瑪莉艾拉小姐很喜歡攪拌呢。」

「我覺得在藥裡灌注消除疼痛的心意是很美好的事呀。」

藥師和凱兒小姐的體貼滲透了攪拌過度而感到疲勞的上手臂。

在這之後，藥師與魔工技師合作製造出一種專用攪拌機，具備了製藥專用的攪拌模式和攪拌片，而第一號機就贈予了瑪莉艾拉的店「枝陽」。

讓瑪莉艾拉脫離攪拌地獄的攪拌機還附上了作點心用的攪拌盆與攪拌片，不只是用於製藥，也活用於製作大量的餅乾。「枝陽」因此陷入了更讓人搞不懂到底是什麼店的狀態，但比起迷宮都市的幾種藥的品質能穩定維持在高水準的事，這一點也不重要。

10

「哦哦哦哦哦！」

號稱金獅子將軍的男人所發出的咆哮讓士兵的疲憊心靈振奮起來。不論被打倒多少次，萊恩哈特總是會重新站起。

兩百年前安妲爾吉亞王國滅亡時，王妃逃過了一劫。據說當時王妃的肚子裡已經懷有公主。那時候的休森華德邊境伯爵出借士兵給救了王妃的亞格維納斯首席鍊金術師，致力於復興迷宮都市。

王妃生下的公主嫁入了休森華德家，賦予休森華德家治理迷宮都市的正當權力。繼承其血脈的休森華德家下一任當家——萊恩哈特具有在迷宮都市稱王的正當資格。

他當然沒有對帝國謀反的意圖。帝國在一定程度上認可了領地內的亡國後裔進行領地的支配與自治，而皇帝也對歷代的休森華德家領袖這麼表示：

「休森華德啊，親手取回汝等的土地吧。」

沒錯。迷宮都市是休森華德家的領地，不是魔物統治的土地。

「消滅迷宮，收復此地」——

休森華德家的夙願有如一道詛咒，束縛著萊恩哈特。

戰鬥，戰鬥，戰鬥，然後死去。

幸運的生存者將延續其血脈，繼承遺志。

為了完成休森華德家的夙願，不知道究竟有多少同胞死在萊恩哈特的旗幟之下。

不管受了多少傷，如何被擊垮，他都不能停下腳步。

他不能倒下。

因為萊恩哈特的生命還沒有消逝。

萊恩哈特揮劍砍向「咒蛇之王」。同胞接續在後。

主力部隊攻擊後拉開距離時，弓箭和魔法會趁機掩護。被打飛而身受重傷的士兵會馬上被治癒，然後回到前線。

這場戰鬥不知道反覆持續了多久。

過去石化並吞噬無數同胞的可恨蛇王發出彷彿要詛咒所有生者的恐怖聲音後，終於頹然倒地。

「唔哦哦哦哦哦哦哦哦！」

萊恩哈特高舉握劍的拳頭。士兵也同聲效仿。

過去落敗多次的「咒蛇之王」的討伐，此刻終於成功。

看著萊恩哈特激動地發出不成言語的勝利吶喊，尼倫堡治療技師安心地吐出一口氣。他無法擺脫險勝的緊張感。尼倫堡和治療部隊的成員都已經瀕臨魔力枯竭的邊緣。這一點，恐怕所有人都一樣。想到即使用盡魔力與物資也沒能獲勝的過去那些戰役，這份勝利無疑是非常珍貴的。持有充足的魔藥竟然會對戰績產生如此大的影響。

「報告魔藥的使用瓶數。高階的總數就好。」

「是。總共是三百七十八瓶。」

這個數量是一般遠征的十倍以上。而且屬於中階的聖水所準備的份量換算成魔藥瓶就高達了八百瓶。命令的確是不要吝於使用，而為了防止洩漏遠征中的任何情報，這次獲選的士兵也全都立下了比平常還要強烈的「誓約」。

（即使如此，這次作戰的使用方式還真是大膽……不，畢竟也沒有其他的手段了。）

尼倫堡這麼想。這簡直就像是棋盤的棋格快要被填滿時，突然從天外飛來一著妙棋。尼倫堡直覺認為棋局的情勢將會徹底改變，而現在就是其轉捩點。

「恭喜您，哥哥。」

維斯哈特向遍體鱗傷的兄長道賀。維斯哈特本身也瀕臨魔力枯竭的邊緣，光是要站著就感到吃力。

「辛苦你了，維斯，各位也是。我們贏得的這一戰意義重大。那麼，通往下一樓層的階梯呢？」

「是，已經確認到了。現在斥候部隊正前往調查。應該很快就能夠得知狀況了。可是您已經如此疲憊，請暫時回基地一趟吧。」

「別擔心我，維斯。都已經來到了這裡，豈能不聽第一手消息就回去？」

眾人突破迷宮五十三樓，開啟了通往五十四樓的道路。沒有人知道這座迷宮究竟會延續到幾樓。五十四樓也許就是這座迷宮的最深處。

據說迷宮主人就身在最深處，同時也是與其他樓層主人完全不同的東西。不同之處不在於外表，而是其存在本身。人們都傳說只要是一路討伐迷宮的人，就可以一眼看出那就是迷宮的主人。

所以，斥候或許會帶著已到達最深處的好消息回來。

在場的所有人都這麼想過。所以渾身是傷而難以站立的萊恩哈特選擇坐在地上，待在樓層之間的安全地帶等待斥候的歸來。

他殷殷期盼的通知來得比想像中更快。

看到斥候一臉困惑的表情，萊恩哈特理解了狀況，知道下一樓層不是最深處。

可是，斥候的報告卻又出乎他的意料。

「報告長官。第五十四樓……被水淹沒了。」

根據斥候的報告，第五十四樓是一片無邊無際的汪洋。

萊恩哈特好幾次出生入死，終於跨越艱難，前方卻有更大的障礙正在等著他。

11

尼倫堡直到討伐「咒蛇之王」的隔天午後才回到自己的家。

討伐部隊從設置在五十樓的傳送陣移動到二樓的傳送陣，然後經由地下通道回到迷宮討伐軍的據點。

傳送陣是極為高價的魔導具，能夠在相同的經緯度座標之間達成瞬間移動。換句話說，只能進行垂直方向的移動。而且成對的魔法陣必須有魔力上的接觸才能運作。

迷宮是「迷宮主人」所支配的領域，也是藉其魔力所構成，因此才能設置並使用傳送陣，但會在迷宮主人被打倒後失效。簡而言之就是利用還活著的迷宮的魔力所建立的人工捷徑。

二十樓以後的樓層，每十層樓就會設置一個傳送陣。通往二十、三十、四十樓的傳送陣設置在迷宮一樓，且對外開放，所以雖然需要消耗魔力或魔石來啟動，卻是所有人都能使用的設備。

除了相關人士以外，沒有人知道這座迷宮是個超越五十層樓的魔窟。所以設置在五十樓的傳送陣是通往二樓的密室，一般人不會知道。二樓是潮溼的洞窟環境，魔物頂多只有史萊姆，苔蘚和藥草等植物也被史萊姆吃掉了，所以沒有什麼能採集的資源。迷宮討伐軍在表面上以迷宮內駐紮地的名義占用了其中一個角落。

其實被劃為駐紮地的區域中有通往五十樓的傳送陣，深處更連接著地下大水道。地下大水道有大量繁殖的史萊姆，平常無法當作通道來使用。迷宮討伐軍花了好幾年的時間，在連接迷宮二樓和迷宮討伐軍基地的水道中鋪設會吸收魔力的多吸思藤纖維來隔絕史萊姆，把這裡整修成直達迷宮的通道。

迷宮討伐軍展開一場英勇的遊行，風風光光地朝迷宮進軍的場面只會出現在定期舉辦的遠征中，實際上討伐的次數遠比市民所見的還要多。

萊恩哈特遭受石化詛咒時也是經由這條路線護送，他的負傷和討伐軍大敗的消息才沒有被市民得知。

雖然向「咒蛇之王」一雪前恥，凱旋歸來，萊恩哈特的腳步卻很沉重。

據說通往五十四樓的螺旋階梯到了途中就被海水所淹沒。從階梯上看到的景色是一望無際的海洋與天空。三百六十度無限擴展的水平線。似乎只有樓層階梯的上方不自然地開了一個通往五十三樓的洞。

一片碧海藍天的世界裡看不到任何陸地。只有遠方立著一根看似柱子的物體。現在斥候部隊應該正以那根柱子為中心，進行樓層的探索工作。

負責討伐「咒蛇之王」的部隊成員全都遍體鱗傷。治療部隊也耗盡了魔力，所以無法在迷宮內進行充分的治療。有必要回到基地好好治療與休息一番。萊恩哈特沒有把自己的失望表現在臉上，而是慰勞士兵的辛苦，將勝利獻給逝去的同胞。注視著萊恩哈特沒有停下腳步的背影，士兵再次向前邁出步伐。

尼倫堡回到基地以後也繼續治療士兵，好不容易回到家時，日期早已到了隔天，時間也已經過了中午。

「爸爸，歡迎回家。」

「雪莉，我回來了。」

現在明明是白天，愛女雪莉的房間卻拉起了窗簾，也沒有點燈，因此光線昏暗。尼倫堡擁抱愛女，輕輕撫摸她那包著繃帶的頭。

雪莉的臉現在仍然包著繃帶。

被巨大史萊姆的溶液腐蝕的傷口並非還沒痊癒。傷勢已經用治癒魔法治好了。卻留下了潰爛般的醜陋傷痕。

沒有傷及眼球是不幸中的大幸，尼倫堡卻怎麼也高興不起來。

雪莉原本那麼惹人憐愛的臉從左半部到頭部側面都被巨大史萊姆的溶液腐蝕了。眼瞼在融化的狀態下癒合，成了半閉起的狀態。藉著治癒魔法再生的皮膚呈現凹凸不平的紅黑色，頭部側面的毛囊失去了作用，只能長出稀疏的頭髮。

平安無事的右半臉有白皙的肌膚，端正的五官，以及襯托臉龐的黑色秀髮，反而凸顯了左半臉潰爛的醜陋模樣。所以她才會包著繃帶。因為包著繃帶的她美麗多了。

自從那一天起，已經過了三個星期。雪莉一步也沒有走出過家門。她不論日夜都在拉起窗簾的陰暗房間裡過著這樣的生活。

「爸爸，你吃過午餐了嗎？」

「這麼一說，我從昨天開始就什麼都沒有吃。」

「太好了。我用豆子和半獸人肉作了番茄燉肉。」

雪莉露出一如往常的笑容。

她說幫傭買了好大一塊半獸人肉，所以她自己切來作了菜，跟父親一起坐到餐桌邊。

她到底犯了什麼罪？尼倫堡壓抑著毫無食慾的心情，對心愛的雪莉微笑。

尼倫堡確實有叫她不要走貧民窟。可是那頂多是「避免遇到壞人」的程度，大白天走在迷宮附近的大街本來應該是沒有任何危險的行為。雪莉只不過是走了整座城市的小孩子都會走的捷徑，作父親的又怎麼能責怪她呢？

就算想把引誘巨大史萊姆進入城市的蠢蛋（金戴爾）大卸八塊，他也已經被巨大史萊姆融解得屍骨無存了。據說間接引發事件的都市防衛隊的泰魯托不管是針對疏於管理物資且放任金戴爾胡搞的失態，或是挺身把巨大史萊姆帶離大街的功績，他都沒有作出任何辯解，而是深深低下頭並接受了所有的處分。

尼倫堡的憤怒無處發洩，內心充滿了悲傷。

明明只要有一瓶高階魔藥，就可以治好雪莉的傷痕了。

去了帝都就能治好雪莉。這是最確實，也是無法馬上成真的方法。尼倫堡沒有其他家人。自從喪妻以來，他一直都和雪莉兩人相依為命。雪莉再怎麼懂事，也只有十二歲。即使能與躍谷羊商隊同行，她也不可能一個人走完前往帝都的嚴酷道路。如果要去帝都治療雪莉，父親就一定要陪伴著她。可是他還肩負著討伐迷宮的任務。他是治療部隊的負責人，也是知曉魔藥線索的少數人。即使提出休假或退役的申請，也不可能輕易獲得批准。

直到尼倫堡能帶雪莉前往帝都，或是雪莉能一個人前往帝都為止，她究竟要在這個陰暗的家中度過多久的時間？

她究竟要失去多少年輕且充滿希望的青春？

尼倫堡沒辦法因為總有一天能治好她就乾脆地接受這個結果。

三百七十八瓶。

這是討伐「咒蛇之王」時用掉的高階魔藥瓶數。

這些全都屬於迷宮討伐軍。私自使用或偷竊屬於軍用物資的魔藥是一項重罪。

即使使用權限在尼倫堡的手上，不管對士兵使用了多少瓶魔藥，他也就連一瓶都不能給自己的愛女使用。

「爸爸，你怎麼了？表情好可怕。」

雪莉注視著陷入苦惱的尼倫堡。

「我只是有點累了。沒事。」

說完，尼倫堡吃完了剩下的燉肉。

12

「這個月的魔藥訂購量只有這些嗎？」

羅伯特．亞格維納斯這麼詢問年老的管家。

「是的，羅伯特大人。上次軍方要求降價時，我按照您的指示用以往的價格進行交易，瓶數便被改為這個數字。軍方似乎有預算上的縮減。」

根據老管家的說明，迷宮討伐軍所提出的魔藥訂購量不到以往的一半瓶數。

「真是怪了。迷宮討伐軍上次遠征時應該產生了許多傷者，不可能有多餘的魔藥。」

亞格維納斯家雖然是著重於魔藥的管理與研究的家族，但並非不會蒐集情報。他們已經得知迷宮討伐軍產生了許多傷者的消息，另外也有掌握亞格維納斯家提供的高階魔藥殘量的方法。不論如何，上次的遠征似乎讓迷宮討伐軍經歷了一場苦戰。遠征後過了一個半月，傷者的治療工作已經結束，軍方開始進行普通討伐的跡象也已經出現。先前提供的魔藥應該幾乎都用完了，羅伯特還以為會接到大量的訂單。

「是想要藉著減少購買量來引誘我方降價嗎？但現在才開始討價還價，時機上未免有點太晚。討伐應該早就已經重新開始了。」

對於羅伯特的疑惑，管家這麼回應：

「根據情報販子的說法，可能是有人發現了被埋藏起來的魔藥。」

「那是**不可能**的。你也很清楚吧？不過，如果真如傳聞所說，有人發現新的魔藥……」

羅伯特想到了一個可能性。

不可能有人發現被埋藏起來的魔藥。

因為就連設置在亞格維納斯家的最頂級魔藥儲藏設備，也只能讓「生命甘露」的效果維持約一百年。

兩百年前發生魔森林氾濫以後，魔導具技術隨著魔藥儲藏設備的開發而有了飛躍性的進步。帝都的頂尖學者所發明的儲藏設備能讓魔藥的魔法效果來源——「生命甘露」在魔藥內部對流，並隨時賦予鍊金術師在製作魔藥的最終步驟所作的「藥效固定」的類似效果，藉此成功抑制魔藥的變質。

其效果「理論上」可以維持兩百年。

和以往的儲藏容器相比，即使會在途中開始變質，能夠保存魔藥長達一百年的儲藏設備依然是值得讚賞的發明。

可是也只有一百年。魔物暴動發生後不久所作出的魔藥不可能還有剩餘。這項資訊當然是機密。迷宮討伐軍以及以休森華德邊境伯爵家為首的各家族所擁有的儲藏設備都會由亞格維納斯家定期供應新的魔藥，所以他們應該也沒有發現真相。連同魔藥儲藏設備的可儲藏年數在內，亞格維納斯家的祕密一直都沒有曝光。

因此，既然有新的魔藥出現，就表示有與亞格維納斯家地下的沉睡者「相同的人」覺醒了。

這並非不可能發生的事。誰都不能保證沒有其他人擁有同樣的手段。

但也讓人一時之間難以置信。魔森林氾濫之後的狀況都有詳細的敘述，亞格維納斯家早已掌握了參與迷宮都市重建過程的每一個鍊金術師。

（對方究竟是什麼人？）

羅伯特這麼吩咐管家：

「去把人找出來。如果是鍊金術師，務必迎接對方來到我們亞格維納斯家。」

管家深深低下頭，離開了房間。他也是亞格維納斯家的其中一員。管家如此交代值得信任的部下：

「去聯絡情報販子。查出魔藥的運送人。也不要忘了調查運送人平常出入的地方，一處也不能放過。」

「報告長官。」

調查過迷宮五十四樓的斥候來到萊恩哈特面前報告。

根據其調查內容，五十四樓的水是與真實的海洋幾乎相同的海水，而深度則不明。通往下方的階梯一直延續到深度兩百公尺附近，但更深處已經超越了斥候的潛水能力極限，因此無法確認。根據馭音師的調查，深度似乎超越了水中探索限度的一千公尺。

「這麼說來，沒有邊際，也深不見底，有可能是無限的空間嗎？」

「恐怕是操作了五十四樓本身的空間吧。那麼，魔物呢？」

「是。空中並沒有確認到任何一隻魔物。在馭音師的探索範圍內，海中連一隻小魚也沒有。散發出魔力反應的物體只有那一根柱子。」

聽到斥候的報告，萊恩哈特與維斯哈特面面相覷。

一片廣大的汪洋中只有一根柱子。

恐怕沒有人覺得它不可疑吧。

「所以，那根柱子呢？」

受到維斯哈特催促，斥候開始報告現在的調查狀況。

柱子的海上部分比三層樓的建築還要高，寬度比城牆的尖塔還要粗。柱子的頂端有四個看似頭部的物體，分別以直角的方向看著東西南北，三百六十度皆無死角。頭部的形狀類似龍，眼睛有一般的雙眼加上額頭共三處，眼珠都大幅向外突起。口部並非上下開闔的結構，而是突出的筒狀。雖然無法得知海中部分延伸到哪裡，但它有時會隨著海浪輕微地上下晃動，所以很有可能是飄浮在水中的物體。

馭蟲師曾派出有翅膀的魔蟲，但一飛到離塔約一千公尺的地點，龍頭的筒狀口部便發射光線，將魔蟲一隻不剩地蒸發掉。測試光線的發射條件後，發現以塔頂為中心，半徑一千公尺的球狀空間都在其射程範圍內，不論是海面還是空中，它都會對入侵的物體發射光線。從發射光線到下一次發射的時間不到五分鐘。即使是在陸地上，要在光線的待機時間內接近它也很困難，但在這段期間卻還會發射高壓水彈。水彈可以連續發射，但馭蟲師的體力消耗太劇烈，還沒有測試出可以連續發射的發數。

馭蟲師能操縱從卵中孵化的特殊魔蟲，透過知覺共享來安全地取得遠處的情報。他們是在潛藏著未知危險的迷宮中探索新樓層時不可或缺的人才，但如果魔蟲被殺死，他們也會承受到知覺的反彈，再加上這種技能十分稀少，所以運用起來要格外慎重。這次雖然有好幾隻魔蟲被殺死，馭蟲師卻還是忍受著相當大的負擔，勉強完成了海上部分的測試。

交代部下請馭蟲師充分休息後，萊恩哈特針對報告中提到的遠距離攻擊發問：

「那是光魔法的一種嗎？能不能使用鏡面盾牌來反射？」

「是。屬下曾試過將鏡面盾牌固定於木筏上並使之進入射程範圍，結果木筏連同盾牌在一瞬間內遭到光線蒸發。」

看來高塔所放出的光線似乎是一擊必殺的魔法。水彈的攻擊也很強勁，使木筏全毀，被直接擊中的鏡面盾牌更以凹陷的狀態被打飛。這麼看來，要從海上正面進攻恐怕很困難。

「那麼關於海中部分，屬下搭乘木筏至光線射程的邊緣處，以水魔法射出魚叉測試，發現進入水深十公尺以下的範圍則不會觸發光線。以上就是現階段的測試結果。」

聽完斥候的報告，萊恩哈特與維斯哈特再次面面相覷。

斥候離開辦公室後，維斯哈特開口：

「您要潛水嗎，哥哥？」

「潛一千公尺都不換氣嗎？」

「要準備裝了重錘的氣囊嗎？還是很長的輸氣管比較好？」

「就算能藉此接近，又要怎麼破壞那座塔？」

「說得也是。還是先等待詳細的調查結果吧。我會派人去調查是否有魔藥能讓人在水中行動。」

「魔藥啊。對了，那些聖水的效果還真是了不起。」

「據說聖水的效果會根據材料而有很大的不同，我想應該是用了相當好的材料吧。」

「材料？是什麼材料？」

「似乎是少女的頭髮。據說愈是年輕純潔的女孩，頭髮就能發揮愈強的效果。」

「什麼！」

萊恩哈特拍著桌子站了起來。少女的頭髮。雖說是為了討伐迷宮，竟有花樣年華的女孩為此剪斷自己的頭髮。

萊恩哈特想像著凱羅琳那般年輕美麗的少女一刀剪斷其長髮的模樣。不過實際上只有用到「躍谷羊釣橋亭」的活招牌——十歲的艾蜜莉修剪頭髮時剪掉的一點點頭髮而已。

（為了回報她的犧牲奉獻，我們一定要消滅迷宮。）

萊恩哈特重新堅定自己的決心。聽聞少女的頭髮一事，不管要背著氣囊還是咬著長長的輸氣管，他似乎已經作好在海中朝柱子前進的覺悟。

14

「瑪莉姊姊～妳看妳看！爸爸說把我的頭髮剪壞很對不起，所以送了我好漂亮的緞帶喔～」

討伐「咒蛇之王」的幕後功臣——艾蜜莉用「躍谷羊釣橋亭」的老闆送的新緞帶綁著頭髮，來「枝陽」作客了。大概是她自己綁的，髮型就跟平常一樣左右不等高，緞帶的蝴蝶結還是直立的方向。

瑪莉艾拉和凱羅琳幫她重新綁成漂亮的樣子，跟她一起吃點心。真是一如往常的和平景象。

艾蜜莉的緞帶是用跟聖水的貨款一起送來的布料作成的。根據馬洛副隊長的說明，這似乎是「萊恩哈特將軍賜以答謝聖水材料的禮物」。這麼高級的布料是在迷宮都市很難找到的東西。雖然不知道萊恩哈特將軍到底了解到什麼程度，但這大概是送給艾蜜莉的禮物，於是瑪莉艾拉拜託馬洛轉交給「躍谷羊釣橋亭」的老闆。

畢竟是高價品，理由實在不好想，最後是謊稱為「浸水而無法販賣」的布料，以「黑鐵運輸隊總是受到旅館的照顧」為理由，請老闆收下了。據說老闆看著布料許久，然後用感慨萬千的神情說「拿來給艾蜜莉作新娘禮服……」。他未免太心急了。

結果，雖然目前艾蜜莉只收到用布料邊緣作成的緞帶，她卻高興得不得了。

順帶一提，瑪莉艾拉的幸福貪睡時間並沒有得到任何額外的獎勵。瑪莉艾拉不高興地這麼抱怨，吉克便在她的熱可可裡加了多達三顆的棉花糖。

迷宮都市很快就要進入冬季。在寒冷的冬夜窩在暖爐前喝著熱可可，與吉克一起放鬆休息的時間也是無價之寶——瑪莉艾拉這麼想。

The
Survived
Alchemist
with a dream
of quiet town life.

02

book two

第五章

美麗的海中湛藍

Chapter 5

✲

01

「已經冬天了耶？」

瑪莉艾拉這麼反問黑鐵運輸隊的馬洛副隊長。她的眼神就像在看著一個笨蛋。沒想到竟然會看到平常傻傻的瑪莉艾拉對自己擺出這種表情。

馬洛「呼～」的一聲深呼吸，恢復冷靜後再次向瑪莉艾拉問道：

「請問，有魔藥能讓人在水中活動嗎？」

瑪莉艾拉低聲說著「現在這麼冷……」，然後用食指抵著下巴發出「嗯～」的聲音開始思考。

「如果是魚人型的變身藥應該可以，但找得到材料嗎？像是『極光冰果』，還有『人魚之淚』……如果沒辦法，『魚人鰓石』也可以，畢竟那很珍貴。」

變身藥就是能讓人「變身」的魔藥。任何人都會想嘗試一次這種夢幻魔藥。

如果能完美變身成特定人物，從組織化的犯罪到個人的惡作劇，各式各樣的事情都能辦到。

可是很遺憾，變身藥並不是那麼方便的魔藥。頂多只能以自己的身體為基礎，把一部分的部位變化成其他種族的身體器官。

以這次的魚人型來舉例，使用高階的變身藥就可以改變呼吸系統。使用者會長出鰓，變得能在水中呼吸，手指和腳趾間也會長出蹼。眼瞼會消失，眼球則變化成魚眼。如果魔藥的品質夠好，一部分體毛甚至會變成鱗片，外觀看起來更像魚人。

不過光靠高階變身藥是無法改變體格的，人類的肌膚和毛髮也會維持原本的模樣。使用者不會完全變成魚人型的魔物，而是變成介於魚人和人類之間的奇怪生物。想要完全變身成魚人就需要特級變身藥，但其材料的取得難度、製作方法的難度和所需時間都不是其他特級魔藥可以比擬的。

想要變身藥的人大多都想藉著鳥人型的變身藥飛上天空。雖然高階變身藥能讓人的手臂如人面鳥身的哈耳庇厄般變化成翅膀，但即使長出翅膀，以人的體重和肌力依然無法飛翔，這樣的故事在童話裡也曾經出現。

從這個角度思考，魚人型的魔藥既然能讓人在水中呼吸，在變身藥之中就可以算是實用性較高的一種。

「極光冰果和魚人鰓石是嗎？我知道了，我會準備的。」

被一臉認真地點頭的馬洛影響，瑪莉艾拉也用嚴肅的表情試著問道：

「你們要冬泳嗎？」

「並沒有。」

看來並沒有要舉行「迷宮討伐軍之肌肉男冬泳大賽」的活動。真令人遺憾。

一如往常地從瑪莉艾拉的店「枝陽」經由地下大水道回到據點後，馬洛等人開始進行工作的分配。

「魚人鰓石……要去哪裡找啊，副隊長？」

雙劍士愛德坎這麼問。

魚人鰓石正如字面所述，是在魚人的鰓中產生的堅硬物體，卡進鰓裡的石頭或異物長期被鰓所分泌的物質層層包裹，就會形成這種形似珍珠的東西。魚人鰓石的形狀不規則，色澤很接近珍珠，卻又和珍珠不同，稍微帶有一點彈性。因為流通量比天然珍珠多，又是取自於魚人的鰓，所以在貴族之間不如珍珠貴重，會以平民珍珠的定位在市場上流通。話雖如此，因為它不是能夠養殖的產品，所以也沒有常見到可以隨時在珠寶店找到。

人魚之淚就更加稀少了。人魚所流出的眼淚會成為珍珠般的寶石，這並不是虛構的傳說。人魚之淚帶有珍珠般的光澤，同時也微微透著光，據說那不可思議的光芒就像是從海底仰望映照在海面的明月一般。當然了，庶民不要說是取得，就連見到它的機會也沒有。人魚之淚是王公貴族也鮮少擁有的珍品。

與之相比，取得魚人鰓石就簡單多了。

「那我要去找極光冰果。」

「啊，我也要。」

林克斯和愛德坎自願尋找看似難度較低的極光冰果。

「唉，真拿你們沒辦法。那就拜託你們了。」

心想年輕的兩人或許真的不適合蒐集寶石，馬洛把尋找極光冰果的任務交給了他們。

（爽啦！）

覺得分配到輕鬆的工作而感到高興的兩人，到了幾天後才開始後悔。

「極光冰果？又要找那麼稀奇的東西。」

林克斯與愛德坎覺得找賈克爺爺就能解決關於藥草的問題，於是來到了藥草店，他卻面有難色。店裡似乎沒有賣極光冰果。

「賈克爺爺，你應該知道要去哪裡採吧，去幫我們採啦～」

林克斯一派輕鬆地這麼要求。

「別隨便使喚老人家。你們最近不是很閒嗎？我告訴你們地點，自己去採。有兩三個B級冒險者就很夠了。上了年紀的身體可受不了那種地方。」

賈克爺爺這麼說，塞給林克斯一張粗略的地圖便把兩人趕出了藥草店。時間明明才剛過中午，賈克爺爺卻把店關了，說了一聲「拜啦」便出門。「賈克藥草店」的門上掛起了一塊寫著「有事請洽『枝陽』」的牌子。

「賈克爺爺竟然還作了這種東西。」

「他到底是多常去啊？」

不理會看著掛牌啞口無言的林克斯與愛德坎，抵達「枝陽」的賈克爺爺一把瑪莉艾拉訂購的藥草交給她，便像是待在自己家一樣走到自助區泡了茶，在陽光充足的位子坐下來休息。

「這裡真是天堂啊。」

坐在隔壁位子上的是最近常來的藥師，他以觀察攪拌機狀況的名目，三不五時就會來訪。多虧了他，店裡多了許多餅乾麵團專用攪拌片等等和製藥沒有關係的附加零件。攪拌盆除了外用藥專用、內服藥專用，還加上了點心專用等好幾個。因為現在可以大量製作酥脆的餅乾，店裡甚至放著茶點。就連身為老闆的瑪莉艾拉都忍不住想問「枝陽」到底是什麼店。

「哦，賈克先生，你那裡有進倫多葉柄嗎？我是不急著要啦。」

「哦，有啊。明天大概這個時間，你方便的話我就帶來這裡。」

賈克爺爺這麼回答藥師的問題。他最近甚至開始在「枝陽」交易商品了。他是旅行商人嗎？明明就有自己的店面。

「人老了就是經不起冷風吹。那種差事就交給年輕人去幹吧。」

賈克爺爺大口喝完茶水，藥師則用花式倒茶法幫他又添了一杯茶。

賈克爺爺在溫暖的陽光中舒暢地伸展凍僵的手腳，和藥師開啟一場愉快的閒話家常。

02

幾天後，接下極光冰果採集任務的林克斯和愛德坎把吉克也強拉過來，造訪了迷宮三十二樓——冰雪樓層。

「嗚嗚～冷死了～」

穿著厚實毛皮作成的防寒衣的三個男人在雪地中行走著。一邊叫著「啊～」或是「好冷～」一邊前進的三人看起來就像是三隻雪猿。

瑪莉艾拉正在商人公會參加講習和研討會。今天愛爾梅拉小姐會整天待在商人公會，所以林克斯已經把瑪莉艾拉交給她照顧了。

瑪莉艾拉也說「吉克偶爾去放鬆一下也沒關係。研討會結束後，我會在藥草部等著，沒問題的」並目送吉克離開，吉克現在卻一副很想快點回去的樣子，整個人心神不寧的。

（按照瑪莉艾拉的個性，我要是沒有在晚餐前回去，她有可能會因為肚子餓而一個人回家。不，她有可能會被食物引誘就跟著陌生人走……）

不知道吉克究竟把瑪莉艾拉當成什麼了。瑪莉艾拉應該不是那麼粗枝大葉的人。大概吧。

林克斯沒注意到吉克的憂心，雖然口口聲聲喊著好冷，卻還是興奮地說著：「愛德哥，你看你看。『注水』。好扯，馬上就結冰了。我好像冰魔法師喔～」

多虧使用了低階除魔魔藥，雪狼和雪熊等野獸類魔物不會靠近，只有雪猿或是冰霜圍困者這種具有意識的寒氣集合體般的魔物會不時襲擊三人。

「疾風之刃。」

吉克用灌注於祕銀之劍的風刃劈開冰霜圍困者，林克斯則對雪猿發射好幾把用水魔法作出的冰之短劍。

在這個樓層，寒冷是比魔物更難對付的強敵。手腳凍僵使得身體無法隨心所欲地行動。有時候強勁的暴風會捲起冰雪，奪去身體的熱度。

咻，四周又吹起了一陣寒風。

三人忍受著寒風步行了一陣子，愛德坎指出一個方向，那裡有個洞窟。

他是想提議去那裡休息一下吧。進入洞窟的三人生了火來取暖，咬著靠蜂蜜凝固的堅果棒，再用烈酒溫暖身體。

「欸～吉克，你不是跟瑪莉艾拉住在一起嗎？」

開口搭話的愛德坎的臉有點紅。

「所以～到底怎麼樣？你們兩個進展到什麼程度了？」

「欸，愛德哥，你已經醉了嗎？酒量也太差了吧？不過吉克……應該沒有吧？」

林克斯的瞇瞇眼睜了開來，緊盯著吉克。

「不，我們還沒……」

「還沒！你剛才說還沒嗎？」

「喂，吉克，你知道你跟她差了幾歲嗎……」

「別這麼說嘛，林克斯。然後咧？然後咧？到底怎麼樣？沒有什麼碰巧看到她曝光的幸運意外嗎？應該有吧？像是她在洗澡的時候，你不小心跑進浴室之類的啊！就是會跑進去吧？不小心的嘛！畢竟是兩個人住嘛，一定要不小心跑進去一下的啊！」

醉到興奮莫名的愛德坎，二十四歲，誠徵女友中。

以為冷酷的男人會比較受歡迎的愛德坎在「躍谷羊釣橋亭」等有女性在場的地方都會刻意「呵」的一聲冷笑，始終擺出一副對女人沒有興趣的態度，但其實是個非常喜歡黃色話題的輕浮男人。他和年紀比自己小的林克斯也很合得來。

林克斯露出「又來了」的表情安撫愛黃坎……不對，是愛德坎，卻又向吉克發問：

「所以？到底有沒有幸運的意外？」

林克斯的瞇瞇眼從剛才開始就一直是睜開的。眼白偏多的眼睛有點可怕。

「我不會刻意去……親近她。」

吉克避開兩人的視線，這麼回答。

「你剛才說不會刻意吧？你說了吧？意思是有不小心看到嘍！看起來怎麼樣？怎麼樣

嘛？快說啦～」
愛德坎緊咬住吉克的語病不放。林克斯或許也有興趣，所以沒有阻止愛德坎。
「不……那個……有一次瑪莉艾拉好像在洗澡時睡著，結果溺水……主人遇到危險時，隸屬紋就會痛……」
吉克無奈地開始說明。當時透過隸屬紋感應到瑪莉艾拉有危險，吉克慌慌張張地衝進浴室，才發現瑪莉艾拉整個人沉在浴缸裡，還發出咕嚕咕嚕的聲音。
「……那傢伙差點淹死在浴缸裡嗎……」
「還真像瑪莉艾拉會做的事……」
「那是我第一次慶幸自己被按了隸屬的烙印……要是沒有隸屬紋的通知，瑪莉艾拉就會……」
三個男人一臉疲憊地面對面低著頭。彎著腰的背影就像雪猿似的。不過即使同樣是猴子，愛德坎也是不死心的猴子。
「所以呢？看起來怎麼樣？」
愛德坎露出閃閃發光的眼神催促吉克繼續說下去。
兩人那銳利的視線都逼著吉克繼續說，不允許他逃避。
可是這件事關係到主人的尊嚴。吉克蒙德陷入思考。他必須將瑪莉艾拉的優點、迷人之處在不帶情慾色彩的情況下表達出來。活用智慧指數四的頭腦拚命思考後，吉克回望兩個男

人的視線，慢慢這麼說：

「很能凸顯食材的原味？」

「還！食！材！咧！清淡的調味嗎！」

「好吃嗎？清爽的味道？還是根本沒味道？」

兩人的反應非常熱烈。吉克似乎保住了瑪莉艾拉的名譽。大概吧。

打倒被笑聲吸引過來的雪猿，讓身體暖和起來的三人再次出發尋找極光冰果。根據賈克爺爺的地圖，應該就快到了。

三人走在陰暗的極夜雪地中。風勢已經緩和不少，他們沒花太多時間便抵達了目的地。

正如賈克爺爺的標示，一個低矮山丘的頂端生長著極光草。

這種攀附在凍土上生長的多肉植物與其說是草，更像是苔蘚，前端長出的小巧果實帶著藍色到紫紅色的漸層，讓人聯想到極光。在極晝期間結出的果實會在極夜期間於冰霜之下成熟，轉變色彩。

三人把覆蓋在表面的薄冰敲碎，摘下小小的果實。果實只有豆子的一半大小，就算把全部都採完，也只蒐集到兩個手掌的量。

跪在冰凍的大地上，用戴著手套依然會凍僵的雙手好不容易蒐集完時，靠酒精暖和起來的身體早已冷到骨子裡了。

難怪賈克爺爺不願意過來。

「好了，回去吧。」

剛才的高亢情緒不知道跑到哪裡去了。達成目的的三個男人帶著有氣無力的腳步以及緊密許多的情誼離開了冰雪樓層。

「大家，歡迎回來。哇~你們的臉頰好紅喔。應該很冷吧！今天就吃熱呼呼的清湯燉菜好了。」

在商人公會乖乖等待三人回來的瑪莉艾拉把玩著吉克的防寒衣上的絨毛，聊起了晚餐的話題。

外頭雖然是寒冷的初冬，對剛離開冰雪樓層的三人來說卻很溫暖。為了替脫掉防寒衣走在路上的三人暖暖胃，瑪莉艾拉邀請他們一起吃飯。

「林克斯你們要不要也吃過燉菜再走？能享用到食材的原味，很好吃喔。」

「噗哈，食材的原味！」

「清淡無味的高湯！」

不知道林克斯和愛德坎為何突然大笑，瑪莉艾拉歪起頭來。

「好啊~我要吃我要吃。我的肚子都餓扁了。好了，我們快走吧，瑪莉艾拉！」

林克斯牽起瑪莉艾拉的手，笑著跑了起來。

「等……等一下啦！林克斯，你跑太快了啦~」

瑪莉艾拉被拉著跑走，吉克和愛德坎也追了上去。

03

「這麼一來極光冰果和魚人鰓石就湊齊了呢。」

林克斯等人採集完極光冰果的幾天後，馬洛副隊長送來了數量足以搭配極光冰果的魚人鰓石。魚人鰓石明明是一種寶石，竟然這麼容易就能取得。

「因為魚人鰓石可以從雄人魚或半魚人身上取得。只要思考取得魚人鰓石的冒險者會把它拿到哪裡，事情就容易多了。」

馬洛副隊長似乎是到晚上營業的店家去一一收購的。他一提出高於市價的收購價格，店裡的小姐便爭先恐後地把客人進貢的魚人鰓石賣給了他。

「因為隊員便宜取得了極光冰果，才能有多一點預算收購魚人鰓石，幫了我大忙呢。」

馬洛笑著這麼說，林克斯則在他背後碎碎唸著：「太賊，太賊了。我們冷得要死耶。」

以下是題外話，雙劍士愛德坎幾天後來拜訪了吉克，在店裡角落最陰暗的地方對吉克訴苦：「『躍谷羊釣橋亭』的凡麗莎沒有戴我送給她的魚人鰓石項鍊……我每次去的時候，她都會戴著的。」
「她一定是弄丟了吧。我想遲早會找到的。」
吉克這麼安慰陰沉得幾乎要長出香菇的愛德坎。
「你真是個好人……」
自從去採集極光冰果以來，吉克似乎也和愛德坎變成朋友了。

然後又過了幾天。
「我看到凡麗莎戴魚人鰓石了！之前果然是弄丟了。」
雖然愛德坎跑來這麼向吉克報告……
「好像是項鍊的鍊子斷掉的關係，鍊子跟之前不一樣。雖然我覺得魚人鰓石的形狀好像也不太一樣，不過魚人鰓石很軟，所以形狀也會變吧。」
愛德坎這麼說。
「啊……嗯，是啊。畢竟是魚人鰓石，顏色、形狀和大小都會改變吧。」
吉克用很牽強的方式附和。
「瑪莉艾拉倒是每天都戴著我送她的項鍊！」
林克斯看著愛德坎和吉克，說著多餘的話。
他們一起去採極光冰果後，感情變得真好~瑪莉艾拉悠閒地看著他們三個人心想。

帶有魚人因子的鰓石和促進變身的極光冰果都已經取得了。至於用來調整變形所帶來的身體機能的克拉肯黏液，瑪莉艾拉的寵物——史萊肯每天都會分泌許多；而作為基礎材料的月光魔草是高階魔藥的必備素材，所以店裡隨時都備有大量庫存。再來就只剩維持變身效果的「欺時花蜜」而已了。

為了取得欺時花蜜，瑪莉艾拉和吉克兩人一起經由地下大水道前往瑪莉艾拉以前居住的魔森林小屋舊址。

「我記得我應該是埋在這附近。」

瑪莉艾拉在完全被低階藥草埋沒的小屋舊址一隅賣力挖掘著泥土。

「有了有了。雖然有很多都不能用了，但還留著這些應該沒問題。」

瑪莉艾拉所挖的洞裡有個能用雙手拿起的陶壺。壺裡放著好幾個用布包著的小玻璃瓶。陶壺已經裂開，玻璃瓶也有約三成都裂開了。從瓶子裡掉出的內容物已經徹底腐朽，回歸塵土；不過裝在完整玻璃瓶裡的植物種子即使經過了兩百年的時光，依然維持原本的形狀。

瑪莉艾拉用戴著橡膠手套的手慎重地取出完整的瓶子，一一確認內容物，然後把還能用的種子移到新的瓶子裡。裂開或裡面已經腐朽的種子則統一用焚燒的方式處理掉。

收納在這裡的種子全都是毒性很強且無法固定種植的危險植物。它們都不會在土裡落地生根，而是以生物的屍體或活著的生物為養分，藉此生長。只要像這樣埋在土裡，即使瓶子破掉，讓種子掉出來，它們也會在漫長的歲月中回歸塵土，所以比保管在倉庫等地方還要安全多了。

這些以生物為養分的種子為了能長期等待宿主生物的到來，會在厚厚的表皮中維持休眠狀態。從破裂的瓶子裡掉出的種子果然耐不住兩百年的土壤溼氣和微生物的腐蝕作用，全都已經腐敗，但密封在瓶中的種子似乎有一成左右能發芽。

瑪莉艾拉從還存活的種子中找到需要的種類，把幾顆種子放進吉克在路上打倒的哥布林屍體的傷口中。

啪哩。

吸收哥布林血液的種子表面浮現血管般的紋路，突破厚實外皮的根擴展開來，在轉眼之間布滿哥布林的體內。

瑪莉艾拉把多餘的種子移到新的瓶子裡，或是把過度茂盛的低階藥草收割並烘乾，過了一刻鐘左右，在哥布林屍體上扎根的「欺時草」就已經成長到約瑪莉艾拉的膝蓋高度。

瑪莉艾拉摘下幾片欺時草的葉子，用手指揉成兩顆團狀。

「吉克，用臼齒咬著這個。如果突然覺得有飢餓感，就用力咬它。這是解毒劑。」

瑪莉艾拉自己也用臼齒咬住葉子團，然後用布蓋住口部。

欺時草已經開始長出花苞了。

瑪莉艾拉在自己帶來的吸血藤橡膠袋裡裝水，用袋子包住欺時草的每一個花苞，然後綁住袋口。為了防止莖被水的重量折斷，瑪莉艾拉把繩子的一端綁在剛才立起來的支柱上。

一株欺時草會長出兩到三朵花。一朵花都不能放過。瑪莉艾拉為所有花苞綁好袋子，反覆確認是否有遺漏後，欺時草開花了。

擁有多重花瓣的橘紅色花朵就像是成熟的果實，實在不像是播種後只過了僅僅兩刻鐘就開出的花朵。

在開花的瞬間飛散的花粉與花香都被袋子隔絕，沒有外漏；可是如果沒有裝著袋子，花瓣散發的誘人甜香就會把森林裡的生物吸引過來，吸入飛散花粉的生物還會因為花粉中含有的毒素而產生難以忍受的飢餓感。被害者會因此咬下眼前這看似甜美果實的花瓣，因花蜜的毒素而陷入沉睡，同時將混在花瓣間的成熟種子吞進身體裡。

欺時草會靠著生物的血液和魔力成長。它們的莖葉會穿出陷入沉睡的生物身體，綻放出美麗的欺時花。或許是因為宿主活著才能繁殖更久，據說因欺時花蜜而陷入沉睡的生物就像是時間靜止似的，直到血液和魔力都被榨乾為止，肉體都不會老化或腐敗。

這種花朵的「欺時」之名也是由此而來。

將這種花蜜去除催眠毒素並調配適當的份量，就可以把變身藥的變身時間調整到最長的一個小時。

花朵全都綻放完畢後，瑪莉艾拉把包住花朵的水袋拿起來搖晃，讓花蜜溶入水中。瑪莉艾拉把混合了花蜜、花粉和脫落種子的水移到鍊金術技能的「鍊成空間」裡，當場把它精製成無毒的蜜。瑪莉艾拉把順便採集到的種子烘乾後密封到瓶子裡，連同其他的種子一起放到壺裡並重新埋到土中。

這次取得的欺時花蜜只有約一大匙的量。搭配其他的材料，這是最低份量。

雖然欺時花蜜能夠賣到很高的價錢，但看到作為苗床被吸血而萎縮的哥布林，就不會讓人想要製作超出需求的份量。瑪莉艾拉和吉克把欺時草連同哥布林屍體一起燒掉並掩埋，經由地下大水道返回家中。

「以前師父跟我說過……」

在回家的路上，瑪莉艾拉對吉克這麼說。

「就算欺時花蜜是很稀有又貴重的東西，也不可以作超過需要的量。師父說這跟獵人只會狩獵需要的獵物是一樣的。而且……」

雖然師父是個很隨便的人，對於只靠「書庫」的知識來處理會太過危險的植物，師父也會確實指導瑪莉艾拉。雖然瑪莉艾拉沒有作過變身藥，但幸好有學過欺時花蜜的作法。

吉克或許是第一次從瑪莉艾拉的口中聽說「師父」正經的一面，於是注視著一臉難以啟齒的瑪莉艾拉，催促她繼續說下去。

「而且師父還說要是作超過需要的量，肚臍就會長出欺時草，不知道是不是真的？」

「或許真的會長吧！」

吉克對師父的一貫個性感到安心，決定配合師父的謊話。

瑪莉艾拉用雙手緊緊按住自己的肚臍。即使知道是謊話，聊到這種話題還是會讓人覺得肚子好像痛了起來。

這一天不小心煮了豆子湯當晚餐的瑪莉艾拉說著「豆子也是種子吧？」，比往常還要仔細咀嚼湯裡的配料。

把豆子整個吞下去明明也不會從肚臍發芽。

「我今天要早點睡覺。」

這麼說著，提早上樓回房的瑪莉艾拉直到進入寢室前似乎都一直按著肚臍。

04

「魔藥的運送人是黑鐵運輸隊嗎？」

羅伯特・亞格維納斯正在聆聽年老管家的報告。

「那麼，他們經常出入的地方有哪裡很可疑？」

聽到羅伯特的問題，管家翻閱手上的文件，依序列舉出名稱與特徵。

黑鐵運輸隊固定住宿的「躍谷羊釣橋亭」、替他們保養武器的武器店、採購要運往帝都的素材的幾個商會、各隊員常光顧的餐廳。管家的報告不只有店家的概要，甚至詳細到包括了店員的經歷。

「照你的說明，那個叫作『枝陽』的藥店是最可疑的吧。既然是在黑鐵運輸隊開始經手魔藥的時機從外頭來到迷宮都市……」

聽完管家的報告，羅伯特對明顯有關聯的新居民表示了意見。

「關於這一點，羅伯特大人，那家店是與凱羅琳小姐交情深厚的店家……」

「什麼？凱兒？」

對於意想不到的發展，羅伯特暫時閉眼思考，然後這麼吩咐管家：

「我去跟凱兒談談看。請你去準備茶水。」

飯廳準備好茶水時，妹妹凱羅琳來了。

亞格維納斯家的家人過去總是在這個飯廳吃晚餐，但自從繼承一家之主的位子，羅伯特都命人將餐點送到自己的房間或研究室。雖說只是喝個茶，他卻也許久沒有和妹妹一起坐在同一張餐桌邊了。

凱羅琳似乎也有同樣的感受。

「能跟哥哥大人一起喝茶，我真是太高興了。畢竟您最近連晚餐時間也不來飯廳。」凱羅琳帶著微笑這麼說。

「因為我忙著研究嘛。不過很高興看到妳這麼有精神。對了，聽說妳最近在街上找到了喜歡的店。」

「哎呀，哥哥大人，您的消息真靈通。」

凱羅琳對兄長內心的盤算渾然不知，開心地分享在瑪莉艾拉的店發生的事。

「……所以我現在會和瑪莉艾拉小姐一起作藥。瑪莉艾拉小姐的藥會運用到萊納斯麥的效果呢。您以前也曾經著眼在這一點上吧？而且她還把作法提供給城市裡的藥師，現在大家都能作出效果比以前高出許多的各種藥品了呢。」

凱羅琳神采飛揚地這麼說著。羅伯特帶著笑容聆聽妹妹的話，同時思考著：

（對方似乎是個很優秀的藥師，如果她是鍊金術師，那就說得通了。可是年紀和凱兒相仿？太年輕了……）

根據過去流傳下來的資料，沉睡在地下室的愛絲塔莉亞應該是最年輕的鍊金術師才對。

「凱兒，妳的朋友好像很優秀，不過她畢竟是來自迷宮都市外的人，會不會有什麼隱瞞呢？啊啊，我聽得出來她是個很好的人，可是卻不了解她身邊的人。妳畢竟是有未婚夫的貴族千金，我這個作哥哥的人總是會擔心的。」

羅伯特避免惹妹妹不開心，委婉地刺探情報。

「您是說瑪莉艾拉小姐身邊的祕密嗎……有的！哥哥大人！圍繞著瑪莉艾拉小姐的吉克先生與林克斯先生內心懷抱的情意和友誼！啊啊，可是這可不行呀，哥哥大人。即使對象是您，我也不能隨便說出口，那樣太不成體統了！畢竟我是瑪莉艾拉小姐的朋友呀。我必須優先考慮到瑪莉艾拉小姐的感受才行。」

然而，凱羅琳的思緒遠離了羅伯特的意圖，往別的方向直衝而去。

難怪她會和瑪莉艾拉意氣相投。她們倆肯定具有某種類似的特質。

「呃……咳咳，凱兒，大家好像都是好人呢。那我就放心了。話說回來，我最近有聽說一些奇妙的傳聞，妳有沒有在那家店裡看過什麼陌生的東西？」

羅伯特對凱羅琳提出的問題很不自然。面對好久不見的妹妹失控的樣子，他似乎有點招架不住。

至於凱羅琳，她注意到的不是問題的突兀感，而是其內容。

「哎呀，哥哥大人，原來您也聽說了呀。請放心吧，哥哥大人。我已經學會那一招了。這就是像魔藥般充滿神祕色彩的發光茶水！」

凱羅琳迅速站起來，用右手抓住茶壺。她用拇指壓住壺蓋，用中指和無名指勾著把手。從伸直食指與小指的動作能看出她的握力相當強。凱羅琳每天和瑪莉艾拉一起攪個不停的訓練成果並沒有白費。

她用左手拿起放著茶杯的碟子，用「照明」魔法照亮茶壺內部，一口氣將發光的茶水注入茶杯。

凱羅琳抬高拿著茶壺的右手，讓羅伯特看清楚發光的茶水注入杯裡的模樣。發光的茶水就像是神祕的瀑布一般。

具備舞蹈素養的凱羅琳姿勢端正，非常優雅。滿分。

為了防止茶水溢出，凱羅琳還偷偷用水魔法作了調整，其技巧之高超可見一斑；可是不知道花式茶會的羅伯特目瞪口呆，交互看著妹妹彷彿得意地說著「您覺得如何？哥哥大人！」的臉，以及運用多種魔法來充實視覺效果的茶水注入茶杯的模樣。

「來，請用，哥哥大人。」

接過從高處倒出而稍微降溫，變得容易入口的茶，羅伯特微笑著對妹妹說道：「妳好像每天都過得很開心呢。」

妹妹倒的茶喝起來相當美味。

結束與凱羅琳的茶會，羅伯特回到自己的房間獨自思考。

（不可能是「枝陽」……）

瑪莉艾拉那沒有自覺的少根筋特質甚至騙過了羅伯特那智慧指數高達五的頭腦。對此渾然不知的羅伯特繼續思考。

冷靜想想就會發現，在黑鐵運輸隊開始經手魔藥的時間點出現在迷宮都市，未免也太招搖了。黑鐵運輸隊是在迷宮討伐軍當過隊長的人成立的隊伍，不可能沒有想到這種程度的手法。「枝陽」有可能就是他們所準備的障眼法。

名叫瑪莉艾拉的少女恐怕是從迷宮都市外找來的鍊金術師。這麼一想就都說得通了。

經營一家看似咖啡廳的店，隨時吸引目光，恐怕是為了減少沒有發現這招障眼法的愚蠢之徒對他們出手的危險。推廣藥的作法如果是為了確保安全，那也就很合理了。因為熟人愈多，愈是受到重用，其他人也就愈難隨便出手。

追根究柢，認為迷宮都市的鍊金術師還存在於民間本來就是不合常理的想法。黑鐵運輸隊運送魔藥的行為本身恐怕就是為了讓外界以為他們「正在運送埋藏品」的障眼法。他們肯定已經掌控了真正重要的鍊金術師。地點究竟是在迷宮討伐軍的基地，還是休森華德邊境伯爵的宅邸？

（真是糟糕。鍊金術師竟然被他人掌控了。他們應該要由我們亞格維納斯家來保護才對。我得把鍊金術師帶回來，我得把鍊金術師救出來，趁一切還不算太遲的時候。為了這片土地的未來，人們需要鍊金術師。可是該怎麼做才好……）

羅伯特．亞格維納斯陷入沉思。

要如何進入迷宮討伐軍或休森華德邊境伯爵家？

還需要更多情報。羅伯特打開了關於迷宮討伐軍近況的報告書。其中有一份「巨大史萊姆於貧民窟所造成之被害狀況報告書」。

「這是？」

「是。裡頭附上了上次的巨大史萊姆騷動的受害者名冊。我想這或許能當作新『材料』的來源，於是準備了這份資料。」

老管家這麼回答羅伯特。

約兩週前進行的小型遠征中，「黑色新藥」用得很凶。過去軍方總是拉長時間間隔，一瓶一瓶慢慢用，這次卻像是使用便宜藥品一樣連續使用。亞格維納斯家因此**耗損**不少資源。現在的「材料」雖然還能應付下次的交貨量，但即使是品質低的「材料」，卻也並非便宜的東西。

所以為了取得更便宜的「材料」，管家才會準備這份資料。

巨大史萊姆騷動的受害者雖然接受了迷宮討伐軍治療部隊的治療，但被溶液腐蝕的傷痕會像嚴重的燒傷一樣緊繃，重傷者恐怕無法靠一次的治療就恢復到以往的狀態。傷者大部分都是貧民窟的居民，別說是找治癒魔法師了，他們甚至是連買藥錢和可依靠的親人都沒有的弱勢，對羅伯特來說或許可以算是一件好事。以治療的名目將他們帶走是很容易的。

「這是……」

羅伯特從傷者名冊中找出了一個名字：

「雪莉．尼倫堡　十二歲　女性」。

尼倫堡不是迷宮討伐軍治療部隊隊長的姓氏嗎？

根據文件的記載，雪莉．尼倫堡的受傷部位是左半臉至頭部側面。這名十二歲少女的臉上想必已經留下了淒慘的傷痕。

「呵……呵呵呵……」

羅伯特笑了。因為他已經知道該如何找出迷宮討伐軍藏匿的鍊金術師。羅伯特帶著嘴角大幅扭曲的笑容，吩咐老管家執行計畫。

05

「這就是魚人的變身藥嗎？」

萊恩哈特與維斯哈特注視著馬洛所交出的三十瓶變身藥。他們也是第一次親眼見到變身藥。

「是。有效時間也已經依照您的期望，調整為最長的一個小時。」

這次蒐集到的極光冰果能製作的變身藥是三十瓶。因為能採集到極光冰果的三十二樓每過百日，極晝和極夜就會交替，所以如果想要更多瓶數，就需要再等待兩百天。

即便是號稱素材寶庫的迷宮都市也只能作出這些份量。由此可見變身藥有多麼珍貴。就連愛好珍奇事物的貴族都會把靠著變身藥到水中散步的體驗拿來吹噓個不停。這樣的魔藥竟有三十瓶。

挑戰五十三樓的「咒蛇之王」時出動了百人以上的士兵，這次卻必須精簡人數。不過，斥候花費長達三週的時間取得的調查結果和三十瓶變身藥都告訴萊恩哈特與維斯哈特，這場戰鬥是有勝算的。

「現在就開始討伐五十四樓之樓層主人，識別名稱『海中浮柱』！飲用變身藥後，依序下水！」

在五十四樓的海上，距離「海中浮柱」一千多公尺的位置飄著幾艘小船，維斯哈特在船上下達指示。明明是在一望無際的汪洋上，海浪卻很平穩，靠著能搬進迷宮的小型船隻也可以接近到距離浮柱一千公尺的位置附近。

迷宮外明明就是冬季，五十四樓的天空卻很晴朗，氣候也很溫暖，不會讓人排斥跳入水中。這種天氣正好適合海水浴。雖然迷宮討伐軍內也有女性，但她們全都不符合這次的動員條件，所以很遺憾地，現場只有男性。

某個鍊金術師所說的「肌肉男游泳大賽」在巧合之下實現了。

如果有女性觀眾尖聲歡呼還算好，但從船上向水中的男人投射的，只有尼倫堡等治療部隊成員的冰冷視線而已。這就只是一場充滿男人臭的游泳大賽。不，不對，這是討伐樓層主人的行動。士兵差點就在戰鬥開始前誤認敵人了。多麼可怕的陷阱，太危險了。

考量到水中戰鬥的優勢，獲選參加這次作戰的成員是以槍兵為中心，再加上盾牌戰士、辦得到無詠唱的魔法師、治癒魔法師，還有負責在水中搜索敵人以及傳達命令的馭音師。這些人都是游泳健將。他們都穿著水的阻力小的貼身皮褲，只在小腿和手臂、胸部與額頭等有限的部位穿戴以巴西利斯克皮革緊急作成的防具。盾牌戰士所持的也不是普通盾牌，而是呈現流線型的海中專用裝備，類似改短的騎兵槍。

槍兵中有些人裝備著三叉戟，也有人揹著好幾把魚叉，作好了在水中作戰的準備。其中有一個拿著黑色長槍的高大男子。

「感謝你來參加，迪克。」

對於萊恩哈特的招呼，黑鐵運輸隊的迪克隊長強而有力地點點頭。

迷宮都市沒有比迪克更強的槍兵。萊恩哈特表示希望他以傭兵的身分參與這次的作戰，迪克便二話不說地答應了。舊東家溫暖地接納了這樣的迪克。熟識的老戰友說很高興能跟他再次並肩作戰，年輕人也向迪克投以憧憬的眼神。

迪克一口氣喝乾自己拿到的變身藥。

胸腔內開始蠕動的感覺侵襲而來。類似腹瀉時下腹部攪動的感覺就發生在胸部。雖然沒有伴隨著拉肚子般的疼痛，突然覺得難以呼吸的感受卻讓人本能地跳進水中，清涼的水於是從肋骨的縫隙流入體內。意想不到的感覺讓迪克伸手去觸碰自己的肋骨附近，發現肋骨間出現了幾條裂縫，長出了好幾片魚鰓。

迪克想看清楚自己的身體，焦距卻對不上。相對地，視野變得很寬廣，甚至能看到平常不可能看到的後方。雖然遠處變得比較模糊，動態視力卻好像上昇了。這就是魚人的視野嗎？

感覺到手部似乎有異狀，迪克抬起手，發現手指間長出了蹼。手背上還長出了鱗片，觸覺好像也不同，感覺不到水的冰冷。

變身成魚人的士兵全都在水裡稍微游動，確認身體的動作。浸泡在水裡完全不會感到呼吸困難，身體也能像待在陸地上一樣自由活動。比起探頭到水面上的時候，眼睛在潛入水中時看得更清楚。

「咿咿咿咿咿咿咿咿咿咿咿咿咿咿嗚嗚嗚嗚嗚嗚嗚嗚嗚嗚嗚……」

聽到馭音師調整音波的聲音，士兵在水中整隊，準備接受萊恩哈特的號令。

在士兵面前，萊恩哈特彷彿飄浮於空中般佇立在水中。

他的頭髮就像在水裡飛揚的獅子鬃毛。

偏厚的肉感雙唇變得更有存在感，聲音宏亮的嘴巴也往兩側大幅延伸，眼睛變得更大且沒有眼瞼，更加凸顯了渾圓的眼球。為了確保視野的寬廣，眼球似乎有稍微往外突出。

（嗯。好像魚。）

迪克和士兵開始用適應好的眼睛觀察周遭。

大家剛才都只專注於能在水中自由活動的身體，現在才發現所有人都變成了一臉魚樣。明明是魚的臉，卻還保留著萊恩哈特的特徵，看起來有種說不出的滑稽感。就連被譽為美男子的萊恩哈特都是這麼其貌不揚的樣子，士兵似乎都不敢想像自己的臉是什麼模樣。甚至有士兵覺得這次的作戰沒有任何一名女性參加或許是維斯哈特的體貼，對他的深謀遠慮感到佩服。然而，女性沒有參加不過是純粹的偶然。

至少沒有人會想讓喜歡的女生喝下這種藥。沒有人想看到心上人變成這種魚臉。士兵心想，即使以後自己變成有錢人，也絕對不要用魚人型變身藥來一場水中約會。

不論如何，現在正在執行作戰計畫。

變身藥的有效時間是一個小時。就連短暫熟悉變身後的身體都是分秒必爭的時間。士兵看著即使不願意也會進入寬廣視野中的同事那古怪的容貌，同時用堅強的自制力注視著萊恩哈特。

所有人都已經熟記作戰內容。接下來就等萊恩哈特一聲令下了。

環顧士兵的萊恩哈特對眾人使勁點了點頭，為了喊出最後的激勵而開口。

「咕嚕，咕嚕。」

看來魚人的聲帶似乎和人類不太一樣。

面對像隻被釣起的魚般反覆開闔嘴巴的萊恩哈特，士兵從魚鰓噴出了一陣氣泡。

「開始執行作戰計畫。」

聽到馭音師的宣告，迷宮討伐軍朝浮柱游去。

為了避開光線，深度維持在二十公尺。

前進到距離浮柱還有五百公尺的地點時，馭音師偵測到從深海急速浮起的多個物體。

（果然出現了嗎？）

隨著萊恩哈特的暗號，迷宮討伐軍進入備戰狀態。

相對於海上的森嚴戒備，海中十公尺以下就太安全了。能在海中十公尺深的地方活動的方法確實很少，考慮到變身藥的稀有度，門檻已經相當高，不過維斯哈特並沒有天真到會認為十公尺深以下的海中沒有任何其他的障礙。因為過去的每一場迷宮討伐都不是輕鬆的戰鬥。

來自深海的敵人在迷宮討伐軍準備迎戰時，進入了能以目視辨別外觀的距離。

從遠處可見的身影帶著藍色的光輝。

隨著距離接近，其輪廓漸漸浮現。

閃耀的藍髮在昏暗海洋的正中央飄逸。那群擁有冷白色調的肌膚和魚尾巴的生物難道是稱為人魚的種族？

雖然臉部被頭髮遮住了，但頭髮之間隱約能看到一對大眼睛，嘴唇的位置也和人類相同。從胸部的豐滿隆起可以看出這群人魚是女性，往下半身伸展的雙臂朝手腕的方向長著類似禮服袖子般的扇狀魚鰭，在水中飄動。

隨著海水飄散的袖子大概是胸鰭吧，和頭髮同樣是帶有金屬光澤的美麗藍色，在水中舞動般前進的模樣，就像是棲息在熱帶的一種寶石般的藍色蝴蝶。

尾鰭每次拍打海水就會隨之翻動，讓藍色的光輝變化成各式各樣的色彩。魚鰭彷彿隨著熱情的舞蹈搖曳的禮服裙襬，使她們有如在晚宴中奪去眾人目光的美女。

原來人魚是如此美麗的生物。

美麗的人魚就像是要歡迎粗俗的魚人（迷宮討伐軍），游了過來。其數量有二十以上。她們的嘴角全都像是帶著微笑。

或許是出於想要仔細欣賞美麗事物的人類本能，迷宮討伐軍手握武器的力道開始放鬆。游過來的人魚全都維持雙手放下的姿勢，也沒有持有看似武器的物品，更沒有做出準備施展魔法的舉動。

人魚入侵到遠距離攻擊的射程範圍內。正當迷宮討伐軍的士兵開始考慮和接近人形且沒有展現敵意的她們溝通看看的時候——

「槍龍擊！」

一把黑槍放出的刺擊形成龍捲風般的漩渦，衝向最前方的人魚。

（不要被騙了！那是假奶！）

迪克的吶喊被魚人的聲帶和海水阻撓，不知是幸運還是不幸，並沒有傳進迷宮討伐軍的士兵耳裡。

可是迪克放出的一擊貫穿了最前方的人魚，在海中染出一片血紅。目睹同伴被毫不留情的一擊殺死的人魚根本不理會死去的同伴，也沒有對友好的態度遭到踐踏的事情表示憤怒，只是靜靜地……

張開嘴巴。

人魚的嘴從看似嘴巴的地方像是裂開到胸前似的張開。

（原來胸部那裡是下頜嗎！）

迷宮討伐軍不知道有多少人在內心如此吶喊。

正確來說是下頜的顳顎關節下的突出骨骼，但既然不是胸部就沒有多大的差別。張開的嘴巴裡長著好幾排尖銳的牙齒，巨大的口部張開到能夠撕裂人類身體的大小。人魚……不，巨型魚並非沒有武器。牠們的嘴巴本身就是武器，早就已經處於備戰狀態。

讓牠們逼近到咬得到人的距離，眾人才終於能看清其全貌。原本看似脖子和腰部、乳溝的地方生長著暗色鱗片，實際上並沒有凹陷。套著袖子的手臂是像飛魚一樣發達的胸鰭，手的位置露出了刀刃般的骨骼。看似頭髮的部位恐怕是特別發達的背鰭或深海魚用來引誘獵物的突出器官。

一旦靠近看清其全貌，牠們就只是一群帶著俗豔色彩的詭異魚類。為何眾人剛才會以為牠們是美麗的人魚呢？

即便靠著變身藥獲得了接近魚人的身體，也不可能在水中勝過魚類的速度。槍兵對張開大口直逼而來的巨型魚嘴部發射長槍，盾牌戰士則讓牠們咬住盾牌，避開致命傷。從胸鰭延伸出來的骨劍在士兵的手腳上留下深深的刀傷。

飄散在海中的鮮血不知道究竟是來自士兵還是巨型魚。

在一片混戰中，萊恩哈特對維斯哈特打了暗號。

維斯哈特點點頭，和迪克與馭音師、幾名魔法師組成的游擊部隊一起脫離戰線，朝著浮柱全力游去。

萊恩哈特對企圖追上維斯哈特的巨型魚發射魚叉。

（你的對手是我們。）

槍兵和魔法師接二連三使出的攻擊似乎成功拖住了巨型魚。巨型魚群在萊恩哈特率領的迷宮討伐軍周圍不斷兜圈子，看準些微的破綻發動撕咬攻勢。雙方的死鬥正式揭開序幕。

離開在不熟悉的水中展開一場殊死戰的萊恩哈特等人，維斯哈特率領的游擊部隊朝浮柱前進。

「海中浮柱」是直徑大約五公尺，海上長度二十公尺，水中長度估計有一百公尺以上的巨大柱子，上方有會發射光線與水彈的四個龍型頭部，分別呈現直角的方向。浮柱的海上警戒範圍是龍型頭部的一千公尺以內，沒有任何方法可以抵擋連盾牌都能瞬間蒸發的超高火力光線。

浮柱會在光線的發射間隔連續射擊強力的水彈，不允許任何敵人從海上接近。身為樓層主人的「海中浮柱」在海上的攻擊力是過去的樓層主人都無法比擬的。

這個樓層的另一個特徵是廣大的空間。水平線往三百六十度的方向延伸，水深則有上千公尺。恐怕是為了承受浮柱的強力攻擊才會操控空間，不論是光線還是空間操控，和以往的樓層相比，消耗的魔力都太多了。

「這個樓層的大部分魔力都用在光線和空間操控上。」

——這就是維斯哈特以斥候部隊的情報為基礎所得出的結論。

普通的樓層會產生魔物以保護樓層主人，這個樓層卻沒有。當然了，因為浮柱會不分敵我地攻擊任何進入射程內的物體，所以防止同類相殘應該也是目的之一，不過也可以合理推測這個樓層已經沒有能用來製造魔物的多餘魔力。

沒有出現新的巨型魚追趕維斯哈特等人的情況，也可以證實他認為海中的戒備最為薄弱的假設是正確的。那麼，另一個假設或許也一樣。

維斯哈特加速游向浮柱。

巨型魚群應該沒有像巴西利斯克那麼強，但也不是能在海中輕鬆打倒的對手。這次士兵全都各帶了幾瓶高階魔藥。玻璃瓶的瓶口是用膠質封住的，喝的時候只要在嘴裡咬破膠質即可。在變身藥有效的一個小時內，膠質應該能持續在海中發揮瓶蓋的效果。治癒魔法師會治療傷勢，士兵也會在自己認為來不及時使用魔藥。

這麼做不知道究竟能爭取多少時間。

維斯哈特等人抵達了浮柱。馭音師觸碰浮柱，調查內部構造，然後轉達給維斯哈特等人。答案是「不出所料」。

維斯哈特得到勝利的確信，雙眼綻放光芒。

距離浮柱最遠的盾牌戰士用蠻力將咬住盾牌的巨型魚往上推向水面。靠近到距離海面十公尺以內的深度時，瞬間發射的光線蒸發了海水，也把巨型魚連同盾牌一起蒸發。

（唔啊，好燙！）

海水被光線的熱能蒸發，在海面爆出一道水柱。高溫的蒸氣和熱水在海中攪動，打散了迷宮討伐軍和巨型魚的陣型。

盾牌戰士雖然用護盾技能保護自己，全身卻還是受到了嚴重的燒傷。不過他馬上喝光魔藥，治好了傷勢。

巨型魚張開嘴巴，企圖把陣型大亂的迷宮討伐軍拖向深海，但這一切都在意料之內。迷宮討伐軍互相掩護，重新進入備戰狀態。

浮柱的光線是暗號。

接收到暗號的維斯哈特和魔法師對浮柱的一點灌注魔力。不是製造火焰，而是產生熱能。就像融解玻璃或鋼鐵。提高溫度並不需要氧氣。能夠在海中正確使溫度上昇的魔法師並不多。有限的幾名菁英持續加熱浮柱的一個點。

咕嚕咕嚕咕嚕咕嚕咕嚕咕嚕。

氣泡湧了出來。這些氣泡並非只來自海水。浮柱本身似乎也產生了氣泡。

這個瞬間，維斯哈特的假設獲得了證實。

柱體的構造和材質是討伐「海中浮柱」時不可或缺的情報。

柱體的構造並不難想像。如此巨大的一根柱子垂直飄浮在海面上。整根柱子應該都是飄浮物，內部是中空的，下半部則配備著重錘。浮柱很有可能是將重心放低，藉此確保整體的穩定性。

那麼材質呢？

是能夠承受那麼高火力的光線的材質嗎？

根據斥候的報告，「海中浮柱」發射光線後，即使射程範圍內沒有目標侵入，也會放出一定數量的水彈。經過多次測試，斥候幸運取得了水彈的水。軍方暗中將這些水連同五十四樓的海水一起送往「賈克藥草店」，終於得知柱體的材質。

根據賈克的鑑定，以水彈的形式放出的水似乎缺少了某種成分。

那是組成貝殼的成分，大量存在於海水中。「海中浮柱」的組成成分恐怕與貝殼相同，每次發射光線就會從海水中吸收該成分，藉此修復因光線而受損的內部。

貝殼經過高溫燒烤就會產生氣體，變成與拉穆石相同的成分。這時候體積會改變。不管柱體有多厚，是否有用其他成分補強，只要對經過高溫分解而改變體積的一點施以強烈的打

擊──

「槍龍擊！」

迪克的槍貫穿了魔法師在柱體上製造的變形處。

喀啦。

柱體上產生的裂痕受到水壓的擠壓，在轉眼之間擴散。

游擊部隊遵從維斯哈特的暗號，離開浮柱。確認士兵都已經距離得夠遠，迪克再次給予浮柱最後一擊才離開柱體。

根據馭音師的確認，浮柱的內部是意料之內的中空構造，被貫穿的裂痕因為水壓的影響而迅速擴散，使海水灌滿巨大的內部。

為了避免被巨大柱體沉沒所產生的激流捲入，維斯哈特率領的游擊部隊撤退到萊恩哈特附近。「海中浮柱」最後還發射水彈，企圖和迷宮討伐軍同歸於盡，卻因為海水的阻撓而沒有什麼效果，反而只是幫助維斯哈特等人順利逃往遠方。「海中浮柱」的光線主砲才剛發射不久，現在還無法射擊。

萊恩哈特等人果然是遍體鱗傷，但並沒有缺少任何人。相對之下，巨型魚已經減少到半數左右。由於維斯哈特和迪克的加入，與巨型魚之間的戰鬥開始傾向優勢。

迷宮討伐軍正在對付巨型魚時，「海中浮柱」繼續往無底洞般的海底下沉。

會是柱體先承受不住水壓的破壞？還是將氣泡或碎片視為敵人的浮柱會先發射下一道光

線呢？

許多氣泡從浮柱下沉的地點附近漂起。

浮柱恐怕是發射了光線吧。也許是因光線的熱能而急遽過熱的海水轉變成水蒸氣時的差壓把浮柱的龍頭炸飛了，又或者是轉換成溫度的光線能量把龍頭周圍的水提昇到超高溫，使龍頭被熱能和壓力分解，而萊恩哈特等人已經不得而知。

可是在這個瞬間，曾經那麼廣大的五十四樓急速縮小了面積。迷宮討伐軍在更加有利的環境中殲滅掉巨型魚時，五十四樓已經變化為與普通樓層差不多大的，看似海岸洞窟的樓層。

五十四樓「海中浮柱」的討伐在其能力所帶來的自我毀壞之下落幕。

樓層間的階梯所在的位置變成一片沙灘，通往樓下的階梯也已經出現。這次的作戰並沒有探索新樓層的斥候部隊同行，所以要等到明天以後才能開始探索。

士兵把死去的巨型魚拉上岸，發現那美麗的藍色已經不見蹤影，只有帶著一點點藍色調的黯淡紫紅色鱗片以及褐色皮膚、巨大嘴巴組成的詭異怪魚。原本看似脖子和腰部的部位長著紅色的鱗片。

「據說在海中深處不容易看出紅色。」

萊恩哈特很感興趣地聆聽著維斯哈特的說明。眾人以為是美女的人魚竟然是這副模樣。

「不過，真虧你能看出牠們不是人魚……」

萊恩哈特用佩服的態度對迪克這麼說。

在萊恩哈特的眼裡，這些巨型魚原本就像是美麗且友善的人魚。

迪克瞥了一眼巨型魚的下頷，用開悟般的清澈雙眼看著萊恩哈特。

「因為那裡完全沒有搖晃。」

迪克可沒有白白盯著安珀的胸部看。他是真正的摸乳專家。不，不對，迪克摸的東西主要是抱枕。只能摸抱枕的悲哀日子或許可以說是給了他看穿真相的慧眼。

「這……這樣啊。不論如何，你都立下大功了……不過，還是別告訴他們你是怎麼看穿的比較好。」

萊恩哈特的視線前方有年輕的槍兵正在遠處看著迪克與萊恩哈特。

萊恩哈特輕拍了一下迪克的肩膀，往維斯哈特的方向走去。他是要給年輕槍兵和迪克說話的時間。

迪克既是看穿巨型魚的擬態且摧毀浮柱的功臣，也是A級的槍兵。年輕的槍兵都帶著充滿敬意的眼神跑向迪克身邊。

順帶一提，眾人在巨型魚身上採到許多「魚人鰓石」。

即使扣掉變身藥的支出，應該還能有一些多餘的收入。這麼一來就能用五十三樓的「咒蛇之王」的皮來製造防具，或許也能以「海中浮柱」的殘骸來開發新的魔導具。

維斯哈特對今後的展望充滿了期待。

參加本次作戰的士兵都很慶幸巨型魚身上沒有出現「人魚之淚」。

那東西根本不是人魚。美麗的人魚還存在於其他地方。

光線不知從何處而來，使化為海岸洞窟的五十四樓充滿了藍色的波光，讓眾人聯想到看似美麗人魚的巨型魚。

第六章

漫長沉睡的終點

Chapter 6

01

（好……好驚人的發現！）

這天晚上，瑪莉艾拉在廚房的魔導具前不停地顫抖。

「怎麼了？瑪莉艾拉。」

見到瑪莉艾拉的神情，吉克往魔導具裡一看。

瑪莉艾拉打開門往裡頭看的東西是冷凍用的魔導具。它能用冷凍的方式長期保存半獸人肉等食材，對瑪莉艾拉來說簡直是劃時代的發明。這個魔導具在瑪莉艾拉搬進來以前便存在，是營業用的大型魔導冷凍櫃，裡面分成幾個隔間，不同的隔間甚至分別具有溫度調節的功能。見到這麼方便的道具，瑪莉艾拉又重新體會到兩百年間的進步有多麼了不起。

畢竟可以成功栽培出「極光冰果」。

極光冰果是變身藥的其中一種材料，也是會在極晝期間成長，在極夜期間成熟的果實。名字稱為極光冰果的理由眾說紛紜，有人說是因為它經常長在極光之下，有人說是因為變身的現象就像天空中飄揚的極光一樣虛幻不定，也有人說是因為其果實帶有極光一般的色彩。

吉克等人到迷宮三十二樓採集極光冰果的那一天，大家一邊吃著熱呼呼的清湯燉菜，一邊聽林克斯激動地敘述三十二樓有多麼寒冷。瑪莉艾拉原本心想既然是能採到極光冰果的地方，一定是個能看到極光的漂亮地方，但他們似乎沒有看到極光。

「迷宮的天空就算看起來像天空，也不是真正的天空吧？」

聽到林克斯說不可能看到極光，瑪莉艾拉突然想到一個假設。

那就是「極光冰果的生長應該和極光沒有關係吧」。

關於三十二樓的天空，問過賈克爺爺就可以輕易得知。

極晝期間會有稱為照明石的石頭發光，極夜期間則是有月光石會發光。

照明石能靠魔力發光，是用在一般家庭的照明魔導具上的石頭；月光石的亮度低但消耗魔力相對較多，一般家庭不會採用，不過在帝都栽培月光魔草的農家等地方會需要，所以能輕鬆取得。

瑪莉艾拉在溫度設定得與三十二樓的極晝相同的魔導冷藏櫃裡設置照明石，在溫度設定得與極夜相同的魔導冷凍櫃裡設置月光石，準備好栽培環境。

瑪莉艾拉把製作變身藥時挑出的極光冰果種子撒在鋪了一層薄土的托盤上，先放進魔導冷藏櫃裡。

播種後只過五天就長出了果實。在這之後要把托盤移到魔導冷凍櫃裡放五天。魔導冷凍櫃裡於是結出了熟透的極光冰果。

一瓶變身藥的用量要價銀幣兩枚的高級藥草竟然這麼容易就能在家種植。

瑪莉艾拉在魔導冷凍櫃前興奮地顫抖，看到瑪莉艾拉手上拿著極光冰果的吉克也很驚訝。

「吉克，我竟然種出極光冰果了……」

「這麼說來，下次就不必再去採集了吧。」

採集極光冰果的過程似乎真的相當艱辛。吉克很少會這麼高興地握緊拳頭。

（上次因為材料有限的關係，只能交出三十瓶變身藥。以後或許會有追加的訂單。為了應付訂單，多種一些極光冰果來備用吧。）

瑪莉艾拉用充足的收入購買了大型的魔導冷藏、冷凍櫃，在地下室大量栽培極光冰果。可惜的是變身藥並沒有追加訂單，使得極光冰果只能繼續囤放在魔導冷凍櫃裡，但多虧了大容量的魔導冷凍櫃，「枝陽」才能在夏天供應清涼的飲料和冰品，讓來喝茶的客人愈來愈多，倒也不算壞事。

（話說回來，魔導具真的很方便……）

瑪莉艾拉實在跟不上兩百年間的進步。

就算沒有魔導具也可以用傳統的手法或鍊金術技能來應付，所以除非偶然發現魔導具，或是聽到別人主動問「為什麼不用魔導具？」，瑪莉艾拉都不知道有什麼方便的魔導具可以使用。

一定有很多方便的魔導具可以用來作藥，只是瑪莉艾拉不知道而已。不只是魔導具，這兩百年肯定有許多新發明的技術和道具。

某一天，瑪莉艾拉看著攪拌美白乳霜的攪拌機，這麼向凱兒小姐問道：

「因為我是在很鄉下的村莊長大的，不知道有這麼方便的東西。魔導具還有哪些種類呢？」

「哎呀，瑪莉艾拉小姐。既然如此，要不要來我的工房一趟呢？我的工房備齊了需要的道具。這真是個好點子。妳一定要來作客。我總是來打擾，一直覺得很過意不去呢。」

凱羅琳笑咪咪地這麼提議。氣氛實在讓人難以拒絕。

要不是用「那就下次再約吧」的模糊說法回答十分堅持的凱兒小姐，瑪莉艾拉或許可以在什麼都不知道的情況下，過著一如既往的生活吧——

02

這一天，突然下起的雨讓街上的行人紛紛走進附近的店家。

在冬季的陰天下，隨著風打在人們身上的雨夾帶著雪，冷得不得了。沒有帶傘的人遇到這陣驟雨，只好在有屋頂的附近店家等待雨停。

瑪莉艾拉與吉克也在這群人之中。為了大量採購脂尼亞果油，兩人來到迷宮都市東北部，靠近外牆的「席爾商會」。

瑪莉艾拉與吉克衝進「席爾商會」時都已經被雨淋得渾身凍僵了。即使用生活魔法「乾燥」烘乾了衣服，凍僵的身體還是暖不起來。瑪莉艾拉訂購完商品，發著抖等待雨停。可是雨勢愈來愈大，不知道何時可以回去。

此時一輛馬車經過了這裡。

「這不是瑪莉艾拉小姐嗎？」

這是上天的安排，還是平日行善的回報呢？偶然經過的凱羅琳發現了瑪莉艾拉，吩咐馬車停下。

「請上車，我送你們一程。」

凱羅琳牽起瑪莉艾拉的手走向馬車，發現她的手非常冰冷，於是說道「哎呀，妳都凍僵了。再這樣下去會感冒的。我的宅邸離這裡比較近，請來暖暖身子再走吧」，邀請瑪莉艾拉前往亞格維納斯家。

亞格維納斯家是在迷宮都市管理魔藥的家族。

而瑪莉艾拉恐怕是唯一能在迷宮都市製作魔藥的鍊金術師。

雖然知道凱羅琳沒有惡意，瑪莉艾拉還是不能隨意前往那麼危險的地方。

瑪莉艾拉說突然打攪也不太好，自己又是不懂禮儀的平民，想要拒絕凱羅琳的邀請。

「可是感冒就不好了。而且我也答應過要邀請妳來工房參觀。我們是一起工作的夥伴，妳來我的工房可以不用顧慮的。」

看到貴族千金和平民女孩在對話，周圍的好奇視線都集中了過來，瑪莉艾拉因此再也沒有理由拒絕，只好和吉克兩人一起搭上凱羅琳的馬車，被帶往亞格維納斯家的宅邸。

03

雨勢愈來愈大，濡溼了傑克・尼倫堡的大衣。

討伐「海中浮柱」時並沒有出現重傷者，所以他這幾天總是能早點回家。

尼倫堡看到快要下雨的跡象，用比往常更快的腳步走在回家的路上，天空卻在他到家以前就下起了雨。

（討人厭的雨……）

尼倫堡不喜歡這種雨。被鑽進衣服縫隙的冰冷雨滴奪走體溫的感覺，會讓他想起來不及接受治療而漸漸變成一具冰冷遺體的同胞。

尼倫堡並沒有治癒魔法的天分。他能做的只有探查生物的體內，以及處理生物。除此之外就只剩自己鍛鍊起來的體術而已。這樣的能力其實適合擔任對付人類的刺客，不過只要是體型和人類差距不大的魔物，他就能探查出弱點，藉著攻擊那一點來瞬間擊倒對手。

過去尼倫堡的手總是沾滿了他所葬送的敵人鮮血。他已經不記得自己親手奪走了多少性命。他早就已經不再細數。

可是自從他的能力被維斯哈特發掘，任命為治療技師，他的手就總是沾染著同伴的血。尼倫堡的手接觸愈多同伴的血，就有愈多的同伴能夠保住性命。他並沒有細數自己的雙手究竟拯救了多少性命。

只有一件事是尼倫堡有自覺的，那就是自己接觸愛女雪莉時已經不會再有所遲疑。

雪莉出生的時候，他不知道該不該抱起女兒。他擔心沾滿鮮血的雙手和自己的罪業會玷汙女兒。

每次被撫摸頭部的雪莉微笑著說「爸爸的手好大，好溫暖喔」時，尼倫堡總是很感謝給予自己治療技師一職的萊恩哈特兄弟。雖然士兵對他的粗魯治療總有怨言甚至懷抱殺意，依然會用仰慕的態度喊著「醫生，醫生」，讓他能夠感受到自己身為迷宮討伐軍一員的同伴意識。

也讓他強烈希望可以在不失去任何人的情況下抵達迷宮的最深處。

「啊，真是討人厭的雨……」

傑克．尼倫堡如此低聲說道。這麼感性的想法真不像自己。衣服都溼透了。快點回家換個衣服吧。

在雨滴奪走自己的熱度之前。

尼倫堡到家時，愛女雪莉已經被擄走，家裡空無一人。

雨勢沒有停歇，把迷宮都市的石牆染成一片暗色。

鮮少有人在夾帶著雪的冰冷雨中走動，一名男子造訪了位在貴族街郊外的亞格維納斯家宅邸也沒有人起疑。

「歡迎您的來訪，傑克．尼倫堡大人。」

亞格維納斯家的年老管家畢恭畢敬地行禮，帶領著尼倫堡前往亞格維納斯家的別館。兩百年前的魔森林氾濫後不久才建造的這棟建築物，在梁柱的形狀和正面寬度等地方都是具有年代感的構造，但補強與修繕等保養都做得很確實，現在依然堪用。

在別館的深處房間內，亞格維納斯家的現任當家——羅伯特．亞格維納斯出面迎接了尼倫堡。

「雪莉在哪裡？」

「她在裡頭睡覺呢。她真是個可愛的小女孩。竟然留下那種傷痕，實在令人痛心。尼倫堡治療技師，你應該擁有魔藥的使用權限才對。就連一瓶也不能給令嬡使用嗎？」

羅伯特對用幾乎可以射殺人的眼神瞪著自己的尼倫堡說道。

「現在迷宮討伐軍明明就可以盡情使用魔藥。」

聽到羅伯特那看穿內幕般的說法，尼倫堡瞇起一隻眼睛。亞格維納斯家究竟已經掌握到多少情報？

「魔藥是戰略物資，不得私自挪作他用。就算只有一次也不能有特例。」

「你真是位忠心耿耿的士兵。為了消滅迷宮，你願意付出一切？」

「當然了。那又如何？」

「如果你這麼說是發自內心，如果你真的想要消滅迷宮，那就更應該協助我們亞格維納斯家。」

羅伯特開始訴說迷宮都市這兩百年來的真相。

「即便使用我們亞格維納斯家的魔藥儲藏設備，魔藥也只能保存約一百年。你知道這是什麼意思嗎？」

「一百年？那麼，難道說……」

「正如你的猜想。我們亞格維納斯家世世代代都和魔森林氾濫中倖存的鍊金術師合作，不斷製作著魔藥。」

兩百年前，有一群人在魔森林湧出的魔物襲擊防衛都市的期間逃往山脈。其中也有人是偶然離開安妲爾吉亞王國才逃過一劫。有十多名鍊金術師在魔物暴動那一晚幸運生還。

「你知道什麼是假死魔法陣嗎？」

從羅伯特口中聽到不熟悉的名詞，尼倫堡皺起眉頭。從他們留下這裡的邀請函並帶走雪莉時開始，尼倫堡就大概猜到了亞格維納斯家的要求。他們恐怕是想要查出這兩個月來送往迷宮討伐軍的魔藥出處吧。

看到尼倫堡的反應，羅伯特用不出所料的表情繼續說了下去：

「假死魔法陣正如其名，是能讓使用者進入假死睡眠的魔法陣。進入假死睡眠的人直到滿足甦醒的所需條件為止都會持續沉睡。」

光是要讓人進入假死狀態，應該就需要相當複雜的術式。在這個狀態下，長期維持停止生理機能的肉體不知道有多麼困難。要單靠一張魔法陣就達成如此高階的魔法，那樣的魔法陣會有多麼複雜呢？其難度之高，率領治療部隊的尼倫堡可以充分體會。

「這兩百年，在魔森林氾濫發生之前，我們亞格維納斯家當時的領導者——羅布羅伊得到一個借來原版假死魔法陣的機會。」

據說借來假死魔法陣的羅布羅伊製作了精密的複製品。

「剛才也說過了，魔藥儲藏設備或許撐不到兩百年的可能性，復興結束後的鍊金術師也有考慮到。憂心迷宮的攻略會因為魔藥不足而遇到瓶頸的他們複製了假死魔法陣，自願進入沉睡。」

鍊金術師的憂慮成了現實，不過他們認為每次魔藥枯竭或是變質，只要喚醒鍊金術師，重新製作魔藥就可以解決問題。

「最大的失算是複製出的假死魔法陣並不完美。」

羅伯特看著尼倫堡。可是他的視線不在尼倫堡身上，就像是注視著某個遠方，焦點游移不定。

「睡著的鍊金術師有半數都沒有甦醒，在睡眠中化為一堆崩解的鹽。甦醒的人也極度短命，有人魔力枯竭後倒地不醒，也有人不到一年便吐血身亡。」

據說幸運甦醒的鍊金術師即使知道自己的命運，也直到最後的瞬間都在製作魔藥。

「你知道你們一直以來使用的魔藥是什麼樣的東西了嗎？」

羅伯特豪放地舉起雙手，向尼倫堡問道。

「既然如此，那些新藥又是怎麼一回事？既然有鍊金術師存活了下來，根本不需要新藥吧。」

羅伯特揚起嘴角露出狂人般的笑容，回答尼倫堡的疑問：

「能製作魔藥的人已經一個也不剩了。我不知道你們掌握的鍊金術師是靠多麼精密的假死魔法陣進入沉睡的，但就連我們亞格維納斯家都只是暫借，沒辦法得到原版的魔法陣。那個鍊金術師怎麼可能是使用原版？你們最好別以為那個人會有外表看起來的壽命。假死魔法陣是很複雜的，不管畫得多麼精緻，就連我們的祖先——羅布羅伊・亞格維納斯都無法企及原版。扭曲的魔法陣會帶來扭曲的效果，你應該也知道。」

羅伯特暗示尼倫堡，迷宮討伐軍手上的鍊金術師也很快就會死去。他對自己將臆測當作真相的行為似乎沒有任何疑問。

「我們必須讓鍊金術師盡量製作魔藥，如果還留有壽命，就使其再次進入睡眠。直到消滅迷宮的那一天為止，絕對不可以浪費。不管要用什麼手段，都一定要讓鍊金術師撐下去。長年在迷宮討伐軍行醫的你應該可以理解魔藥有多麼重要，有多麼必要。你非懂不可。」

那張嘴訴說著維繫兩百年時光的鍊金術師所遭遇的悲劇，口氣卻像是把鍊金術師當作道具看待。

「正因為如此，我、我們亞格維納斯家才會發明新藥。這也是為了壯志未酬便離開人世的鍊金術師同胞。直到人類消滅迷宮，收復這塊土地的那一天為止，我、我們都必須將魔藥維繫下去。」

羅伯特就像是想主張正確的事，繼續著支離破碎的演說。

「為此！為此！鍊金術師必須接受管理！你能理解吧？為了繼續使用魔藥，我們必須讓那個鍊金術師不停地，不停地製作魔藥，如果還活著，如果還留有壽命，就再次使其進入睡眠，繼續傳承到下一個世代！」

在顛倒的，瘋狂的情緒之中，羅伯特・亞格維納斯的腦中回想起父親、祖父所說的話，以及他的年紀尚幼時，鍊金術師吐血並崩解而死的模樣。

雖然羅伯特面對著尼倫堡，眼裡卻沒有他的身影。

這兩百年來甦醒又死去的同胞所懷抱的遺憾與心願，就像是直接託付在羅伯特的眼前，歷歷在目。

04

——不可以喚醒她。

從假死睡眠中甦醒的鍊金術師全都異口同聲地這麼說。

「為了讓鍊金術師誕生在新世界，人們需要那女孩（愛絲塔莉亞）。」

這句話所言不假。可是愛絲塔莉亞獲選為「最初的鍊金術師」的理由，恐怕是出於她的年輕。

愛絲塔莉亞是在魔森林氾濫發生前不久才成為鍊金術師的。據說她當時還只是個六歲的幼童。跟隨鍊金術師父坐在躍谷羊背上逃往山脈的她接下來面臨的是嚴酷的重建過程。

沒有充足的食物，也沒有溫暖的床鋪。她必須隔著薄薄的牆板聽著魔物的呼吸，屏住氣息度過夜晚。

白天要躲避魔物的目光，偷偷蒐集藥草，每天都不停地鍊成魔藥。愛絲塔莉亞在不能像普通的孩子般遊戲或撒嬌的環境下長大，也不曾像個少女一樣歡笑。

愛絲塔莉亞成長得愈是標緻，人們就愈是為其粗糙的飲食、儉樸的服裝、悲哀的遭遇感到痛心。她是如此美麗的女性。要不是生錯了時代，不，如果她出生在帝都，想必可以身穿華美的服飾，受到眾人的疼愛，過著富足又幸福的人生吧。

可是她也得到了幸福的時光。她有了心愛的人。在艱苦生活之中綻放幸福微笑的她讓人們有勇氣描繪光明的未來。人們認為既然這女孩能夠幸福，迷宮都市的未來肯定也充滿了希望。

然而就像是在嘲笑這份希望，愛絲塔莉亞的愛人遭到魔物襲擊，輕易離開了人世。

愛絲塔莉亞陷入失意。可是她依然沒有停止製作魔藥。她每天都不斷地製作魔藥，直到魔力耗盡。

讓這塊土地再次回到人們手中。

愛絲塔莉亞繼承了心愛男人的遺志，她所能做的事只有製作魔藥。

魔物暴動之後過了十幾年的時間，迷宮都市才勉強恢復一個城市的機能。帝都最優秀的研究者推測討伐迷宮所需的時間是從魔物暴動開始約兩百年，迷宮的規模最大可達五十層樓。另外還有別的研究者提出了能保存魔藥長達兩百年的儲藏設備計畫。

他們都一致這麼說：「理論上是可能的。」

按照其理論，亞格維納斯家的地下蓋起了巨大的儲藏設備，由鍊金術師用盡所有魔力來製作魔藥，填滿儲藏設備的巨大魔藥槽。

以接管迷宮都市的休森華德邊境伯爵家為首，懷著同樣的理念決定生活在這片魔物之地的各家貴族雖然只有小規模，卻也建造起魔藥的儲藏設備，全部的儲藏設備都填滿了魔藥。

可是亞格維納斯家帶領的鍊金術師依然憂心忡忡。

如果無法在兩百年內成功討伐迷宮呢？

如果迷宮的規模超越了五十層樓呢？

如果魔藥在中途耗盡呢？

如果魔藥儲藏設備無法維持兩百年呢？

就連看似能永遠繁榮的安妲爾吉亞王國都在一夜之間毀滅了。

他們沒有愚笨到會相信再怎麼優秀也不曾踏出帝都一步的學者所說的「理論上可行」。

最重要的是，鍊金術師要執行與地脈牽起脈線的契約儀式，需要有人能成為鍊金術師的「師父」。所以倖存的鍊金術師把一切都託付給亞格維納斯拿出的一張魔法陣。

那是亞格維納斯過去從某處借來的「假死魔法陣」的精密複寫品。

鍊金術師複製了「假死魔法陣」。「假死魔法陣」非常複雜，過程極為困難，但終究是複製再複製。效果恐怕不如原版。

即使甦醒也不保證能維持原來的身體機能，甚至可能一覺不醒。

但他們依然賭上了未來。

建造好的所有魔藥儲藏設備都填滿了，他們已經沒有其他事情可做。

「前往亞格維納斯家在有別於魔藥儲藏設備的地方建造的祕密地下室，用假死魔法陣進入睡眠吧。如果假死魔法陣有正確發揮作用，只要密封棺材以隔絕氧氣，棺材裡的人直到棺材被打開的日子為止都不會甦醒。」

下定決心且作好所有準備的那一天，鍊金術師在亞格維納斯家的地下室最後一次談話。

「讓這塊土地再次回到人們手中。」

「讓鍊金術師誕生在嶄新的大地。」

愛絲塔莉亞也是其中之一。

她身上所穿的薔薇色禮服是鍊金術師費盡心思準備的禮物。

化上美麗妝容的臉龐想必不會輸給號稱安妲爾吉亞美妃的王妃殿下。

她第一次穿上美麗的服飾，第一次化妝，第一次打扮得如此有女人味的場合，竟然是在進入假死睡眠的棺材前。

鍊金術師對躺入玻璃棺材的愛絲塔莉亞說：

「下次妳甦醒時，等著妳的就是一個嶄新的世界。那是適合這身裝扮，適合這副美貌的，燦爛又幸福的世界。去新世界獲得幸福吧，愛絲塔莉亞。」

對他們來說，愛絲塔莉亞就像是親生女兒。

她在艱難的生活中持續製作魔藥的幼小身影不知道帶給他們多大的鼓勵。

她的遭遇也讓他們感到心痛。

「我們可憐又可愛的女兒啊。我們一定會維繫魔藥直到人類的新世界，所以妳甦醒時一定要獲得幸福。」

愛絲塔莉亞這麼回應鍊金術師：

「謝謝你們，我的父親大人。能夠和你們相遇，能夠和那個人共同活過，我覺得很幸福。」

見證愛絲塔莉亞進入沉睡後，鍊金術師也在棺材中沉沉睡去。

一個人留下來的亞格維納斯繼承了他們的意志，傳給一代又一代。

和偶爾甦醒的鍊金術師一起持續守護他們的棺材，守護魔藥。

為了把愛絲塔莉亞，把始祖鍊金術師送往嶄新的世界——

05

內心已經完全陷入瘋狂的羅伯特．亞格維納斯正在激動地發表演說的當下，瑪莉艾拉與吉克造訪了亞格維納斯家的本館。

「這……這是什麼？」

「這是用來製作藥丸的製粒機。只要放進適度溼潤的材料再讓這個圓盤旋轉，就可以把藥製成顆粒。」

「哦哦！不必用手搓啊。那這個呢？這個呢？」

「這是搖篩機。裝上專用的篩網再按下這個按鈕，它就會在設定好的時間內振動，篩分粉末。」

「好……好方便！這樣手就不會痠痛了！那這個……這個是什麼？」

「這是減壓蒸發器。從這裡倒水，機器就會從這裡開始吸取。這邊的水浴槽可以設定溫度，能用想要的溫度使材料乾燥喔。」

凱羅琳的工房放著許多瑪莉艾拉從來沒有見過的實驗設備。

雖然以瑪莉艾拉的鍊金術技能來說，這些設備都不是必要，但兩者不能混為一談。瑪莉艾拉覺得這種器具和設備充滿了夢想和浪漫。

她和凱羅琳兩人一一確認每種設備的使用方式，興奮地叫個不停。

如果瑪莉艾拉和凱羅琳手上的東西是鮮花或甜點、首飾的話，那倒還像是這個年紀會有的光鮮亮麗；可是看著她們拿著乾燥藥草或玻璃器材，讓人很難理解其中究竟有什麼樂趣。

「兩位應該口渴了吧，茶水都已經準備好了。」凱羅琳專屬的女僕對一下子尖叫一下子驚嘆的兩個吵鬧女孩說，催促她們休息。

女僕倒茶的姿勢當然使用了花式技巧。茶湯理所當然似的發著光。貴族家的女僕用這種方法服侍主人沒關係嗎？

兩人在工房牆邊放著的桌子邊喝茶。吉克似乎想貫徹護衛的原則，守在瑪莉艾拉的後方待命。

喝了茶，放鬆下來之後，凱羅琳忐忑不安地對瑪莉艾拉這麼問：

「其實我有聽說……妳是在帝都和地脈定下契約的鍊金術師吧？我可以請問妳，和地脈締結契約是什麼樣的過程嗎？」

身為亞格維納斯家千金的凱羅琳擁有鍊金術技能。可是人們無法在迷宮都市與地脈牽起脈線，所以凱羅琳既無法成為鍊金術師，也無法提昇鍊金術技能的熟練度。

不過，亞格維納斯家自古以來都是鍊金術師家族。凱羅琳因此對鍊金術懷抱著強烈的嚮往。

亞格維納斯家以世世代代的婚姻為代價，有幾名從帝都找來的鍊金術師駐留在這裡，但他們都不會離開別館，凱羅琳只有跟他們打過招呼。她至今一直沒有機會和他們聊些鍊金術相關的話題。

「一般人都是在小時候締結契約的吧？雖然我可能有點晚了，但嫁到帝都之後，可以的話，我也想要締結契約。那是什麼樣的過程呢……」

對於一臉不安卻又懷抱一絲希望的凱羅琳，瑪莉艾拉隱瞞著地點和時間，說起了自己進行契約儀式時發生的事。

06

那是被師父收養後過了一陣子，瑪莉艾拉八歲時發生的事。

現在「枝陽」的所在地在兩百年前還沒有發生魔森林氾濫時，是一座長著許多聖樹的公園，稱為「精靈公園」。

瑪莉艾拉現在依然清楚記得自己跟著師父進入公園時的事。

那裡到處都有像蒲公英棉毛般的東西發著淡淡的光芒在空中飛舞，景象非常夢幻。仔細一看會發現這些棉毛有些像蝴蝶，有些像小鳥的形狀，也有些像是長著翅膀的人。大小也都各不相同，有些躺在花瓣上，有些搖晃著樹梢，一會兒出現一會兒消失，看起來就像在玩遊戲。

「瑪莉艾拉，我會在這裡等，妳去玩吧。要是交到朋友，就帶祂過來。」

師父這麼說完，便在公園邊的長椅上躺下，睡起了午覺。

瑪莉艾拉自從懂事以來就會在孤兒院幫忙老師或是照顧年幼的孩子，聽到大人叫自己去玩，她也不知道該做些什麼。瑪莉艾拉只好在公園裡散步，發現其他看似準鍊金術師的小孩子都有師父陪伴著，好像正在和發光棉毛說些什麼。

一般來說師父好像都會在一旁協助。雖然瑪莉艾拉的師父正在呼呼大睡。

瑪莉艾拉覺得自己有點格格不入，於是往公園的深處走去。

瑪莉艾拉追著輕輕拂過臉頰飛走的棉毛，撥開與身高差不多高的枝葉前進，遇到一個看起來和自己差不多同年的孩子。那孩子也是一個人，身邊沒有看似師父的大人。她正在一個較為寬敞的地方尋找某種東西，蹲在地上用雙手撐著地面，一一確認每一株草。

「妳……妳好。妳在找什麼？」

瑪莉艾拉怯生生地向那孩子搭話。

「我在找有七片花瓣的花。」

那孩子有一頭綠色的頭髮和黑眼珠很大的綠色眼睛，看起來還帶著一點微微的光芒。瑪莉艾拉心想真是個奇怪的孩子，但反正也沒有其他事情可做，於是說道「我來幫妳」，和她一起尋找花朵。

「四，五，六，不是這一朵。」

瑪莉艾拉正打算拔掉花瓣數量不對的花，那孩子卻說「不可以拔掉啦。只可以拿需要的份。要不然花很可憐的」。

她似乎是個很善良的孩子。瑪莉艾拉很喜歡她，所以非常認真地尋找有七片花瓣的花。

「找到了！是七片，妳看，七片。」

「哇，謝謝妳！」

「妳找這個要做什麼？」
「我要用這個來喝水。」
說完，那孩子用雙手包住花朵，慢慢捧了起來。
神奇的是，被那孩子捧起的花從根部斷掉，在她的手掌中變成一個陶器般的容器。
「妳口渴了吧？給妳喝。」
那孩子遞出的七片花瓣的杯子盛滿了發出淡淡光芒的水。
瑪莉艾拉這才發現自己的確口渴了。
「謝謝妳。」
瑪莉艾拉接過七片花瓣的杯子，大口喝光了發光的水。這杯水帶著微微的甘甜，味道就像是能徹底滋潤身體般柔和。
「好好喝喔！『注水』，來，給妳喝。」
瑪莉艾拉用自己唯一會用的生活魔法在七片花瓣的杯子裡裝水，遞給那孩子。那孩子也大口喝光了瑪莉艾拉裝的水，笑著說：「好好喝！」
「瑪莉艾拉～」
師父的聲音從遠方傳來。瑪莉艾拉想起師父曾叫自己帶朋友過去。
「我是瑪莉艾拉。妳願意當我的朋友嗎？」

「嗯，好啊。我是＊＊＊＊＊。」

瑪莉艾拉明明應該記得那孩子當時所說的名字，現在卻想不起來。瑪莉艾拉牽著那孩子的手，向師父跑去。

其他的準鍊金術師似乎早就已經完成契約儀式，離開了公園，園內變得很冷清，只有瑪莉艾拉的師父坐在剛才的長椅上，對歸來的瑪莉艾拉說：「妳回來啦。」

「師父，師父，我帶朋友來了。」

看到瑪莉艾拉的朋友，師父只喊了一聲「哦～」，然後又說「那就快點把契約訂一訂吧！」，用一如往常的樣子對瑪莉艾拉露出笑容。

師父對瑪莉艾拉的朋友說：「祢就帶瑪莉艾拉去深一點的地方吧。」

「可以嗎？」

那孩子這麼問，師父便笑著回答：「沒問題。」

「瑪莉艾拉。」

聽到師父的呼喚，瑪莉艾拉一轉過頭來就被師父緊緊擁抱。

「師父，好癢。而且好熱喔。」

被師父抱住，瑪莉艾拉扭動著身體掙扎。瑪莉艾拉幾乎沒有被他人擁抱過的經驗。感覺很令人難為情，卻又很溫暖。

「嗯，瑪莉艾拉。妳要記得，這裡才是妳該待的地方。所以我一叫妳，妳就要乖乖回來喔。」

「是，師父。」

瑪莉艾拉雖然不太懂，但被師父收養的時候，師父曾經在森林裡的小屋這麼說過：

「從今天開始，這裡就是妳的家。歡迎回家。」

師父明明就是個無所不知的厲害人物，家裡卻總是弄得亂七八糟，打掃洗衣和作菜全都不會，讓瑪莉艾拉很驚訝怎麼會有這麼懶散的大人。可是自從來到師父身邊，每天都有人會對自己說「歡迎回家」。既然師父這麼厲害的人都說這裡是自己該待的地方，那肯定不會錯吧。

「瑪莉艾拉，我們走吧。」

那孩子牽起瑪莉艾拉的雙手。

「嗯。」瑪莉艾拉應了一聲。雖然不知道自己要去哪裡，瑪莉艾拉依然對師父揮揮手說道：「我要出發了。」

撲通。

剛才明明還站在地上，瑪莉艾拉和那孩子現在卻出現在一個陰暗的地方。感覺像是待在水裡，卻完全不會感到難以呼吸。

抬頭一望可以看到師父站在地面上。這裡似乎是地底下。

那孩子緊緊握著瑪莉艾拉的手，臉上掛著令人安心的微笑。瑪莉艾拉這才終於發現祂是精靈。待在這麼不可思議的地方，瑪莉艾拉卻一點也不覺得害怕。肯定是因為腳底深處能看到一道柔和的光芒吧。

瑪莉艾拉覺得那道光就像是夜空中的銀河一樣。可是光芒的數量比星星還要多上許多，看起來也像是一條大河。有好幾道光從中輕飄飄地升起並消失，有時候也會有一些鬆散的發光顆粒從上方飄進光芒的河流中。

瑪莉艾拉覺得這幅景象非常漂亮。

那孩子帶著瑪莉艾拉往下接近光芒的河流。從上方看起來明明像是發光的水，靠近一看卻又像是發光的細小粒子。

明明已經進入光芒的河流中，卻不像走進水裡一樣有明確的界線。感覺只是腳下非常明亮且溫暖，愈接近上方的光芒則愈弱。瑪莉艾拉被那孩子牽著不斷往深處前進，四面八方就漸漸被光芒填滿，甚至連自己和光芒的界線都變得模糊不清。即使如此，那孩子也緊緊握著瑪莉艾拉的手，所以瑪莉艾拉才能確切知道自己和那孩子與光芒是不同的東西。同時也知道那光芒是非常「龐大的存在」。

「瑪莉艾拉，這裡就是地脈的中心。跟地脈說妳的真名吧。那麼做的話，地脈也會告訴妳真名。這樣就可以跟地脈連接起來了。」

那孩子用有點擔心的表情這麼說。可是這應該就是師父說過的「與地脈牽起脈線」的儀式吧。瑪莉艾拉對光芒說出自己的真名。

「我是瑪莉艾拉。祢是誰?」

『*****。』

那是聲音嗎?這個瞬間,瑪莉艾拉與地脈相連了。

多麼地,多麼地溫暖啊。瑪莉艾拉覺得自己的一切都獲得滿足了。

瑪莉艾拉至今為止都是孤單一人。她長得不是特別漂亮,也沒有什麼厲害的才能,更沒有稀有的技能。擁有鍊金術技能的人多不勝數,有鍊金術技能加上其他方便技能的孩子還比較多。

長得漂亮的女孩、有稀奇才華或技能的孩子、容易成為勞力的男孩很快就可以找到養父母,離開孤兒院。瑪莉艾拉總是沒有被選上。她幼小的心靈知道自己是個沒有價值的孩子。所以她總是當個乖孩子。

瑪莉艾拉總是會幫忙大人做事,也會努力照顧比自己小的孩子。

「妳好乖喔。」、「幫了我大忙呢。」、「謝謝妳。」

孤兒院的老師都這麼說。

可是,沒有人來迎接瑪莉艾拉。

寂寞和孤獨的感覺從懂事的時候開始就形影不離地跟著瑪莉艾拉。這份感受卻在與地脈相連的瞬間彷彿溶化般消失了。

不，不對，這份寂寞和孤獨是從更久以前開始，從自己獨自誕生在這個世界的瞬間就一直感覺到的東西。這份感受被治癒了。瑪莉艾拉本能地察覺到自己回來了，察覺到地脈是生命的源頭。地脈是自己出生，並且終究要回歸的地方。自己終於可以再次與其合而為一。

（好溫暖喔。）

感覺就像是要溶化在一陣安穩的睡意中。

「瑪莉艾拉——」

（有聲音從好遠的地方傳過來。有人在叫我。）

「瑪莉艾拉——」

（那是師父的聲音。）

「我想要這孩子。」師父選擇了沒有被任何人選上的瑪莉艾拉。師父並非沒有其他選擇。明明有很多其他的孩子都有鍊金術技能，師父選的卻不是其他人，而是瑪莉艾拉，甚至給瑪莉艾拉緊緊的擁抱。

這裡是生命的源頭，是生命回歸之處，也是讓生命從隔絕自己與世界的肉體枷鎖中解放，將其治癒、填滿，最後回歸一體的地方。

可是，自己現在還是「瑪莉艾拉」。瑪莉艾拉能確切感受到扎根在自己靈魂中的鍊金術技能。「瑪莉艾拉」知道，自己的鍊金術技能正連結著師父。

「妳要走了嗎？」

那孩子問。祂一直握著瑪莉艾拉的手。那隻手的溫暖和存在一直告訴瑪莉艾拉，自己還沒有回歸地脈。

「嗯。師父在叫我，我該回去了。師父一個人什麼也不會做。要是我不在，房間就會亂七八糟的。」

瑪莉艾拉笑了。雖然這裡待起來很舒適，但瑪莉艾拉還有其他該回去的地方。

「拜拜。」那孩子這麼說。

「下次再一起玩吧。」瑪莉艾拉這麼答道，那孩子就高興地笑了，揮揮手說「再見」。

該回去了。心裡一浮現這個念頭，瑪莉艾拉便神奇地快速往上飛起。愈靠近地面，瑪莉艾拉就能感覺到有某種東西流入自己體內，同時被某種東西拉起來。發現是師父的鍊金術經驗值流向自己的鍊金術技能時，瑪莉艾拉已經回到自己的身體裡。剛才一直握著瑪莉艾拉的手的那孩子已經消失無蹤，現在則是師父正在握著瑪莉艾拉的手。

就像是溶入世界之中，自我的存在原本是那麼模糊又圓滿，卻在回到肉體中的瞬間完全被切割開來。自己已經變回個體（一個人）。可是瑪莉艾拉還記得那個地方，知道自己的內心深處正與其相連。鍊金術技能把自己和地脈連繫了起來。

從地脈回來的瑪莉艾拉已經能夠理解，自己是世界的一部分。

「噗啊～妳到底跑到多深的地方了？我還擔心妳會回不來哩！我的鍊金術經驗差點就要被妳吸光光了。」

師父擺出有點生氣又安心的表情，最後說了這麼一句話：
「歡迎回來，瑪莉艾拉。」
「我回來了，師父。」

07

「我當時和地脈牽起脈線的契約就是這種感覺。」
即使扣除陷入沉睡的兩百年也依然是相當久以前的事，瑪莉艾拉卻能鮮明地回想起那天發生的事，包括地脈的光輝與師父的溫暖。
「鍊金術師會藉由精靈的引導離開肉體，以靈體的狀態潛入地脈。只要在那裡和地脈交換真名，就會形成脈線。據說在沒有肉體的狀態下和地脈相連的行為伴隨著很高的風險。因為會覺得很舒適。地脈是在這片土地上生存的生命的偉大源流。回歸到其中一部分的喜悅可以消除生命以個體的形式誕生時就如影隨形的孤獨，是一股難以抗拒的衝動。除非是對人世抱有強烈依戀的人，否則沒有人可以甩開這種感覺，獨自回到肉體。所以才要有師父陪同。師父會犧牲自己的一部分鍊金術經驗，替徒弟指引回來的路，讓徒弟知道人世間有自己應該回去，應該待的地方。會挑在小時候進行契約儀式好像是因為小孩子的內心還充滿了希望，比較不容易被地脈困住，可以順利回來。」

跟隨著精靈潛入地脈的徒弟會藉著師父的引導回到人世。這個過程很類似重生。正因為如此，鍊金術師的師徒羈絆才會這麼深厚。

師父在這個儀式中使用的鍊金術經驗值會轉移給徒弟，有了繼承自師父的經驗，徒弟就能從地脈汲取「生命甘露」。據說「書庫」的共享就是透過師徒間轉讓經驗值的時候形成的連結來達成。

「因為和地脈牽起脈線的契約是這個樣子，所以人家才會說鍊金術師的師徒羈絆比血緣還要緊密；但只要牽起脈線就有『書庫』了，之後靠自學也沒問題。我有大概五年的時間都過著不知道是師父照顧我還是我被迫照顧師父的生活，可是師父卻突然不知道跑到哪裡去了，真是受不了那個笨蛋師父……」

瑪莉艾拉這麼痛罵師父。畢竟瑪莉艾拉面前的凱羅琳正帶著一對淚汪汪的大眼睛注視著自己。

「瑪莉艾拉小姐！」

凱兒小姐用力抱住瑪莉艾拉。

「我好感動！我也，我也在妳身邊！妳並不孤單。」

（嗯，好溫暖。而且好柔軟。）

雖然瑪莉艾拉的上手臂和肚子附近也差不多。軟趴趴的。

看著凱兒小姐和莫名地張開雙手，看似也想來個擁抱的吉克，瑪莉艾拉覺得這裡真是個溫暖的地方。

屋子外頭的天氣十分寒冷，雨滴已經轉變為雪花。

08

「有吧？你應該也注意到了。迷宮討伐軍抓到了鍊金術師！」

羅伯特．亞格維納斯對傑克．尼倫堡這麼說。深信自己是鍊金術師管理者的羅伯特所表現出來的言行簡直是個狂人。

「去把鍊金術師救出來，帶回亞格維納斯家。為了這個地脈的新世界！放在迷宮討伐軍有什麼意義？他們對如此效忠軍方的你，對你的無辜女兒就連一瓶魔藥也不願意給！我能夠拯救你！拯救你的女兒！我們一起前往新世界吧！假死魔法陣還有剩餘。」

羅伯特就像是要抓住某種東西，對尼倫堡伸出使勁張開手指的手掌。

「不管幾次！不管幾次！再進入沉睡就行了！我們不能一次就消耗掉那個鍊金術師！你懂吧？你應該能理解。你知道攻略迷宮時有多麼需要魔藥！到目前為止，我們的新藥不知道拯救了多少士兵的性命！你一定知道！拯救了無數士兵的你一定知道！」

「我聽不下去了，把雪莉還給我。」

尼倫堡冷淡地這麼說。

「為什麼？為什麼為什麼為什麼為什麼！你們需要吧？是不可或缺的吧？所以才一路使用到現在吧？使用我的新藥！使用紅色與黑色的魔法藥品！你已經！使用過了！你用了那個，所以……所以你和我同罪！你必須跟我一起走！」

陷入瘋狂的羅伯特睜大眼睛，大聲呼喊。尼倫堡再也不想繼續奉陪，正打算動手壓制羅伯特。

這個時候。

「嘿，到此為止了。」

一個卑劣的聲音制止了尼倫堡。

「你不怕女兒出事嗎？就算只有半張臉漂亮也總比完全毀容好吧？」

一個容貌明顯是盜賊的男人用彎刀抵著臉上包著繃帶的黑髮少女，從深處的房間裡走了出來。

「爸爸……」

那名少女的臉正是——

「雪莉……」

尼倫堡停止動作。

「你只能我們一起走。」

羅伯特邀請般地對尼倫堡伸出手這麼說。某種黑色物質從羅伯特那隻什麼都沒有拿的手上滴落時，尼倫堡感覺到整間屋內都變得陰暗，溫度也降低了幾度。

尼倫堡腳下的地毯有黑色的物質陣陣湧出。就像是再怎麼更換繃帶都會不斷從傷口滲出的膿血，從地上湧出的黑色物質將地毯染黑，鐵鏽般的雜質纏繞在短毛的地毯上。

尼倫堡見過這種雜質。那是浮現在「咒蛇之王」身上的「詛咒」。使用「咒術系魔法」不需要特定技能。而且由於其特性，不只是使用，就連研究都是受到帝國的法律禁止的。

尼倫堡周圍湧出的詛咒就像是活生生的生物一樣，蠢蠢欲動。

「別……別亂動，小心女兒出事啊。」

用彎刀抵著雪莉這麼威脅尼倫堡的盜賊似乎在害怕著什麼，聲音正在顫抖，視線不時瞄向羅伯特。

「沒什麼好怕的。我只是要替你製造**連結**而已。就跟在這個別館工作的人一樣。」

羅伯特低聲笑著，操弄詛咒。

詛咒形成的雜質就像被切斷的蜥蜴尾巴，或是被壓死後仍然沒有斷氣的昆蟲手腳一樣蠕動著，對尼倫堡漸漸縮小包圍範圍。

「確認到違法使用咒術系魔法的行為。而且還是強制支配型，也沒有奴隸商人資格或契約術者資格。綁架少女、恐嚇、背叛迷宮討伐軍。湊到這麼多就很夠了吧。是不是啊，爸爸～？」

「不要掛著雪莉的臉用那種拖長聲音的噁心口氣叫我。」

看到自己用彎刀抵著的柔弱少女一下子性格大變，盜賊馬上對右手灌注力氣，企圖割斷少女的喉嚨，這才發現剛才還握著彎刀的右手手腕前端已經什麼也沒有了。

「咿……咿啊啊啊啊啊啊啊！我的手！我的手！」

終於發現自己的右手掌在沒有痛楚的情況下被切斷的盜賊發出悲慘的叫聲。盜賊剛才拿著的彎刀現在已經在包著繃帶的少女手中。

「嘿咻。」

少女讓彎刀的刀柄陷進盜賊的腹部。盜賊維持抓著右手腕的姿勢叫了一聲「咕嗚」便往前一倒，失去意識。

「什……什……什……」

包圍著尼倫堡的詛咒也被強勁的腳力踢得煙消雲散。包著繃帶的**少女**單手拿著彎刀，噠的一聲在尼倫堡身旁著地。

「受不了，對付貴族就是這麼麻煩。算了，有這麼多證據應該夠了。」

少女摸索口袋，拿出記錄用的魔導具。這種魔導具除了對話，還能記錄發動的魔力與術式的種類。

察覺情況不對的羅伯特往盜賊剛才走出的深處房門慢慢後退。

「放棄吧。這棟屋子已經被包圍了。」

尼倫堡冷冷地說。

「我怎麼能……在這種地方……」

羅伯特咬牙切齒，對抱著右手腕趴倒在地上的盜賊灌注所有魔力叫道：

「站起來，然後殺了他們！」

這個瞬間，盜賊突然睜開眼睛，從趴倒的狀態變成四足野獸般的姿勢，撲向尼倫堡和少女。

「啊啊啊啊啊啊啊！」

尼倫堡只用一腳就把翻著白眼且像四足野獸一樣撲過來的盜賊踢倒在地。看著這次終於吐出血泡且一動也不動的盜賊，少女說道：

「他用隸屬紋的方式還真殘酷。希望這傢伙醒來的時候，身體還能像以前一樣活動。」

盜賊原本被少女打得暫時無法起身，卻被羅伯特的「命令」強制喚醒，並且被迫做出超越身體機能的動作。吐出血泡倒在地上的盜賊不時因為痙攣而抖動著四肢。盜賊清醒的時候，身體難保能維持原本的機能。

趁盜賊做出捨身攻擊時，羅伯特似乎逃進了別館深處的房間。

「我去跟外面的副將軍大人報告完就要回去了。接下來的事可不在契約之內。」

「嗯，辛苦你了……你打算掛著雪莉的臉到什麼時候？」

「呵呵……拜啦，爸爸～」

包著繃帶的少女用輕鬆的態度躲開尼倫堡的不滿視線，走向別館的入口。

別館已經被迷宮討伐軍包圍，亞格維納斯家的管家似乎也被捕了。少女把記錄用的魔導具交給在入口附近等待的維斯哈特，報告完發生的事情便直接離開了亞格維納斯家的宅邸。

少女一邊走在下著雪的亞格維納斯家的寬廣庭院，一邊把一圈一圈的繃帶拆開。出現在繃帶之下的臉龐明明還留有嚴重的傷痕，傷痕卻在少女轉過樹木之間的時候徹底消失了。不只如此，就連長相也變了。抵達厚重大門時，原本的少女已經把**連身長裙**脫下來放進包包裡，變成一個穿著褲子的少年。

少年拿出印記給看守大門的士兵看，走出宅邸並回到商業地區。

在下雪的夜晚街道快步走向商業地區的少年應該是某家商店的送貨員吧。沒有人對他起疑。少年回到了自己的店裡。

「我回來了，阿姨。**送貨**已經結束了。」

少年一如往常地這麼說，這家店的主人也用一如往常的態度回應：

「我不是說過在店裡要叫我梅露露姊嗎？所以，結果怎麼樣？」

「阿姨不只喜歡粗製糖，也很喜歡聊八卦呢。就像半獸人一樣貪心。」

「只會變臉的小毛頭少給我囂張了！」

雖然世界上沒有能完美變身成特定人物，讓人可以胡作非為的魔藥，但卻存在能完美變身成特定人物的技能。這種極其稀有的技能持有者會從事什麼樣的工作並不難想像。

從貴族和富裕商人喜愛的高級茶葉和白砂糖、珍貴的香料等高級品到庶民也買得起的平價茶葉和粗製糖都有販售的香料店有個親切的女主人，她是主婦的領袖，也是休森華德邊境伯爵家專屬的情報部隊的一員。

如果是賺到一大筆錢的高階冒險者就算了，來自迷宮都市外的柔弱女孩花費高額改建費住在寬敞的住宅裡，在迷宮都市可不是經常發生的事。監視和調查可能有內幕的人物也是他們的工作。後來放出「帝都一帶的鍊金術師」、「跑來搭救青梅竹馬」等好聽又和過去的言行一致的傳聞，使瑪莉艾拉與吉克可以自然融入城市居民之中也是他們的手腕。當然了，這是維斯哈特下令執行的情報操作。

明天梅露露應該也會去拜訪維斯哈特。為了繳納新的茶葉，清算**費用**，同時帶著今天才在城市裡取得的新情報。

大家好，我是瑪莉艾拉。

我現在正待在凱兒小姐家裡的會客室。這個房間是會客室沒錯吧？裡頭非常寬敞。長椅很氣派，雕滿花紋的桌子也亮晶晶的。另外還有暖爐，上面同樣有很多雕刻。牆上還掛著畫。雖然大多是花朵或風景的畫，其中也有一張是畫著水果。那種水果叫什麼名字呢？我是第一次見到，看起來很好吃。

鋪在地上的地毯也很氣派。明明是編織品，上面卻有複雜的圖案。一定很貴吧。穿著鞋子進來真的沒關係嗎？雖然大家都穿著鞋子。

我坐在人家準備在房間角落的椅子上，這張椅子也很鬆軟。好厲害的椅墊。我坐在椅面上跳啊跳的，就被站在後面的吉克用手按住肩膀，叫我「安靜一點」了。對不起。

凱兒小姐正在房間的正中央和一個金髮碧眼，看似王子殿下的人說話。他們兩個人都像是會出現在畫中的俊男美女，感覺就像是在看著貴族的戀愛故事。雖然看似王子殿下的人說話時帶著微笑，凱兒小姐的表情卻很嚴肅。只看這幅景象的話，其實有點像是剪不斷理還亂的愛恨情仇。不過凱兒小姐會露出這麼嚴肅的表情也沒辦法。

因為這個房間裡站滿了全副武裝的士兵嘛。

鬧得發慌的瑪莉艾拉在心中發表無聊的解說，坐在房間角落的椅子上晃動著雙腳。身為護衛的吉克在瑪莉艾拉後方待命，凱羅琳的身後也有專屬女僕和護衛守著，但兩人周圍站了好幾名迷宮討伐軍的菁英，所以吉克和凱兒的護衛頂多只是「允許護衛陪同」這種形式上的程度。

眾人在不久前才移動到會客室。在凱羅琳的工房開心地聊天的瑪莉艾拉等人突然發現房間外很吵鬧。一名女僕相當慌張地前來通知凱羅琳，聽完內容的凱羅琳也用非常困惑的表情對瑪莉艾拉這麼說明：

「聽說休森華德邊境伯爵家的維斯哈特大人來拜訪了。似乎是為了來調查某些事……他說只要是無意反叛邊境伯爵家的人，從家族成員到客人、僕人都要全部集合起來。」

瑪莉艾拉跟著凱羅琳走到房間外，看到一個金髮碧眼，看似王子殿下的人帶著好幾名士兵站在入口處。

這個人應該就是維斯哈特吧。

瑪莉艾拉沒有多想就跟著凱羅琳走到入口附近，士兵就質問「妳是家族成員還是商人？跟我過來」，想要把瑪莉艾拉帶到別的房間。

「她是我的客人。我不清楚各位這次為何來訪，但她與此事無關。我不允許有人對她無禮。」

「客人？」聽到凱羅琳替瑪莉艾拉說話，維斯哈特說，用疑惑的眼神看著瑪莉艾拉。

這也難怪。瑪莉艾拉的服裝和長相都充滿了平民氣息，看起來一點也不像是亞格維納斯家的客人。或許就連僕人的制服都比她的服裝還要高級。只要說是來送藥草的送貨員，對方肯定不會懷疑。

待在維斯哈特身邊的一名士兵對他低聲耳語。維斯哈特只是稍微皺起眉頭，然後問道：

「妳該不會是與凱羅琳小姐交好的藥店女孩吧？」

「是的。瑪莉艾拉小姐是商人公會藥草部公認的藥師。我們亞格維納斯家和愛爾梅拉部長都可以擔保她的身分。」

在迷宮討伐軍之前，甚至是休森華德邊境伯爵的面前，平民的權利是很脆弱的。凱羅琳努力想要保護瑪莉艾拉。

「既然是凱羅琳小姐的朋友，我們一定會以禮相待。你們要好好接待她，絕對不可以失禮。」

維斯哈特回應了凱羅琳的請求，交代士兵禮貌對待瑪莉艾拉，不過他的眼神裡卻浮現了緊張的神色，但維斯哈特並沒有將自己的心思表現在言行上，所以沒有任何一個人察覺到他內心的動搖。

家族成員似乎都被集合在另一個房間，但因為維斯哈特說「既然她是凱羅琳小姐的客人」，瑪莉艾拉莫名被安排坐在會客室角落的一張椅子上。身為護衛的吉克獲准陪同甚至配劍，這應該算是特別的待遇吧。只不過周圍都是迷宮討伐軍的菁英，就算吉克或凱羅琳的護衛想動粗，應該也會馬上遭到壓制。

凱羅琳和維斯哈特的對話因為某種阻礙魔法的關係，其他人聽不到。使用「傾聽」魔法或許可以偷聽到，但瑪莉艾拉不會做出那麼不知好歹的事。

依然搞不清楚狀況的瑪莉艾拉經過一段時間，開始覺得肚子餓了。現在已經是吃晚餐的時間。要是不快點回去作今天的魔藥，就趕不上晚上的交貨時間了。應該說有辦法在交貨時間前回去嗎？林克斯等人可能會擔心。

咕嚕～

瑪莉艾拉的肚子叫了。明明聽不到兩人的對話，肚子叫的聲音卻好像被聽到了，於是附近的士兵從口袋裡翻找出一個看似大塊餅乾的零食，送給瑪莉艾拉。瑪莉艾拉原本也想分給吉克，但他似乎不想吃。不知道為什麼，吉克用「我家孩子給你添麻煩了」的態度對士兵低頭行禮。

士兵給的餅乾加了很多堅果和果乾、蜂蜜，非常美味，但或許是某種乾糧，口感有點硬又很乾。看到瑪莉艾拉在房間角落用雙手拿著餅乾，小口小口地啃著，原本在房間正中央擺出嚴肅表情的凱羅琳便放鬆了表情，發出「呵呵……」的笑聲。

「對了，我都忘了招待客人喝茶呢。」

凱羅琳似乎稍微放鬆了一點，露出貴族千金式的微笑，吩咐守在後方的女僕去泡茶。

不過可惜的是，茶水還沒有送上桌，維斯哈特就先接到了通知。

「已在別館的地下室發現製造新藥的工房，卻尚未找到身為現任當家的羅伯特・亞格維納斯。目前沒有他已經逃出宅邸的跡象。」

「凱羅琳小姐，請問這棟宅邸有什麼祕密通道或是躲藏地點嗎？」

聽完通知的維斯哈特問道，凱羅琳稍微思考後這麼回答：

「我聽說有個祕密地下室，但只有歷代的當家能夠得知地點。」

「這樣啊，那麼前任當家應該知道吧？」

「家父羅伊斯他……就連是否能正常對話都……」

「可以讓我見見他嗎？」

「……好的。」

凱羅琳與維斯哈特暫時離席，瑪莉艾拉在他們不在的期間把大餅乾吃完了。雖然餅乾稍微填飽了肚子，易於保存的餅乾卻很乾燥，整張嘴裡乾巴巴的。

回到會客室的凱兒小姐好像是哭過，眼睛有點泛紅。維斯哈特也一臉困惑，用左手抵著下頷，在會客室裡來回踱步。

不知道發生什麼事的瑪莉艾拉看著維斯哈特和凱羅琳，突然間和維斯哈特四目相交。維斯哈特定睛注視著瑪莉艾拉。

瑪莉艾拉還以為自己的嘴上有餅乾碎屑，用手搓了搓嘴巴，這時維斯哈特走了過來。

「妳叫作瑪莉艾拉對吧？因為妳是凱羅琳小姐的朋友，我有稍微調查過關於妳的事。我聽說妳是帝都一帶的鍊金術師，也是個優秀的藥師。我想要稍微借助一下妳的知識。」

對瑪莉艾拉這個平民百姓來說，維斯哈特的閃亮亮貴公子氣質對心臟很不好。

「是……是是是！我是瑪莉艾拉沒錯。呃，那個……」

瑪莉艾拉迅速跳起來，緊捏著上衣的下襬，生硬地行了一禮。自以為是拎著裙子行禮嗎？

「妳不必這麼緊張。別擔心，其實沒什麼。凱羅琳小姐的父親似乎患了心病。我想請妳看看是否有方法能治好他。」

（凱兒小姐的父親……所以她剛才才會紅著眼睛啊……）

凱羅琳是瑪莉艾拉的朋友，剛才還跳出來幫瑪莉艾拉說話。雖然瑪莉艾拉對治療心病的方法根本沒有頭緒，但可以的話還是希望能治好她的父親。

「雖然我不確定自己能不能幫上忙。」

帶著沒什麼自信的瑪莉艾拉和身為護衛的吉克，維斯哈特再次前往凱羅琳的父親所在的寢室。

那是個陰暗的房間。窗戶拉起了厚厚的窗簾，只有床邊的臺座上點著一盞小燈，就連月光也無法照進屋內。一個男人躺在附有頂蓬的大床上。

站在房間外不遠處，有士兵陪伴的老人似乎是這個家的管家。

瑪莉艾拉一走進房間，躺在床上的凱羅琳的父親──羅伊斯便開口說話：

「光……光……有……光。」、「好……痛……痛……好痛……」

羅伊斯就像是要伸手抓取來自走廊的光線，同時又想逃避光線似的扭動身軀。如枯枝般瘦弱的手臂做出左右相異的動作，在空中游移。在陰暗的房間中雖然看不清楚，羅伊斯的臉卻像是分成左右兩個不同的人。

明明是同一張臉，左右兩邊卻像是分別經歷過不同的人生。

見到羅伊斯的瑪莉艾拉呆站在房間的門口，臉上寫滿了驚愕。

「為什麼……為什麼會有兩個人？」

瑪莉艾拉忍不住低聲這麼說時，羅伊斯轉過來抬起頭，用左右不同的表情凝視著瑪莉艾拉。

口中的乾燥感受並不是來自剛才吃過的餅乾。

瑪莉艾拉感覺到喉嚨的乾渴，嚥下口水。

「兩個人？妳知道什麼了嗎？」

維斯哈特對瑪莉艾拉無意間說出的話有了反應。吉克體貼地把手輕輕放在佇立於房間門口的瑪莉艾拉的肩膀上。瑪莉艾拉把自己的手重疊在吉克的手上，然後稍微調整呼吸，對維斯哈特這麼說：

「請問我可以對這個人使用睡眠魔法嗎？」

取得維斯哈特的許可後，瑪莉艾拉拜託吉克對凱羅琳的父親——羅伊斯使用睡眠魔法。

「救……救……救……我。」、「這是……我……的……身體。」

「沒事的，請稍微睡一下。」

和吉克一起靠到羅伊斯床邊的瑪莉艾拉這句話不知道是對誰說的。凝視瑪莉艾拉一陣子之後，輕輕點頭的羅伊斯閉上眼睛，然後再次睜開。

從旁人眼裡看來，他就只是緩緩地眨了一次眼睛。

「……睡眠魔法似乎沒有用。」

「不，有用。請問你是……你是誰呢？」

聽到瑪莉艾拉的問題，躺在床上的羅伊斯這麼回答：

「我是……路易斯。路易斯．亞格維納斯。我是……這個家……的……當家。」

「路易斯？」

「這位是前任當家的兄長。」

在房間外不遠處，身邊有士兵陪同的年老管家這麼回答。

「好久不見了，路易斯大人。」

「好……好久……不見……了。」

自稱路易斯的男人答道。可是他的理智只維持了短暫的時間，那雙眼馬上轉向虛空，用瘋狂的口氣喊出某些話：

「就快了！這……就快要……啊啊好痛……祭品之身……還……」

看著路易斯掙扎著喊痛，老管家就像是能切身體會他的痛楚，用憂愁的表情靜靜地開始訴說他們的故事。

「前任當家是一對雙胞胎。路易斯大人是哥哥，羅伊斯大人是弟弟。路易斯大人後來被『祭品一族』收為養子。」

「你說『祭品一族』？」

維斯哈特皺起眉頭反問。他曾經聽過關於「祭品一族」的傳聞。

他們是為了保護皇帝而成為活祭品的一族。

有許多人都對皇帝這種地位崇高的人物懷抱惡意。皇帝本身是什麼樣的人物並不是問題所在。不論是有意還是無意，會怨恨、嫉妒、憎惡、嘲笑並膚淺地把自己不幸的原因和理由歸咎給立於頂點的人物來肯定自己的人，就像地上爬的螞蟻一樣多。

再怎麼禁止咒術，只要成千上萬的惡意思緒伴隨著魔力集合起來，就會變成確切的詛咒觸及皇帝。威脅不只有這些無形的惡意集合體。其中也有人會帶著明確的敵意，用實質的攻擊力對皇帝刀劍相向。

據說「祭品一族」會代替皇帝，親身承受這些有形與無形的一切惡意。

「雖然我聽說過傳聞……」

聽到維斯哈特的低語，老管家繼續說了下去：

「亞格維納斯家為了作出代替魔藥的魔法藥品，代代都會將不繼承家業的孩子送往帝國的鍊金術師或治癒魔法的權威門下。本來預定繼承前任當家之位的人是身為兄長的路易斯大人，由身為弟弟的羅伊斯大人成為『祭品一族』的養子。」

哥哥路易斯就像羅伯特一樣聰慧優秀，弟弟羅伊斯就像凱羅琳一樣溫柔體貼。兄弟倆的感情十分融洽，捨不得與成為養子的羅伊斯分別的路易斯甚至跟到帝都去替弟弟送行。命運就是從這個時候開始失控的。從路易斯身上看出身為祭品強烈潛能的「祭品一族」要求改為收養路易斯而不是羅伊斯。

以取得自己想要的任何知識為交換條件，路易斯成了「祭品一族」的養子。

「沒有人能夠得知被『祭品一族』收養的路易斯大人發生了什麼事。只不過，幾年前路易斯大人捎來了音信。」

來自路易斯的音信就碰巧藏在亞格維納斯家為了研究而訂購的獨角獸角之中。一個與小指差不多大的小瓶子裡裝著帶有紅黑色調，卻又散發黯淡光澤的神祕液體，從包著瓶子的小張紙條可以看出這是路易斯要交給弟弟羅伊斯的東西。

紙條上寫著只要羅伊斯喝下這瓶神祕液體，路易斯就能傳達自己在「祭品一族」獲得的知識。當時正好發生了好幾起寄往亞格維納斯家的郵件遺失的事件。路易斯恐怕是用了好幾種方法把這種液體送給羅伊斯，而除了這一瓶以外全都被攔截了下來。

仰慕兄長的羅伊斯不顧周圍的制止，喝光了那瓶液體。

「就是從那個時候開始，路易斯大人開始混入了羅伊斯大人。」

一開始只是在羅伊斯睡著的短暫時間內。為了不浪費路易斯現身的短暫時間，路易斯會和羅伯特一起窩在別館的工房，把「祭品一族」的祕術傳授給羅伯特。

可是隨著時間的經過，路易斯漸漸會開始喊痛，就像是要逃離痛楚一樣，現身的時間愈來愈長。最後就連羅伊斯還醒著的時間，路易斯都會出現，兩人混濁地互相交融。就像水與油再怎麼攪拌也不可能相融一樣，路易斯和羅伊斯依舊是兩個不同的人，意識和思緒卻分散成細小的碎片，彼此交織在一起。

「請讓路易斯大人和羅伊斯大人解脫吧。」

老管家這麼懇求維斯哈特。

這並不是什麼疾病。這一點，在場的所有人都知道。

「沒有什麼方法嗎？像是解咒魔藥……」

聽到維斯哈特的問題，瑪莉艾拉搖搖頭。

對路易斯來說，這個肉體一定是最「接近」的。現在，和路易斯真正的肉體比起來。

瑪莉艾拉是鍊金術師。鍊金術技能夠純熟，就能透過技能得知素材的狀態。她能夠感覺到植物、動物、任何生命中帶有的「生命甘露」的狀態。

就是因為如此，瑪莉艾拉才能知道羅伊斯的身體裡寄宿著兩種不同的「生命甘露」。兩個人活在同一個身體裡是非常不自然的事，所以他們才會失去理智。

可是他們倆的「生命甘露」並不像是被惡靈附身一樣處於黑暗的汙穢狀態。兩個異質但具有相同根源的人互相交織混合，卻又以個別存在的狀態合而為一。這樣的狀態非常扭曲，兩者卻又都符合這個肉體。瑪莉艾拉是這麼認為的。

雖然沒有受到睡眠魔法影響的這個人（路易斯）的確不是這個肉體的主人。

「你沒辦法回到原本的身體裡嗎？」

瑪莉艾拉問。

「是……我的……啊……好痛……這……我……的……啊啊啊啊啊啊好痛……嗚……我很快……就……能從……這種……痛苦中啊啊啊啊啊啊啊！」

「不是詛咒的話，會是惡靈之類的嗎？你們請神官或驅魔師看過了嗎？」

「我們當然有請人看過……」

管家說沒有人能像驅除惡靈一樣讓路易斯離開，發問的維斯哈特便皺著眉頭說：「難道沒有什麼好方法嗎？」身為休森華德家的人，他不願意對受苦的人見死不救；身為迷宮討伐軍的副將軍，他也有義務逮捕躲藏在別館地下室的羅伯特。可是既然前任當家是這個狀態，根本不可能問出祕密地下室的入口在何處。

正當維斯哈特開始考慮拆除別館時，瑪莉艾拉戰戰兢兢地開口：

「那個，請問我可以稍微跟這個人單獨談談看嗎？」

「那好吧。」

維斯哈特向一臉疑惑的管家指了指門口，自己也走出房間。

「吉克也出去吧。我不會有事的。」

聽到瑪莉艾拉這麼說，吉克最後離開房間，房門便靜靜地關了起來。

走廊的亮光被遮蔽後，只剩床邊點著小小燈火的寢室變得極為昏暗。長期關著窗戶的房間累積著沉悶的空氣，感覺就像是待在深深的地窖裡。

「嗚啊啊……好痛……啊啊……」

面對痛苦地扭動身軀的路易斯，瑪莉艾拉問道：

「是你真正的身體在痛吧？」

「是啊……那……已經……不是我的……」

「你沒辦法回去了吧。就算想回去，也已經斷了連結吧。」

路易斯的眼睛看著瑪莉艾拉。雖然他的眼神因痛苦而混濁，瑪莉艾拉卻不覺得那是狂人的眼神。

「可是這個身體不是你的身體。就算羅伊斯先生離開，只剩下你一個人，你的痛苦也一定不會消失的。」

任何人看到痛苦掙扎的人都會感到難受。如果是親生父親，那就更不用說了。

每次看到失去理智的父親受苦的樣子，凱羅琳不知道有多麼悲傷。

瑪莉艾拉想要拯救這個受苦的人、和這個人一起受苦的羅伊斯先生，還有只能旁觀的老管家等所有人。瑪莉艾拉覺得管家說的「請讓他們解脫」並不是一句能夠輕易說出口的話。

「救……救……」

路易斯用羅伊斯的身體乞求。乞求瑪莉艾拉拯救他，讓他逃離這些痛苦。

「如果你無法回到自己的身體裡，那就只有一個地方可以回去。」

瑪莉艾拉發動鍊金術，用「鍊成空間」包覆羅伊斯的身體。

「生命甘露。」

這幅景象遠遠超越了甘露給人的印象。

發著白光的水彷彿湧泉，漸漸填滿路易斯的周圍。在陰暗的房間內，他看起來就像是身在一道星河之中。

「哦……哦……哦……」

「生命甘露」散發著溫暖又柔和的光芒，卻在接觸到羅伊斯的身體時馬上失去實體，消失無蹤。

這是多麼，多麼令人焦急啊。這附身軀是如此又飢又渴。就連滿溢在身邊的這些湧水，他都無法觸碰並感覺到嗎？

他是這麼地寒冷。

他是這麼地疼痛。

他是這麼地難受、悲傷、寂寞。

他是這麼地渴望回歸一體——

路易斯的手就像是想要抓住「生命甘露」，把光芒抱入懷中。

「『生命甘露』流去的方向有你……不，是所有人都會回去的地脈（地方）。」

瑪莉艾拉告訴路易斯，那不是可怕的地方，而是讓生命從一切甚至是「自己」的形體中解放，最後回歸的地方。

在地脈的極深之處締結契約的瑪莉艾拉本人也不知道，自己的脈線比任何人都還要粗壯強韌。在那麼深的地脈之中，瑪莉艾拉之所以不會迷失「自我」，就是因為師父擁抱自己的溫暖已經滲透到內心深處的關係。同時也是因為成為朋友的精靈緊握瑪莉艾拉的手，拚命保護她的關係。

瑪莉艾拉透過比任何人都還要強韌的脈線（羈絆），毫不吝嗇地使用大量的魔力，不斷汲取「生命甘露」。不管汲取了多少都像是把水注入無底的桶子一樣，「生命甘露」一接觸到羅伊斯的身體便分解並消失。魔力的消耗就像製作板狀玻璃時一樣劇烈，瑪莉艾拉雖然感到暈眩，卻還是沒有停止灌注「生命甘露」。

瑪莉艾拉不知道路易斯是如何進入羅伊斯的身體裡的。和地脈牽起脈線時，將瑪莉艾拉帶離肉體的是精靈，瑪莉艾拉並不知道讓路易斯離開身體的方法。她所能做的，就只有替離開肉體的路易斯指出回歸的方向。

「啊……啊……啊……」

路易斯的手在「生命甘露」的光芒中游移，就像是要抓住無法觸及的「生命甘露」。

（啊，誰來引導這個人吧……）

瑪莉艾拉的魔力已經所剩不多。都已經讓這個人一度看見了希望，難道又要讓他繼續活在痛苦之中嗎？

（誰來……）

「……愛……………莉亞……？」

路易斯所呼喊的究竟是誰的名字呢？

這個瞬間，路易斯．亞格維納斯溶入光芒之中，回到了地脈。

10

「呼啊——！」

瑪莉艾拉發出鬆懈的聲音。

過度使用魔力了。雖然這次沒有失去意識，卻有頭暈目眩的感覺。自從喝過酒以來就沒有這種感覺了。整個身體輕飄飄的。減肥成功了嗎？

瑪莉艾拉一個踉蹌，不小心踢倒了椅子。

「瑪莉艾拉！妳沒事吧！」
吉克的聲音從門外傳來。
「我沒事～你們可以進來了～」
聽到瑪莉艾拉一如往常的輕鬆聲音，吉克碰的一聲用力打開門，衝到瑪莉艾拉身邊。吉克查看瑪莉艾拉的臉和身體，確定她沒有任何異狀才終於安心地吐出一大口氣。
「怎麼樣了？」
維斯哈特接著走進房間，一看到羅伊斯正在沉睡便這麼向瑪莉艾拉詢問狀況。
「妳做了什麼？」
「呃，我跟他說了一些關於地脈的事。我說服他回去，他好像就回去了。現在已經只剩下羅伊斯先生一個人了。」
「老……老爺。」
老管家奔向床邊，搖動睡著的羅伊斯。管家或許是以為他死了。兩人在互相混合的狀態下，肯定已經持續清醒了好幾年。
「嗯……」
被管家搖醒的羅伊斯用非常疲憊卻帶有理智的眼神這麼說：
「路易斯他……走了吧……」
「老爺！嗚嗚——！」

得知羅伊斯的平安和路易斯的離去，老管家崩潰大哭。

這種事情不是該由凱兒小姐這種美少女來做嗎？瑪莉艾拉覺得有點不搭調，和吉克一起很識相地悄悄離開房間。維斯哈特似乎想說些什麼，卻還是為了本來的目的——問出「祕密地下室」的地點，走向羅伊斯。

「父親大人！」

「讓妳擔心了呢，凱兒。」

凱羅琳奔向坐在輪椅上被推過來的羅伊斯。真是賺人熱淚的一幕。這種橋段果然還是應該由美少女來負責。

瑪莉艾拉坐在會客室角落的指定席，點著頭這麼想。

說個不重要的題外話，迷宮討伐軍的人在下樓梯時從兩側輕鬆把輪椅抬了起來。力氣真大。

「力氣好大喔。真不愧是迷宮都市最強的士兵。」瑪莉艾拉佩服地這麼說，吉克就抓起瑪莉艾拉坐著的椅子椅背，輕鬆地舉起椅子十秒左右。

瑪莉艾拉帶著閃閃發亮的眼神，還想繼續玩下去。她和淚光閃閃的凱兒小姐簡直是天差地別。這就是沒少女和美少女的階級差異嗎？真是殘酷的階級社會。

相對於玩個椅子就能滿足的瑪莉艾拉，羅伊斯在會客室中央聽維斯哈特說完大概的事由，十分嚴肅地和維斯哈特與凱羅琳討論接下來的事。

「我來帶各位前往祕密地下室。凱兒，妳也一起來。身為亞格維納斯家的一員，妳有必要知道。」

凱羅琳點點頭，羅伊斯則轉頭面向瑪莉艾拉。

「小姐，我希望妳也可以一起來。因為妳是解放路易斯的人。」

「呃咦？」

以為自己的工作已經結束的瑪莉艾拉悠閒地坐在房間角落，突然被羅伊斯點名才嚇得端正姿勢。維斯哈特和凱羅琳以及迷宮討伐軍的士兵全都轉過來看著瑪莉艾拉。

（情況怎麼會變成這樣……）

光是亞格維納斯家的會客室有迷宮討伐軍的士兵就已經是緊急事態了，讓一介藥師見證重要事件的始末真的好嗎？還是說需要庶民代表？難道是要邀請身為庶民的瑪莉艾拉小姐代表第三方立場提供意見嗎？

心想根本不可能有那種事的瑪莉艾拉不知道該如何是好，用眼神向凱羅琳求救。不過凱羅琳自己被叫到時就擺出了「該怎麼辦呢？」的表情。她是瑪莉艾拉的同類嗎？可是和瑪莉艾拉比起來，她明明就是個十足的當事人。

凱羅琳身旁的羅伊斯和維斯哈特臉上都掛著「我們都知道」的表情。可是瑪莉艾拉解放路易斯時，羅伊斯是睡著的，維斯哈特也在門外，應該沒有人發現瑪莉艾拉使用了「生命甘露」才對。

「時間寶貴。我們走吧。」

隨著維斯哈特一聲令下，羅伊斯和凱羅琳、幾名士兵動身前往別館。瑪莉艾拉還在不知所措時，提供餅乾的士兵做出恭請的動作催促她同行。瑪莉艾拉抬起頭瞄了吉克一眼，他也點頭回應，看來似乎不能不參加。瑪莉艾拉只好乖乖跟在眾人後頭。

別館周圍有好幾名士兵正在看守，戒備森嚴得連一隻小貓都無法通過。

瑪莉艾拉與吉克來到亞格維納斯家時明明是下著冰冷的雨，現在卻已經變成雪了。照這個情況繼續降雪，明天早上應該就會積雪了吧。真想開心地在寬敞的庭院裡到處奔跑，不知道行不行？一定不行吧。瑪莉艾拉這麼想著，乖巧地跟著走在一行人的後頭。

「首先請前往二樓的書齋。」

聽從羅伊斯的指引，一行人走上二樓。

羅伯特和尼倫堡對峙的房間深處有通往二樓的石造階梯。走上階梯所抵達的房間似乎就是書齋。現在是羅伯特在使用的這個房間裡整齊地排列著許多文件和書籍，看得出羅伯特的個性有多麼一絲不苟。

羅伊斯把輪椅停在老舊的書架前，拿起中段最左邊的書本，重新擺放到上一段書架的同一個位置。

喀嘰。

書架發出非常小的聲音。看來這似乎是開關。仔細一看會發現書架右邊的地面有深度差不多的重物在地上拖行的痕跡。

（好厲害。好像凱兒小姐跟我說的故事裡的祕密基地入口喔！）

瑪莉艾拉原本已經完全習慣了被士兵包圍的嚴肅氣氛，卻因為書架的機關而興奮地偷偷望向凱兒小姐。凱兒小姐似乎也想到了同一件事，稍微紅著臉看著瑪莉艾拉。

兩人互相點點頭，走向書架，開始用力往右側推動書架。

「哼嗯！奇怪？」

「不會動呢。」

明明每天都有攪拌材料來鍛鍊手臂，兩個人的力氣卻完全推不動書架。羅伯特也不是戰士，兩個鍛鍊過的少女應該能和他的力氣不相上下才對。

「啊……這個房間只有開關而已。」

羅伊斯很不好意思地這麼說。

「那麼，地上的這道痕跡是？」

「因為第一次見到這個機關的人都會有同樣的反應，據說是前前任加上的痕跡。簡而言之就是障眼法。」

瑪莉艾拉和凱羅琳露出被擺了一道的表情，面面相覷。

頭。

「那麼，入口在哪裡？」

冷靜的維斯哈特這麼問，羅伊斯回答：「在樓下。」

羅伊斯被士兵連同輪椅一起抬往一樓，瑪莉艾拉和凱羅琳依然看著彼此，快步跟在後

「……被騙了呢。」

「凱兒小姐的祖先真愛捉弄人。」

在一部分緩和下來的氣氛中，一行人走向一樓階梯的背後。

擺在階梯背後的花瓶桌上鋪著長度到地面的漂亮蕾絲桌布，上頭還擺著一個大花瓶。仔細看階梯背後的花瓶桌附近，會發現牆壁上有一塊石頭稍微凸了出來。

這次的地方大概就是入口了吧。階梯背後的這面牆一定會像門一樣打開，露出通往祕密地下室的道路。因為還放著花瓶，階梯背後的牆壁或許是滑動式的。

由於剛才的詭計，懂得觀察情勢的大人全都遠離了那道牆，別開視線。這就像是參加製藥講習時，學員不想被點名回答問題的反應。

「凱兒、小姐，可以請妳們拉一下那塊凸出的石頭嗎？」

瑪莉艾拉和凱羅琳被點名了。兩個人一起拉了凸出的石頭，它就順暢地稍微往前滑動，發出像是拉開門閂的「喀叩」一聲。

好了，接下來是牆壁。是要拉開、推開，還是滑開呢？

「在那個花瓶桌的下面。」

依照羅伊斯的指示，士兵翻開桌布，發現花瓶桌下的地面下沉了約一個拳頭的高度。

（竟，然，是，那，裡……！牆壁根本無關嗎！）

這個瞬間，在場的所有人都有同樣的想法。

推開礙事的花瓶桌以後，可以看到凹陷的石材因為長年使用的關係，四個角落都磨成了圓角，只是被花瓶桌的桌布剛好遮住，在充分的光源下就能一眼看出差異。桌布是帶有漂亮皺褶的蕾絲桌布，會稍微透出內部的樣子。

迷宮討伐軍的士兵翻開桌布確認時，因為散亂的光影而沒有發現，所以可以說是很巧妙的偽裝；不過書架的隱藏開關所打開的入口竟然是這個樣子，難得的祕密基地感都蕩然無存了。就連心地善良的凱羅琳都露出了失望的眼神。

「話說回來，既然他能在士兵進入前的短暫時間跑上二樓的書齋打開入口再回到這裡逃進地下室，就代表他的動作相當快。所有人都不可以大意。」

雖然維斯哈特這麼督促士兵繃緊神經……

「那個，我想入口恐怕是本來就開著……」

羅伊斯的一句話讓失望的氣氛變得更強烈了。真是個不懂得察言觀色的人。和路易斯混合的影響果然還沒有完全消失。

凹陷的地面很容易就能以滑動的方式開啟，簡單得根本不需要攪拌力量或友情力量。

透過牆上的梯子往下爬完兩公尺左右的垂直牆面，就會來到一條和緩的下坡通道。羅伊斯被士兵揹在背上，其他人也排成一列，依序進入地下。

通道的深處洩漏出燈光，彷彿要為鍊金術師長達兩百年的故事訴說結局。

11

「愛絲塔莉亞，愛絲塔莉亞，愛絲塔莉亞。」

利用盜賊逃離尼倫堡的羅伯特逃進了愛絲塔莉亞所沉睡的地下室。

羅伯特緊挨著愛絲塔莉亞的棺材。

難道他想要背叛鍊金術師這兩百年來的信念，開啟玻璃棺材，喚醒愛絲塔莉亞嗎？

然而羅伯特只是挨在棺材邊注視著她，聲聲呼喚她的名字，並沒有打開棺材。

這個地下室只有一個入口。

這個房間是一條死路，既是甦醒的鍊金術師的出發地，也是為愛絲塔莉亞奉獻一切的羅伯特最後抵達的地方。

「愛絲塔莉亞……」

羅伯特只是不斷呼喚她的名字，注視著她。彷彿凍結了歲月的這個地下室不知道究竟過了多久的時間。

聽到通往這個房間的祕密門口被開啟，有好幾個人來到地下的腳步聲，羅伯特緩緩抬起頭。

「歡迎來到亡國鍊金術師的墳場。」

羅伯特有如幽魂般站起身，迎接維斯哈特等人。

「羅伯特．亞格維納斯，你知道自己的罪狀吧？你得跟我們走。」

維斯哈特斷然說道。

「羅伯特……」

「哥哥大人。」

「凱兒……父親？您恢復理智了嗎？究竟是怎麼……」

羅伯特的視線捕捉到父親羅伊斯。羅伯特比任何人都更清楚羅伊斯的狀態，也很清楚他已經不可能恢復理智。

「原來如此……鍊金術師！果然……果然覺醒了！在哪裡！那個人在哪裡！」

羅伯特開始發瘋似的大叫。

「哥哥大人，別再這樣了！只要您好好解釋，相信休森華德邊境伯爵大人一定可以理解的！」

「理解？理解什麼？解釋？都太遲了！他們總是只會提出一堆要求！我們從兩百年前開

始就是以什麼樣的覺悟！什麼樣的信念一直製作魔藥至今的！他們懂什麼！怎麼可能懂！這些鍊金術師製作魔藥才不是為了你們！是為了愛絲塔莉亞！為了愛絲塔莉亞！既然要說你們懂，就把鍊金術師交給我！我們需要鍊金術師，為了她，為了愛絲塔莉亞！為了喚醒愛絲塔莉亞！為了帶她前往嶄新的世界！」

羅伯特站在愛絲塔莉亞的棺材前，把她護在身後。黑色的詛咒從羅伯特的身體滴落，像是要保護玻璃棺材般，在周圍捲起漩渦。

可是不管羅伯特施展多強的詛咒，不屬於戰鬥職業的他那專門強制操控他人的詛咒，在戰勝「咒蛇之王」的迷宮討伐軍菁英面前簡直是兒戲。士兵一接收到維斯哈特的眼神示意便衝上前，只用一擊就讓詛咒煙消雲散，並把羅伯特的雙手扭到身後，將他壓制在地。

「放開我！放開我放開我放開我放開我！別碰她！別碰她啊啊啊啊啊啊啊啊啊！她要覺醒！在新世界覺醒！就像大家期望，大家夢想的那樣！」

「沒辦法的……」

瑪莉艾拉小聲說出的低語不知道究竟有沒有傳進羅伯特的耳裡。

站在一旁的維斯哈特問道：「怎麼回事？」

瑪莉艾拉用非常悲傷的表情注視著愛絲塔莉亞。

「因為那個人已經……」

聽懂了瑪莉艾拉這句話的意思，維斯哈特大步走向玻璃棺材，把手伸向棺材上的那塊繡有精緻薔薇花紋的布。

「住手啊————！」

羅伯特的吶喊在地下室迴響。

布料被掀開，沉睡在玻璃棺材中的愛絲塔莉亞下半身已經崩解。平坦的薔薇色禮服裙襬下，只散落著一片鬆散的鹽。

這個房間是一條死路。

也是愛絲塔莉亞的故事結束的地方。

瑪莉艾拉不知道羅伯特是從什麼時候開始認知到愛絲塔莉亞的死，也不知道他是否理解愛絲塔莉亞早已「回歸」，不管用什麼樣的魔法藥品或祕術都不可能將她喚回。即使有認知到，即使能夠理解，他恐怕也無法坦然接受吧。因為一旦接受了，就一定會停下腳步。

這個地下室裡擺放著好幾個空棺材。

瑪莉艾拉並沒有愚蠢到目睹在玻璃棺材中永遠沉眠的愛絲塔莉亞，還看不出他們做了什麼。

同時也知道不完整的假死睡眠魔法陣會帶來什麼樣的結果。

所以師父才會從瑪莉艾拉還小的時候就「轉寫」好幾個簡單的魔法陣，讓她產生抗性，再把假死睡眠魔法陣直接烙印在腦中，而瑪莉艾拉也用彷彿點畫的精密度畫出長達一公尺的魔法陣。因為兩人都知道些微的歪曲、偏移、點的大小和線的角度或長度的不同都會招來不幸的後果。

沉睡在棺材裡的那些鍊金術師肯定也早就知道自己的命運了吧。

為了帶她前往嶄新的世界。

羅伯特的這句話無疑也是沉睡在棺材裡的那些鍊金術師的心願。

看看愛絲塔莉亞沉睡的玻璃棺材就能清楚知道。玻璃是會變質的。瑪莉艾拉製作板狀玻璃的工房遺址的玻璃都已經變質成白色的碎粉狀。雖然這裡是沒有日照的地下室，既然能在燈光的照射下撐過兩百年的時光，可見這座玻璃棺材是用品質相當好的材料和先進的技術打造而成的。

他們的心願一定是想再見她一面吧。

即使無法和沉睡的她交談，他們應該也很希望能在甦醒時看她一眼吧。

玻璃棺材應該就是為此而存在。

相信愛絲塔莉亞會在新世界甦醒並獲得幸福，不知道自己能活幾天的鍊金術師接受了命運，關於他們的紀錄都是由亞格維納斯家的歷代當家繼承。

據說得以甦醒的鍊金術師中沒有一個人哀嘆自身的命運，全都持續製作魔藥直到生命殞落的那一刻為止。

誰忍心讓他們的信念就此斷絕呢？

將愛絲塔莉亞送往新世界。即使永遠無法甦醒。單憑這份意念，亞格維納斯家跨越了兩百年的時光。

既然沒有魔藥，即使觸犯禁忌也在所不惜。

只求葬送迷宮。

「可是羅伯特，甦醒的鍊金術師的信念和生命都屬於那個人自己。你為了新藥所犧牲的那些人也是。他們都不是你可以玩弄的生命。」

聽到維斯哈特這番話，羅伯特扭曲著臉笑了。

他的表情就像是在說自己早就知道這些。羅伯特說道：

「要不是有鍊金術師，你們就算知道**材料**是什麼，也一定會繼續使用新藥。」

目送迷宮討伐軍把羅伯特帶走之後，一名士兵詢問維斯哈特要如何處置玻璃棺材。

「維持原狀吧。在新世界到來之前，你們要好好管理。」

對於酌情允許在新世界埋葬愛絲塔莉亞的維斯哈特，羅伊斯深深低下頭。

聽羅伊斯解釋了來龍去脈的凱羅琳定睛注視著永遠沉睡的愛絲塔莉亞。瑪莉艾拉緊緊握住凱羅琳的手。

「沒事的，那個人已經回到地脈了。她一定也有見到自己很珍惜的那些人。」

路易斯離開羅伊斯的身體時喊了「愛絲塔莉亞」。

瑪莉艾拉覺得愛絲塔莉亞已經感受到亞格維納斯家的心意，所以才會來迎接路易斯。

而且一想到能在這座迷宮都市製作魔藥的鍊金術師真的只有自己一個人，瑪莉艾拉咬緊了牙關。

在這個寒冷的地下室之中，只有凱羅琳反過來握緊的手給了瑪莉艾拉溫暖。

下在迷宮都市的雪吞噬了聲音和景色，就像是要將一切都掩蓋，靜靜地飄落。

終章

流轉而後離去

Epilogue

01

在亞格維納斯家別館的地下室，過去保存著大量魔藥的一個房間裡排列著好幾個巨大的玻璃槽。

「這就是『黑色新藥』嗎……」

尼倫堡一臉不悅地低聲說道。

在亞格維納斯家參與新藥製造過程的技術人員被綁在房間的角落。他們的臉帶著總是壓抑著感情生活的人才有的特徵，例如眼窩凹陷、表情鬆弛且極度疲憊，但從僅剩的感情殘骸可以隱約看出他們終於得以解脫的安心感。

恢復理智的亞格維納斯家前任當家——羅伊斯．亞格維納斯對迷宮討伐軍的偵訊採取相當配合的態度。從羅伊斯的供述發現本案會觸及機密的維斯哈特，只找來可以信任的親信和他一起單獨進行訊問。基於羅伊斯和亞格維納斯家的技術人員的供述所完成的「黑色新藥」相關報告書是從以下的一行文字開始的。

——「黑色新藥」乃應用「祭品一族」祕術之傷害轉移式咒術藥。

所謂的「祭品一族」就是代替皇帝等地位極高者承受災厄的一族。自古以來，人們都是用模仿人形的替身來代為承受「詛咒」或是成為詛咒前的「厄」。如果是還不到詛咒程度的邪念或汙穢所聚集而成的「厄」，替身就不需要有血肉，在名為「祭品一族」的團體形成的古老時代，將「厄」轉移至用紙或木材、土壤作成的替身並加以淨化，就是族人賴以為生的事業。

可是隨著人類社會變遷，小國成長為帝國，同時魔法和技術也愈來愈發達，使得人的邪念變得更為複雜，凝聚得更加大量，讓族人驅除邪念的方法漸漸變得更有效，也更醜惡。

他們開始會使用人類來當替身。

替身並非任何人都能擔任。首先要和身為護衛對象的受術者有足夠的契合度。如果承受災厄的時間只有一瞬間或特定期間，只要在那個瞬間發動法術即可。可是就如同沼澤的空氣隨時都是混濁潮溼的狀態，企圖讓命運走向負面方向的無形惡意和邪念隨時都瀰漫且累積在受術者周圍，想要持續代為承受這些，就必須具備天生的契合度。

由於能夠成為替身的人有限，替身以外的族人就必須學會驅除替身所承受的邪念。一個受術者不可能有幾十個與之契合的人，所以有必要延長擔任替身者的壽命。

歷代的皇帝都會造訪「祭品一族」的村落，和花時間調整過的替身締結「祭品契約」。定下「祭品契約」後，受到束縛的替身會承擔所有指向皇帝的怨念和災厄。據說替身有時候甚至要代為承受企圖篡位的賊人行刺的刀刃。「祭品一族」會治療、保護受災厄摧殘的替身，致力於淨化災厄，如此暗中支撐著皇帝與帝國至今。
以上是維斯哈特等部分的高階貴族都聽說過的內容。因為確認到萊恩哈特的技能時，也有人提議要分配「祭品一族」給他。萊恩哈特之所以沒有締結「祭品契約」，是因為在討伐迷宮的過程中承受的物理傷害較多，以承受詛咒為主的替身並不適合，很有可能會讓替身撐不久，再加上本人基於「由後代繼承遺志」的休森華德家的教誨，強烈反對這樣的做法。
「祭品一族」的祕術真正駭人的地方就在於替身。
被選為替身的孩子從小就要用藥物和魔法來改造身體，為的就是提高與受術者的契合度。替換掉所有血液還只是開端，往後還要多次切開身體，直接在骨骼上刻下咒術紋。
上次剖開右手，這次就要剖開左腳，把每個部位的肌肉、皮膚、脂肪、神經浸泡到特殊的魔法液中，使其變質再用治癒魔法重新治療成原本的形狀。與受術者不夠契合的人甚至要更換成人工培養的組織。
據說如此改造過的肉體能以極高的效率代為承受受術者所遭遇的災厄。可是用這種邪術改造過的肉體根本無法正常生活。改造過的肉體無法隨心所欲地活動，光是接觸到光線或空氣都會有痛楚伴隨而來。被換上人工組織的人甚至無法離開藥液槽。
可是這對「祭品一族」來說並不成問題。
因為替身的肉體已經不屬於替身本人，而是身為受術者的護衛對象的另一個身體。替身只是單方面地承受受術者的災厄。替身所感覺到的痛與苦都不會傳遞給受術者。不管替身受到多少折磨，那都只是成為完整替身之前的暫時過程。

路易斯學會了連結受術者與替身的「祭品一族」之祕術。「祭品一族」按照收養路易斯時的約定，把所有的知識傳授給了他。路易斯就全心全意地投入了祕術的解讀和應用法術的開發。

因為他很清楚成為完整替身的時候，自己會變成什麼樣子。

自古以來，替身都是採用具備人形的人偶（無意志者）。

替身是受術者的另一個肉體。其中並不需要替身的意志。

路易斯的研究在他的肉體成為完整替身的前一刻完成，實屬僥倖。他用自己想得到的所有方法把作好的咒術藥寄送給雙胞胎弟弟——羅伊斯·亞格維納斯。

「祭品一族」的妨礙也在路易斯的預料之內。他們打從一開始就不想讓祕術外傳。就是因為知道路易斯一旦成為替身就什麼也辦不到，他們才會把祕術傳授給路易斯。即將成為替身的路易斯無法離開村落。不論路易斯習得多少「祭品一族」的祕術，只要檢查所有的信件和包裹，祕術就不會被外人知道。

路易斯並沒有把祕術寫在書面上。那種體積大又顯眼的方法不可能寄送到羅伊斯那裡。只要路易斯送出的上百瓶魔法藥品之中有任何一瓶抵達羅伊斯手邊，並且由羅伊斯喝下，路易斯就贏了。路易斯和羅伊斯是血脈相連的雙胞胎兄弟，沒有其他契合度更好的人選了。路易斯下了賭注，認為就算沒有任何法術上的處理，自己也一定能**前往**羅伊斯那裡。

路易斯一如預料地贏了這場賭局，在完成替身的儀式失去自我的前一刻，他成功寄宿到羅伊斯的肉體裡。路易斯在小指尺寸的小瓶子裡灌注自我所作出的魔法藥品是應用了替身契約的產物。類似把受術者的災厄單方面傳遞給替身，路易斯以魔法藥品為媒介來發動法術，把身為替身的路易斯的靈魂轉移到身為受術者的羅伊斯身上。據說路易斯會在羅伊斯沒有意識的期間現身，把族人的祕術傳授給羅伯特。

路易斯唯一的失算是即使本來的肉體被奪走，自己也會持續感受到肉體所承受的痛苦。指向皇帝的意念充滿了憎恨與惡意，殘酷地折磨路易斯那成為替身的肉體，讓存在於羅伊斯體內的路易斯不斷受苦。

每次想要逃離痛苦，路易斯就會侵蝕羅伊斯。羅伊斯的肉體對路易斯來說是暫時的依靠。如果羅伊斯堅決抗拒路易斯，或許有辦法阻止路易斯的侵蝕。

可是羅伊斯沒有那麼做。畢竟本來自己才是要成為養子的人，路易斯的痛苦本來是自己要承受的。這麼想的羅伊斯選擇接納路易斯，和路易斯一起受苦，漸漸失去了理智。

以路易斯傳授的祕術為基礎所作出的魔法藥品就是「黑色新藥」。

它是把使用者所承受的傷害轉移給替身的詛咒之藥。

替身的條件有三。

第一，作為替身的資質。

只要不是隨時代為承受災厄，對契合度的要求就能大幅降低。至少能以成人肉體改造而成的泛用型替身來應付。

第二，受術者與替身締結的契約。

路易斯的應用研究達成了這個條件。藉著讓受術者攝取替身肉體的一部分，就可以創造出暫時的契約狀態。如果契合度像路易斯和羅伊斯一樣高，連繫起來的狀態就會一直維持下去，但若是以成年人類改造而成的泛用型替身，就會在轉移傷害的短暫時間內斷絕連繫。以代替魔藥使用的目的來說，這樣的特性反而正合羅伯特的意。

而第三個條件，就是成為沒有意識的肉身人偶——

✲ 02

「咿……咿啊啊啊！他們……他們是怎樣啊！我不要，放過我吧。我什麼都……什麼都願意做啊！」

當迷宮討伐軍正在討伐「咒蛇之王」的當下，被帶進亞格維納斯家的其中一名犯罪奴隸——盜賊從羅伯特的沉睡「命令」中醒了過來，看到睡在水槽中的替身這麼慘叫道。

他就是被羅伯特命令而撲向尼倫堡的盜賊。

「什麼都願意做？那好吧，我們亞格維納斯家正好缺少適合動粗的人才。如果你能順利完成計畫，我就不拿你來當材料。」

羅伯特的提議對盜賊來說有如天助，於是他馬上答應了。

排列在黑色房間裡的大型水槽內飄浮著全身都畫著紋樣，身上牽著好幾條管線的人……不，是肉身人偶。那些人的頭部都露出了大腦。恐怕是為了移除頭蓋骨，有如水果外皮般被剝開的頭皮垂掛到眼前，就像眼罩一樣遮住了臉部。

曾經殺死好幾個人的盜賊看過人類頭部裡面的樣子。所以他看得出來，飄浮在水槽裡的沒有頭蓋骨的肉身人偶被去除了一部分的大腦。

水槽裡的肉身人偶吐出一陣血泡，開始顫抖。

肉身人偶明明沒有受到任何攻擊，卻在下一個瞬間開腸剖肚，手腳也應聲扭曲變形。

黑色房間馬上瀰漫起慌忙的氣氛，看似治癒魔法師的人開始治療肉身人偶，其他的技術人員則操作旁邊的魔導具，透過管線向肉身人偶輸送某種東西，或是調整水槽的藥液。

「怎麼會……使用得太凶了。這樣是撐不下去的。」

羅伯特這麼低語的下一個瞬間，技術人員的努力化為泡影，肉身人偶的身體轉變為黑色，就像是潰爛的腐敗肉屑般碎裂四散。

03

聽完維斯哈特的報告，萊恩哈特深深地嘆了一口氣。

「原來我們所使用的新藥是那樣的東西……」

萊恩哈特認為那是令人唾棄的邪術。可是沒有新藥就無法抵達五十三樓卻也是事實。

「那麼被找來當作材料的人怎麼了？」

「只有『紅色』的半數得以清醒。」

剩下的半數一拆除管線就直接斷氣了。他們恐怕是持續被迫服用藥物，藉此維繫所剩不多的生命，以換取更多的血液吧。

「清醒的人之中，攝取的魔石量較多的人恐怕也會留下某種障礙。他們全都是犯罪奴隸或終身奴隸。身體有缺損者似乎都被優先分配為『紅色』的材料，四肢健全的人很少，治療後的處置令人頭痛。」

雖然迷宮都市隨時都人手不足，有障礙或殘缺的奴隸也能做的工作卻不多。對失去販售新藥這個收入來源的亞格維納斯家來說，他們有可能成為只會消耗資產的重擔。

「『黑色』呢？」

聽到萊恩哈特的問題，維斯哈特靜靜地搖頭。

「尼倫堡治療技師幫忙收拾善後了。」

「是嗎……又讓他做了令人討厭的工作……」

亞格維納斯家所掀起的騷動依照維斯哈特的預料發展，可以說是平安落幕了。可是曝光的事實在休森華德家的兄弟心中留下了疙瘩。

畢竟他們都無法否認羅伯特最後所說的那句話——「要不是有鍊金術師，你們就算知道『材料』是什麼，也一定會繼續使用新藥」。

04

尼倫堡踩著新雪，快步走在回家的路上。

他做完大部分的工作，把剩下的事都交代給來到亞格維納斯家接手的部下時，天色已經完全亮了起來。雪在不知不覺間停止，染上一片雪白的城市看起來甚至像是某個陌生的地方。

快要到家時，一個雪球飛了過來。

尼倫堡知道犯人是誰。她馬上躲在轉角的石牆後，稍微露出了黑色的頭髮。尼倫堡沒有躲開雪球，而是輕鬆地用手擋住。

「歡迎回家，爸爸！因為爸爸太晚回來，我作了這麼多雪人呢。」

尼倫堡轉彎走向家門，便看到把毛帽戴得低低的雪莉用手指著排列許多雪人的屋簷下。她的皮膚不論右臉還是左臉都像雪一樣白皙美麗。浮現可愛笑容的那張臉上完全沒有留下任何悽慘的傷痕。雖然黑髮還沒有完全長回來，不過季節剛好是冬天，用帽子就能完全遮住，頭髮也很快就會留長，襯托她的臉龐吧。

地上的積雪反射了朝陽，閃閃發光地對尼倫堡宣告新生活的開始。

05

經過亞格維納斯家的事件，維斯哈特一直很煩惱。

維斯哈特從很久以前就開始懷疑亞格維納斯家世世代代都擁有鍊金術師。契機是偶然在宅邸的書庫找到的魔藥儲藏設備試算報告書。雖然維斯哈特並不是魔導具的專家，卻能輕易看出用於試算的根據全都過於樂觀，和兩百年後的現狀相去甚遠。

這個樣子根本不可能撐到兩百年。

得出這個結論時，維斯哈特便猜到為何這兩百年來都有新鮮度高的魔藥定期提供給各家貴族的儲藏庫。雖然亞格維納斯家宣稱新鮮度較高是因為開啟了新的儲藏槽，但如果是在那個時機有鍊金術師存在就說得通了。

所以黑鐵運輸隊開始運送魔藥時，維斯哈特才會發現有和這個地區的地脈締結契約的鍊金術師出現了，也是因此才能預測得知其存在的亞格維納斯家將會如何行動。為了確保鍊金術師（瑪莉艾拉）的人身安全，他理所當然會擬定對策。

維斯哈特將魔藥的收購量減半，觀察亞格維納斯家的反應。雖然他們隱瞞了鍊金術師的存在，要求高額的魔藥費用，不過這些錢有些是魔藥的製作和保存的經費，有些是用於研究開發，並沒有用來滿足私慾。他們彌補帝國和邊境伯爵家所作的魔藥儲藏庫的缺點，持續提供魔藥長達兩百年的功績值得正面的評價。

如果他們要求正面對話，而內容也合乎倫理道德和討伐迷宮的目的，維斯哈特其實有打算加以回應。

尼倫堡的女兒成為史萊姆事件的被害者雖然是偶然的意外，卻也是順水推舟的契機。因為她最適合當作吸引亞格維納斯家的誘餌，而忠於職務的尼倫堡拒絕成為特例，不願意收下魔藥也是另一個原因。他原本似乎打算把雪莉託付給黑鐵運輸隊，讓她去帝都接受治療。與地脈締結契約的鍊金術師現身，能夠投入上百瓶魔藥於迷宮討伐的現在，軍方沒有理由不提供魔藥給貢獻度高的親信，所以維斯哈特以特殊任務的報酬為名義，讓尼倫堡收下高階魔藥，他才得以治療自己的女兒雪莉。

維斯哈特流出受害者名冊，把雪莉替換成諜報員，讓幫傭提早離開，製造容易下手的環境。為了確保雪莉的安全，她在治療後都待在休森華德家的宅邸，使得必須和喬裝成雪莉的諜報員生活的尼倫堡心情一天比一天更差，讓迷宮討伐軍的士兵打從心底開始感到恐懼，不過除此之外可說是一切都按照計畫進行。

羅伯特馬上就為了得到鍊金術師的情報而出手綁架雪莉，快得甚至出乎意料。他的心靈恐怕早就已經疲憊不堪了吧。在地下室找到的紅色與黑色的魔法藥品就是那麼駭人的東西。另外還有亞格維納斯家世世代代守護的鍊金術師。

一想到他們的悲慘命運，以及佇立在死亡深淵中仍然持續供給魔藥的不為人知的歷史，實在令人不忍心單方面指責亞格維納斯家的所作所為。究竟要如何處置包含他們在內的亞格維納斯家，是個相當令人頭痛的問題。

維斯哈特嘆了一口氣，從餐具櫃裡拿出一個酒杯，用魔法在杯裡加入冰塊，然後注入自己喜歡的白蘭地。維斯哈特含了一小口剛注入杯裡而尚未被融化的冰塊稀釋的白蘭地，同時回想起那天晚上的事。

（那個鍊金術師(瑪莉艾拉)為什麼會出現在那裡呢……）

即使是天資聰穎的維斯哈特也無法理解這一點。

她與凱羅琳·亞格維納斯的交流僅限於「枝陽」內，內容也是非常友好的。萬一凱羅琳想要把瑪莉艾拉帶到店外，就會馬上有人聯絡梅露露(諜報員)，自然地阻止她們。難道她們是在沒有諜報員監視的街上偶然相遇，才前往亞格維納斯家的嗎？

維斯哈特善於謀略，能夠完全隱藏自己的情緒。他能以自己的意志完美地控制表情肌肉。他的視野很廣，能夠假裝看著其他地方，同時觀察周圍的狀況。

若非如此，當時在場的所有人恐怕都會關注到瑪莉艾拉吧。雖然沒有被任何人發現，維斯哈特卻從來沒有那麼錯愕地凝視著瑪莉艾拉。

維斯哈特在走廊上第一次見到瑪莉艾拉時，還以為她是哪家店的送貨員。和黑鐵運輸隊有私交且最近才出現在城市裡的人物並不多，維斯哈特派梅露露負責監視，不只是行動，也透過報告得知了她的外表，可是……

（太普通了……與其說是獨角獸，還比較像是附近森林裡的小動物……）

維斯哈特早就聽說瑪莉艾拉很年輕，也聽說和地脈締結契約的鍊金術師通常會看起來比較年輕，所以一直以為她雖然外表年輕卻有著相應的沉穩和藏不住的知性，可以從高貴的氣質知道她不是個普通人。

然而，她卻是個在路上巧遇的十人之中有九人不會回頭的普通人。

為了防止不知情的士兵對她無禮，維斯哈特把她安排在自己看得到的會客室，讓她坐在椅子上，不過……

（為什麼要跳……那是兩百年前的某種儀式嗎？我可沒有聽說過啊。）

她不安分地在椅子上彈跳，又被後方的護衛制止，根本沒有什麼藏不住的知性，只有藏不住的傻氣，看起來比實際年齡還要幼稚。

如果這女孩（瑪莉艾拉）的年齡與外表相符，為什麼能作出高階魔藥呢？而且是一天一百瓶。雖然維斯哈特是以一百瓶為單位進行訂購，但只是以交貨後再繼續訂購的流程來下指示，並沒有想到她會每天交貨。

據說鍊金術師要製作十萬瓶以上的中階魔藥才能作出高階魔藥。製造魔藥的瓶頸在於魔力的量。要學會製作高階魔藥，普通人需要數十年的歲月。而一天一百瓶高階魔藥的量，就算魔力指數是最高的五也不一定能作完。

因此，維斯哈特還以為瑪莉艾拉是個有著年輕女性外表，真實身分卻不明的神祕鍊金術師。知道她能連日繳交多達一百瓶的高階魔藥時，維斯哈特甚至暗中流著冷汗慶幸軍方能夠和魔力如此深不見底的鍊金術師締結友好的關係。

維斯哈特知道提昇魔力上限的方法。只要從未滿十歲的小時候開始，每天都將魔力用盡就行了。

雖然嘴巴上說起來很簡單，魔力枯竭的痛苦卻能勝過肉體的痛苦。充滿體內的魔力若是耗盡，就會帶來意識反轉般的感受。

鍛鍊肉體時，被打到不省人事是常有的事。可是，如果叫人一直跑到失去意識為止，究竟有多少人能夠辦到？

不斷使用魔力直到枯竭就類似這種感覺，是會讓精神疲憊到失去意識，伴隨著痛苦的行為。不到十歲的孩子必須每天這麼做。

即使是像維斯哈特或一流的魔法師一樣，自幼便被發掘出才能（技能），且被教導要胸懷大志的人，也無法輕易辦到這樣的事。

自幼便要忍受嚴酷的修練，不停地製作魔藥。

只有經歷千辛萬苦的極少數人才能夠抵達的頂點可以說是一種境界。年紀輕輕便達到此等境界的少女為什麼會看起來那麼普通呢？難道她能像梅露露等諜報員一樣擬態嗎？

不過小時候的瑪莉艾拉很熱衷於把師父給的「彩虹花」烘乾得漂漂亮亮的「遊戲」，只是把附近的藥草和雜草，甚至是剛洗好的衣服等看得到的東西統統都拿來烘乾，從來沒有把這些事當成什麼嚴酷的修練。

而師父則是半開玩笑地教她「抱著頭倒下來的巧妙方法」或是「在安全的地方躲起來倒地的方法」，在魔力枯竭所造成的昏厥中加入躲貓貓要素，鼓吹瑪莉艾拉玩遊戲。每次巧妙地昏倒後被師父找到，在床上醒來，瑪莉艾拉就會說「又被找到了啦～」，被師父搔得笑個不停，於是魔力枯竭所造成的昏厥就在過程中變得像是玩累之後睡著的感覺。

對此一無所知的維斯哈特一邊向凱羅琳說明狀況，一邊觀察著應該不是普通人的瑪莉艾拉的一舉一動。

維斯哈特安排一個喜歡小孩子的親切男士兵待在瑪莉艾拉身邊，以免有人對她做出失禮的行為，卻似乎造成了反效果。士兵在口袋裡摸索了一下，拿出乾糧給瑪莉艾拉吃。雖然沒有人咬過，卻是已經開封的東西，恐怕有些人會認為這是「吃剩的東西」而生氣。而且那並不是什麼高級的點心，只是軍用的乾糧。普通的小孩子拿到可能會高興，卻不是可以拿來招待貴客的東西。

（……為什麼要吃……）

因為嚴肅的話題而鴉雀無聲的會客室裡響起咀嚼堅果餅乾的噪音。

維斯哈特這邊的對話被魔法阻隔著，瑪莉艾拉的咀嚼聲卻傳了過來。

看到她這麼突兀的樣子，凱羅琳發出「呵呵……」的笑聲，然後用柔和的表情說道：

「對了，我都忘了招待客人喝茶呢。」

（畢竟吃那種乾糧很容易口渴……）

原來人在混亂的時候會想些莫名其妙的事啊，回憶起那一天的維斯哈特這麼想著，啜飲杯裡的白蘭地。

「你會喝酒還真難得。」

「哥哥。我正在思考關於亞格維納斯家的事。」

萊恩哈特輕輕敲門，走了進來。愛喝威士忌的他在杯裡注入喜歡的酒，坐到維斯哈特身邊。

「那麼，你打算怎麼做？」

「雖然羅伯特的行為觸犯了禁忌，以罪狀來說卻是藉違法的咒術系魔法強行支配他人，以及綁架、恐嚇、背叛迷宮討伐軍。而且既然牽扯到『祭品一族』的祕術，這件事就不能公開。我想『因病廢除繼承權』是最妥當的。他似乎相當疲憊，就讓他慢慢靜養吧。按照亞格維納斯家至今為止的貢獻，應該會將凱羅琳立為繼承人，尋找適當的夫婿入贅。」

維斯哈特含了一口白蘭地，然後無奈地繼續報告：

「有必要調查使用那些新藥的士兵有沒有受到什麼影響，也要決定如何處置參與新藥製造的亞格維納斯家的技術人員與倖存的奴隸。畢竟還有迷宮討伐的任務在身，實在是令人頭痛。」

「你打算怎麼處置那個鍊金術師？你見到她了吧？」

萊恩哈特就像是看穿了維斯哈特嘆氣的理由，這麼問道。

亞格維納斯家的處置只會讓工作量變多，並不是無法解決的問題。可是關於鍊金術師（瑪莉艾拉）的問題就沒有那麼簡單了。沉睡在亞格維納斯家的那些鍊金術師不是一覺不醒，就是醒來後過了不久便吐血並化為鹽堆而死。沒有人能保證瑪莉艾拉不會有相同的下場。

先前的「咒蛇之王」、「海中浮柱」的戰鬥都已經證實了魔藥在迷宮討伐中的實用性。另外也證實了不同的樓層會需要不同的魔藥。

鍊金術師不可能沒有限制地製作任何種類的魔藥。要是那麼做，讓她的壽命因此縮短就得不償失了。在對方願意協助的現狀下，千萬不能採取那種愚蠢的策略。

面對難得煩惱得陷入沉默的維斯哈特，萊恩哈特繼續說道：

「以前父親曾說過這麼一番話，似乎是古代賢者所說的話。我記得是『「生命甘露」會在地脈與生活在那片土地上的所有生命中循環。所以真正需要時，一切都會準備就緒』。她能逃過梅露露的監視，出現在那個地方，或許也是地脈的引導吧。」

雖然萊恩哈特的話只是沒有確切根據的模糊比喻，卻讓維斯哈特有了疑問得到解答的感覺。

渺小的人能做的事有限。既然如此，就盡力而為吧。

「您說得沒錯。首先就加強護衛體制吧。經過這次的事，或許有愚蠢之徒會想對她出手。她實在是令人不太放心。」

維斯哈特轉動酒杯，讓冰塊發出清脆的聲響，然後啜飲白蘭地。

他並不是易醉的體質，卻很喜歡品嚐酒隨著冰塊融化的過程漸漸改變的風味。兩人聊著聊著，杯裡的冰塊就變小不少，把白蘭地稀釋得比自己的喜好更淡，維斯哈特卻覺得這樣的味道也不壞，於是將剩下的酒一飲而盡。

06

「哈啾！」

在「枝陽」那有暖爐的客廳，瑪莉艾拉打了個大噴嚏。根據瑪莉艾拉的師父所說，噴嚏的次數是有意義的，分別是「一讚美，二誹謗，三愛戀，四感冒」。也就是說，打一次噴嚏的意思是有人正在讚美自己。

（我會害羞啦～）

聽說迷宮都市的說法是「一誹謗，二讚美，三感冒」，所以瑪莉艾拉對第一次的噴嚏是採信師父的說法，對第二次的噴嚏是採信迷宮都市的說法，把兩者都解釋成他人的讚美。每天都有人讚美，真令人害羞。雖然這個噴嚏根本沒什麼大不了，卻讓吉克非常緊張。

「瑪莉艾拉，妳感冒了嗎？我馬上幫妳泡杯熱可可。今天不要再作魔藥了，早點睡比較好。」

「我沒事啦，吉克。我沒有感冒。」

「可是……」

吉克只為區區一個噴嚏露出非常擔心的表情，欲言又止。

「吉克，你怎麼了？」

吉克每次表現出這種態度，就是心裡有什麼煩惱的證據。而其中大部分都是些芝麻小事，只要瑪莉艾拉對他說句「沒事啦～」就能解決了。瑪莉艾拉最近愈來愈了解他了。

「瑪莉艾拉……沉睡在亞格維納斯家地下室的那些鍊金術師，那個……都是醒來不久就猝死的吧……」

（看吧，我就知道。）

瑪莉艾拉沒想到吉克是在擔心這種事，於是微微一笑說「我不會有事的」。

「你知道魔法陣會因為一點點扭曲或錯誤就無法好好發揮效果吧？那些人用的魔法陣大概是有一些不夠精確的地方吧。我使用的假死魔法陣是師父『轉寫』到我的頭腦裡的東西，不會有錯的。所以我的身體健康得很，一定可以比你更長壽的。」

瑪莉艾拉就像是在安撫年幼的孩子，慢慢地這麼說。因為一臉不安的吉克看起來就像個迷路的孩子。

「真的嗎？」

聽到吉克用細小的聲音這麼問，瑪莉艾拉露出笑容。

「嗯，真的。雖然我忘記熄燈，多睡了好久。可是也是因為這樣才能遇到你啊。我還遇到了林克斯和其他人，每天都過得很開心。我都覺得幸好我有忘記熄燈了呢。」

瑪莉艾拉所說的話都是真心的。可以遇到吉克和林克斯、凱羅琳和店裡的常客，每天都很開心。瑪莉艾拉希望這樣的日子可以一直持續下去，不過——

『我們是以什麼樣的覺悟！什麼樣的信念一直製作魔藥至今的！』

羅伯特在那間地下室的吶喊仍然在瑪莉艾拉的耳邊迴響。那間地下室擺放著好幾座棺材。在那些棺材中沉睡的每個鍊金術師即使感覺到死亡近在身邊，還是用盡自己的生命來製作魔藥，一直維繫到現在。

自己在好人的包圍下過著每天的快樂生活，讓瑪莉艾拉感到有些內疚。

「我沒事的。所以我要作完今天的魔藥。」

至少要把人們需要的魔藥作好，瑪莉艾拉這麼想著站起身。吉克似乎是被瑪莉艾拉所說的話說服了，臉上已經不再有不安的表情，說道「我來幫忙」，跟在瑪莉艾拉身後。雖說是幫忙，卻也只是拿個材料，或是把裝了成品的瓶子搬到地下室等小事，但兩人仍然帶著比平常還要稍早完成的魔藥，在地下室等待林克斯等人的到來。

叩～叩～叩～

喀，喀，喀喀。

發出事先決定好的暗號後，經由地下大水道來到這裡的林克斯探出頭來。

「嗨。怎麼啦～？妳的表情好悶喔。撿了什麼不好的東西來吃嗎？」

「我才不會撿東西來吃呢～會採集就是了。」

「還不是一樣在撿東西。」

林克斯放聲大笑，瑪莉艾拉氣得鼓起腮幫子。

「瑪莉艾拉作的菜都很好吃。」吉克把今天的魔藥交給馬洛，並替她說話。

瑪莉艾拉陷入沉睡的兩百年間，有鍊金術師（一群人）默默地不斷奮鬥。就是因為有他們所維繫，所建立的基礎，自己才能有現在的生活。在亞格維納斯家經歷的那一晚，讓瑪莉艾拉知道現在這段平靜又幸福的日子是多麼珍貴的寶物。

附章

搖曳的影子

Additional Chapter

那是在「海中浮柱」被消滅，而亞格維納斯家還尚未引發騷動的短暫期間發生的事——

「為了作聖水，每天早起真的很辛苦！」因為瑪莉艾拉總是把這句話掛在嘴上說，馬洛對維斯哈特展開一場互相揣測心思的隱晦交涉，贏得了一場特別招待黑鐵運輸隊的相關人士參加的活動。

活動的地點在迷宮第五十四樓，曾有「海中浮柱」存在的海岸洞窟。

「哇啊～是海耶，吉克！而且還是洞窟！好藍好漂亮喔～」

瑪莉艾拉第一次見到海，興奮得不得了。而吉克也是第一次見到瑪莉艾拉穿泳裝的樣子，視線不停地到處游移。雖說是泳裝，但也只是短褲加上無袖背心型的皮甲，露出的部分並不多，但光是能看到平常被衣服遮住的腳和手臂，似乎就有很大的差別。不知道是想遮住還是想觀賞瑪莉艾拉的打扮，吉克拿著類似床單的大塊布料晃來晃去，要不是大家都知道他是護衛，很有可能會被當成可疑人士壓制在地。

和吉克的可疑舉動相反，林克斯毫不客氣地看著瑪莉艾拉，說著「妳的腳踝好粗喔」、「妳膝蓋有贅肉」、「妳是穿有袖子的泳裝嗎？啊，是肉啊」等等沒有禮貌的話。雖然瑪莉艾拉很想回嘴，但看到他那明顯裂成六塊的腹肌，就只好乖乖閉上嘴了。

對瑪莉艾拉的泳裝有興趣的人只有吉克和林克斯，被派來擔任警衛的迷宮討伐軍士兵全都緊盯著靈峰安珀不放。安珀小姐並沒有穿著泳裝，那莊嚴的山巒和深邃的山谷都被夏季洋裝遮住了，但光是她在海邊散步的淑女風範就已經是如詩如畫。

迪克隊長在安珀小姐旁邊晃來晃去，說著「妳不游泳嗎？」或是「下去泡泡水很舒服喔」等等的話，想要說服她下水，卻被她一句「我們好久沒有一起這麼悠閒地散步了」給徹底擊倒。就連給予這裡的樓層主人最後一擊的A級冒險者也敵不過安珀小姐。

「我們快點下水嘛！」

瑪莉艾拉非常興奮。正如所有人的預料，瑪莉艾拉並不會游泳，所以為了這一天準備了用吸血藤橡膠作成的游泳圈。這是收錄在「書庫」的「讓生活更方便的鍊成品」裡的東西。因為作得比較大，可以套在身體上，把雙手掛在游泳圈外自己游泳，也可以坐在游泳圈的洞裡，讓別人推著自己前進。一切都已經準備萬全了。

畢竟瑪莉艾拉的身邊有吉克和林克斯。只要請他們兩個人來推，就可以在海上順暢地前進。

嘩啦嘩啦嘩啦嘩啦。

「呀～好快！好快！」

吉克和林克斯抓著游泳圈，交互踢水。玩得開心的人只有瑪莉艾拉而已，兩個負責推的男生並不覺得有什麼好玩的。

「……瑪莉艾拉～我膩了。上岸吧。」

林克斯讓瑪莉艾拉盡情玩了半刻鐘才這麼說。服務精神值得嘉獎。他實在是個很照顧人的小哥。

「啊，抱歉，我只顧著自己玩。這個游泳圈借你們，你們兩個人去玩吧！」

發現只有自己玩得開心的瑪莉艾拉在沙灘上對兩人遞出游泳圈，但兩個男生互相幫對方推游泳圈究竟有什麼好玩的？

「……不用了，我們已經玩夠了。我們去找東西吃吧，吉克。」

「……也好。」

說完，三人走向迷宮討伐軍準備的用餐區拿點心吃。

即便是戰士，玩過水又吃飽飯之後似乎也一樣會覺得想睡。

三個人躺在插在沙灘上的陽傘下。瑪莉艾拉身上蓋著過度保護的吉克準備的布，完全進入了午睡模式。藍色的光在搖曳的海波間反射，使神祕的洞窟裡充滿了藍光，躺在沙灘上就像是在大海中載浮載沉似的。

瑪莉艾拉的意識在舒適的睡意中飄浮，卻忽然被照射在眼瞼上的藍光中的陰影拉了回來。

（咦？剛才那是……人影嗎？）

瑪莉艾拉覺得自己好像看到對面的岩石後方有女人的身影。

今天來到這裡的女性只有瑪莉艾拉和安珀小姐而已。安珀小姐現在正在用餐區跟迪克隊長一起吃東西。既然如此，剛才的人影究竟是誰？

瑪莉艾拉環顧四周，吉克和林克斯都睡得很熟，讓人不忍心叫醒他們。這個樓層很安全，也有迷宮討伐軍巡邏，一個人稍微到處走走應該也沒有問題。這麼想的瑪莉艾拉單手拿著游泳圈，往岩石走去。

瑪莉艾拉靠近岩石，某人的影子就突然潛入水中，游離岸邊。

（她是誰呢……）

瑪莉艾拉昏昏沉沉地套著游泳圈，往海裡走去。

人影消失的地方傳來了人的歌聲。瑪莉艾拉正在擅自行動，吉克和林克斯卻沒有醒來。雖然瑪莉艾拉也覺得「沒有把他們叫醒就不可以擅自下水」，卻有種像是在作夢的感受，忍不住隨著人影往海裡前進。

嘩啦嘩啦嘩啦。

瑪莉艾拉踢水的力道很弱，明明應該幾乎無法前進，承載著瑪莉艾拉的游泳圈卻很快地往遠處飄去。

（有人在呼喚我。）

瑪莉艾拉這麼想的時候，已經進入一個樓層牆壁上的狹小洞窟內。

『很抱歉硬是把妳找來——』

狹小的洞窟內充滿了比外頭更多的藍色光芒。飄浮在裡頭的人影對瑪莉艾拉說話：

『我受傷了，沒有辦法回去——我被掌管這個樓層的柱子硬是叫到這裡來，所以一直躲在某處，卻在柱子毀壞時被波及——』

浮出水面的臉龐是一名美麗的女性，除了黑眼珠較大，耳朵像是兩片大大的鰭之外，其他地方都跟人類沒有兩樣。

『拜託妳，請給我魔藥——』

帶著光輝的藍色頭髮飄散在水中，看不到她的下半身，但她乞求魔藥的手上長著蹼。不知道究竟是洞窟在發光，還是這個人的頭髮在發光。瑪莉艾拉覺得這陣光輝就像是棲息在南方的某種蝴蝶。

瑪莉艾拉腰上的小包包裡放著高階魔藥。因為平常的習慣，瑪莉艾拉才會帶來，而且要是被不知情的士兵看到就麻煩了，所以一直都帶在身上。瑪莉艾拉從包包裡拿出一瓶魔藥，交給藍色頭髮的女人。

『謝謝妳。謝謝妳。這麼一來我就能回到海裡了。』

再三道謝後，那個人喝光魔藥，然後掀起一陣水花，潛入水底。

那個人潛到水裡的時候露出的下半身長著魚的尾鰭。

（是傳說中的人魚！人魚真的存在！）

在半夢半醒的狀態下，瑪莉艾拉把人魚的身影烙印在眼裡。人魚消失在水底的同時，海流改變了，瑪莉艾拉被推出狹小的洞窟，飄往五十四樓的海域正中央。

「找到了！瑪莉艾拉！」

在沙灘上醒來的吉克和林克斯一看到瑪莉艾拉就衝向海裡。瑪莉艾拉正在不斷往岸邊飄動，但從他們兩人的眼裡看來就像是飄浮在大海的正中央。

「我沒事的。」

瑪莉艾拉正要這麼說時，背後的水面就突然掀起一陣大浪，浮現某種物體。

克拉肯這種魔物除了看似烏賊的個體，似乎也有看似章魚的個體。出現在瑪莉艾拉身後的東西就是……

「妳一個人游到這麼遠的地方，很危險欸！」

閃亮亮～

海岸洞窟的藍色光芒在耀眼的男人頭上凌亂地反射。

他是怎麼在踩不到底的海中直立著豎起大拇指的？又是為什麼會出現在迷宮討伐軍招待客人的海岸洞窟？就算問起這些常識上的問題也沒什麼意義。

現在其他人只需要知道出現在水中的光蓋正在盡情地享受海水浴，而且公會會長在玩樂的期間，冒險者公會的幹部都在忙碌地工作著。

這麼一說完，光蓋不知從何處拿出一條繩子，用它綁住游泳圈再繫到自己的身體上，用左右對稱地拍打雙手的泳式往沙灘游去。這種泳式似乎是以蝴蝶來命名。剛才的人魚的頭髮就像是南方的蝴蝶一樣美麗，這一隻蝴蝶卻是強而有力。他用相當快的速度往沙灘前進。雖然坐在游泳圈上被別人推動也很好玩，被繩子拉著走卻像是自己在游泳一樣，又別有一番樂趣。那個人魚也會像這樣撥水游泳嗎？

「我帶妳去岸邊嘿！」

抵達沙灘的瑪莉艾拉被吉克和林克斯罵了個臭頭。兩人問為什麼不叫醒他們，為什麼要一個人跑進海裡，瑪莉艾拉就說是因為自己好像看到了人影，於是從海裡出現的人影——光蓋就代替瑪莉艾拉被罵了個臭頭。

瑪莉艾拉很猶豫是否要說出關於人魚的事，但又隱約覺得那個人魚不是魔物，而是和自己外表稍有不同的「人」。她只是受了傷，無法回去罷了。

（還是不要提到人魚比較好吧。讓她們留在傳說中一定比較好……）

這麼想的瑪莉艾拉決定默默地和光蓋一起挨罵。

雖然腰包裡多了一顆半透明且彷彿散發月光的神奇石頭，瑪莉艾拉卻打算把它連同回憶一起偷偷收藏起來。

※ 補遺 ※

Appendix

愛爾梅拉・席爾　♀ 32歲

傳聞是個一絲不苟又不知變通的商人公會藥草部長。與其外表相反，其實是個對藥草充滿熱情，對家人——兩個兒子，特別是丈夫——灌注滿滿愛意的可愛女性。而她的真實身分竟然是那個A級冒險者「雷帝愛爾席」！她今天也要用雷擊打倒阻礙自己準時下班的魔物，用「啪嘰」的一聲威脅可能帶來多餘工作的暴徒，努力過著以不加班為目標的日子。

光蓋

♂ ?歲

在冒險者公會閒晃的大叔……不，技術講習的教官……也不是，其實他是冒險者公會的會長兼A級冒險者「破限」。為了建立沒有會長也能運作的組織體制，他刻意把工作交給部下，自己則教育菜鳥冒險者，或是穿著斗篷在迷宮都市巡邏，致力於維護治安。雖然本人這麼主張，卻還是常常被部下逮到。

萊恩哈特・休森華德　♂ 32歲

以迷宮都市為其中一部分領地的休森華德邊境伯爵家的長子。由於天生擁有提昇軍隊能力的稀有技能「獅子咆哮」，自幼便被教導要以迷宮討伐為首要目標。體貼部下且擁有強大領導能力的他也是個優秀的武人，為了收復此地，他以迷宮討伐軍的將軍身分不斷挑戰迷宮。只要他不停下腳步，迷宮討伐軍的刀刃也不會有折斷的一天。

維斯哈特・休森華德　♂27歲

萊恩哈特的弟弟，在迷宮討伐軍擔任副將軍。相對於武藝高超的哥哥，他擁有聰慧的頭腦，從迷宮討伐軍的戰略到迷宮都市的市政，他會透過各方面輔助兄長。時常面臨需要勾心鬥角的社交場合使他養成了容易過度解讀的性格，卻也是因此才能讓貪睡的鍊金術師得到工作與生活取得平衡的職場環境，結果可說是皆大歡喜。

凱羅琳・亞格維納斯　♀ 17歲

是兩百年來持續在迷宮都市守護魔藥祕密的鍊金術師家族之女。不同於繼承家業的哥哥羅伯特，她並不知道家族的祕密，被養育成不愧於家世的貴族千金。雖然是個文雅的美少女，卻有著旺盛的好奇心和行動力。她為了彌補沒有魔藥的現狀而製作的藥在冒險者公會的販賣處是營業額Ｎｏ.１的人氣商品。和瑪莉艾拉意氣相投，以「枝陽」的美（沒）少女搭檔之名一起製藥。

傑克・尼倫堡　♂41歲

在迷宮討伐軍率領治療部隊的治療技師。擁有活體探查能力與適合對付人類的戰鬥能力。醫術了得，忠於職務，用**笑容**治療過許多重傷士兵的他可說是集士兵的尊敬與更多的畏懼於一身。十二歲的愛女——雪莉的外表和個性都很惹人憐愛，除了黑髮以外都不像傑克，所以兩人的父女身分號稱是超越迷宮的謎團。

瑪莉艾拉師父（暫稱）的

鍊金術配方

《中階篇》

Master Mariera's

Alchemy Recipes

Middle-Grade Edition

Middle-Grade Heal Potion

治療噴出血的嚴重刀傷！

中階魔藥

遇到光是按壓也無法止血的傷勢切莫驚慌，請使用中階。
內服或外用都很有效喔。

【材料】 阿普力堅果……澀味很重的堅果。先去澀再加到餅乾裡也很好吃。
庫利克草……到處都採得到的藥草，對外傷很有效。
凱哥蘭根……長得像紅蘿蔔的植物。使用根部。
鬼棗……可以從露天攤販買到果乾。
胡洛花蕾……會開出許多細長紅色花朵的樹。要將開花前的花蕾烘乾再使用。

【份量】（一瓶份） 阿普力堅果……二～三個　庫利克草……一把
凱哥蘭根……一片　鬼棗……半顆
胡洛花蕾……五～六個

Middle-Grade Cure Potion

避免臥病在床一個星期！

中階解毒魔藥

痛痛快點消失吧！
就連會留下後遺症的毒素也可以馬上清除喔。

【材料】 吉布齊葉……生長在陰暗處的藥草。要經過低溫乾燥。
圓麥……生長在溼地，秋天結果的穀物。
菲歐露卡花……長得像花的稀有菇類。
阿普力堅果、庫利克草、凱哥蘭根、鬼棗、胡洛花蕾

【份量】（一瓶份） 吉布齊葉……一把　圓麥……一匙
阿普力堅果……二～三個　菲歐露卡花……少許
庫利克草、凱哥蘭根、鬼棗、胡洛花蕾……中階魔藥的一半份量

Purification Water

抵擋詛咒的神聖之水

聖水

想要防禦詛咒的話，要在被詛咒之前使用喔。
只要再施加「神聖守護」，防禦就完美了！

【材料】 聖樹朝露……聖樹葉子上的露水。裡面蘊含了朝陽的光芒和聖樹的恩惠，具有驅邪的神聖力量。
用精靈之火淨化過的鹽……請火屬性的精靈淨化過的鹽。
少女的頭髮……愈是年輕且心地善良的少女，頭髮的效果就愈好。

【份量】（一瓶份） 聖樹的朝露……半杯
用精靈之火淨化過的鹽……一撮
少女的頭髮……少許

中階魔藥與中階解毒魔藥的做法

1.

去除阿普力堅果的澀味。把剝了殼的堅果放到加了一撮碳羅鈉礦石的熱水裡浸泡一個晚上，或是用小火慢煮。

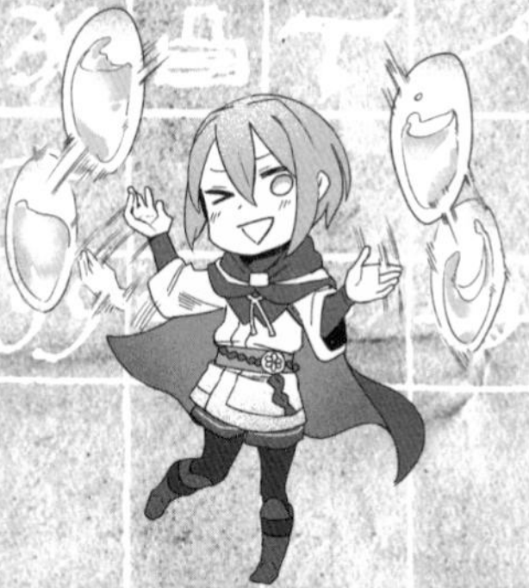

2.

用加入了「生命甘露」的酒精萃取乾燥的阿普力堅果、鬼棗，用含有「生命甘露」的水萃取其他的材料。

3.

把胡洛花蕾浸泡到萃取了鬼棗的酒精中。注意不要浸泡過久。

4.

以水溶液、酒溶液的順序混合。要注意混合的順序和份量！

5.

解毒魔藥的材料種類更多，但過程是一樣的。

一點建議

阿普力堅果的去澀程度會決定成品的品質。人家都說在暖爐魔導具上慢慢去澀是鍊金術師工房特有的冬日情景呢！還有，過程會使用到酒，所以師父是個酒鬼的人，要小心別被拿去喝掉了！

聖水的做法

1.

把努力蒐集來的
聖樹朝露、

2.

請精靈淨化過的鹽、

3.

蘿莉……不對，
是少女的頭髮……

4.

全部混合就行了！

！

一點建議

蒐集材料超辛苦！
聖水是無價的。

讓大家久等了！
我的故事要開始啦！
光蓋的生活中穿插著
第三集的關鍵字，
以粗體字進行下集預告的
超讚單元——
這就是「破限的時間」嘿！
破限的時間

時機圓滿，月亮圓滿，就連少女的體型也變得圓潤豐滿。
暗示未來的月夜中浮現的黑影是龍，是惡魔，還是暗雲？
對瑪莉艾拉等人顯露毒牙的會是迷宮，
還是人的惡意呢——

喀嚓喀嚓喀嚓。

輕快的剪刀聲從冒險者公會的洗手間傳出。映照在鏡子裡的**滿月**……不，光蓋一下子抬起下頷，一下子左右轉頭，確認鬍子修剪得如何。將雙頰邊緣和脖子到下巴的線延長是他的時髦特點。看啊，這對彷彿**龍**之雙翼的曲線，彷彿**飛龍**鉤爪的邊緣。

「會長，我不是說過請你不要在公會剪鬍子嗎？把洗手間弄得這麼髒！頭髮和鬍子都是那些**黑色傢伙**的食物耶。你以為都是誰在打掃啊！」

公會職員不知何時偷偷靠近站在鏡子前心滿意足的光蓋，用冷淡的聲音這麼說道。

Limit Breaker's Time!!

「我不是**故意要妨礙**勤勞的員工啦……」

光蓋辯解也沒有用。面對氣得有如一座**火山**的職員，光蓋只好**撤退**。他簡直輸得徹底。明明是冒險者公會的會長，大家對他的態度卻都很冷淡。**樂園**究竟在何處？

「我該不會很惹人厭吧？」

「別擔心，還沒有到**蛇**或**蜥蜴**的地步。那些東西**到了春天**就會出來活動，吃得**圓滾滾**的……啊，真噁心。」

聽到討厭爬蟲類的職員這種不像樣的安慰，光蓋更沮喪了。不知道是因為同情還是單純的偶然，一名閱讀信件的幹部對光蓋這麼說道：

「會長，平常辛苦你了。雖然要兼顧委託，你要不要去泡**溫泉**，好好放鬆一下呢？」

溫泉，多麼美妙的詞彙。部下的提議是多麼體貼啊。

「你們……機會難得，一起去吧！」

光蓋心想這肯定是想要讓**友情更加深厚**的部下把自己當作死黨的**旗幟**，於是露出潔白的牙齒邀請他們。可是幹部們全都用燦爛的笑容，若無其事地迴避

Limit Breaker's Time!!

了他的邀請。

「別擔心，會長。到時候會有三個很有潛力的年輕人跟你同行！我記得其中還有黑鐵運輸隊的**林克斯**。請你去幫助他們**成長**吧！我會把會長要親自前往的消息回覆給迷宮討伐軍的。」

「溫泉在哪裡咧？」

「是**亞利曼溫泉**。」

於是，光蓋的冬季行程就這麼敲定，讓冒險者公會迎來一段**短暫的和平**。

亞利曼溫泉現在已經是**針猿的樂園**了。光蓋一行人究竟能不能**悠閒地泡溫泉**，誰也不知道。

※後記

閱讀到這裡的讀者、從「成為小說家吧」就開始聲援本作的讀者，非常感謝各位。多虧各位讀者，《倖存鍊金術師的城市慢活記②》才能夠問世。而且季節正好和故事中一樣是冬天，實在令人高興。真想在陽光充足的地方打瞌睡，或是有時候心血來潮地讀本書呢。

在第二集，故事中描述了在這個世界建立起棲身之處的瑪莉艾拉與吉克生活在迷宮都市的樣子，以及英勇的迷宮討伐軍為了支撐人們的安穩生活，而挑戰名符其實存在於腳底下的迷宮，而瑪莉艾拉陷入沉睡的兩百年間都沒有間斷的魔藥供應所隱藏的祕密也終於曝光。

對首次閱讀的讀者來說，得知愛絲塔莉亞的生死那一刻，是否覺得羅伯特給人的印象也隨之改變了呢？我一直很想描寫「公開某個隱藏的資訊便使評價或解釋隨之改變」的情節，所以直到最後都將愛絲塔莉亞描述成彷彿睡著的樣子。

從羅伯特登場時開始，愛絲塔莉亞就已經不在人世了。羅伯特在玻璃棺材前那段戲劇化的臺詞或許是某種束縛自我的暗示吧。

魔森林氾濫之後的兩百年對迷宮都市而言是有如寒冬的時代。被漫長冬日掩埋的謎團隨著積雪的融解而重見天日，而季節將進入春天。在瑪莉艾拉等人之間吹拂的春風究竟會帶來什麼樣的變化呢？

雖然春天這個季節讓人心生雀躍，但春季的天空卻也時常陰雨綿綿。早已潛伏許久的危險陰影或許會招來暗雲。如果能在第三集呈現迷宮都市的人們逐漸轉變的樣子，將是我最大的榮幸。

最後，對於將瑪莉艾拉等人描繪得活靈活現的插畫家ｏｘ老師、透過漫畫和廣告將本書推廣出去的清水編輯等角川的各位同仁，我由衷致上感謝之意。

のの原兎太

のの原兎太

因為牙痛而發覺自己有蛀牙，心情就像是人生即將完蛋。經過治療後消除了疼痛才打起精神，卻又在回家後注意到襪子破了洞，再次陷入沮喪。一定被牙醫看到了啦！

ox

插畫家。喜歡少年少女與非人生物、幻想風格的景色。

第二集了！這次的插畫我也畫得非常開心！

幼女戰記 1~9 待續

Kadokawa Fantastic Novels

作者：カルロ・ゼン　插畫：篠月しのぶ

沒有出口的戰爭唯有朝著愈演愈烈的情況邁進一途，這份混沌，就連幼女（怪物）也無法掙脫——

在損耗劇烈、受到閉塞感所困的情況下，帝國的輿論極為渴望著「勝利」。此時，回到帝都的譚雅接到的新工作，是以潛艇搜索並殲滅敵軍艦隊。祕密武器是瘋子親手製作的大型魚雷。賜予己身平靜——即使是如此微不足道的願望，也離譚雅愈來愈遠……

各 **NT$260~360/HK$78~110**

異世界悠閒農家 1 待續

Kadokawa Fantastic Novels

作者：內藤騎之介　插畫：やすも

在異世界翻土、伐木、種植作物……
無拘無束的農家生活！

不敵病魔而辭世的青年火樂，被神明復活並變年輕後傳送到異世界，並得到神明所授予的「萬能農具」，得以自由自在地在異世界拓荒耕種。過程中，不只是天使及吸血鬼，就連精靈與龍也接踵現身……轉瞬間便發展成村落規模，回過神來，自己已成了村長!?

NT$280/HK$90

LV999的村民 1~3 待續

Kadokawa Fantastic Novels

作者：星月子猫　插畫：ふーみ

眾人追隨三年未歸的鏡腳步出發到「下個舞台」，故事舞台來到嶄新的世界──「厄斯」！

鏡不在的日子，漸漸地改變了大家，夥伴們一個又接著一個地離去。儘管如此，艾莉絲仍相信約定，繼續等著。然而截止日期無情地逼近，這個世界僅存的時間只剩一年半。大衛提出防止「世界重置」發生的對策──就是跟著鏡的腳步前往「下個舞台」！

各 NT$260~280/HK$78~85

誰都可以暗中助攻討伐魔王 1 待續

Kadokawa Fantastic Novels

作者：槻影　插畫：bob

第一屆カクヨム網路小說大賽「奇幻部門」大賞！
如果說這是場試煉，那麼神肯定是個殘忍的虐待狂。

為了打倒魔王，聖勇者藤堂直繼從異世界被召喚而來。僧侶亞雷斯接到了輔助他的命令，看到隊伍成員時卻感到愕然——只會使用火系魔法的魔導師莉蜜絲、剛轉換流派的劍士阿麗雅，只願意收女隊員的魯莽聖勇者。亞雷斯只好隱瞞等級，暗中進行後援……

NT$250/HK$82

打倒女神勇者的下流手段 1~2 待續

Kadokawa Fantastic Novels

作者：笹木さくま　插畫：遠坂あさぎ

莉諾VS聖女！熾熱的人氣競賽即將揭幕!?
可愛的魔族偶像更受歡迎？

擊退勇者之後，真一與魔族們過著和平的農耕生活。就在這時——來自新勇者「聖女」的最高級光魔法瞄準魔王而至。由於聖女在神官戰士環繞下，對真一的甜言蜜語充耳不聞，於是他請求魔王的女兒莉諾協助……這回要用下流手段偶像出道？

NT$200~220/HK$67~75

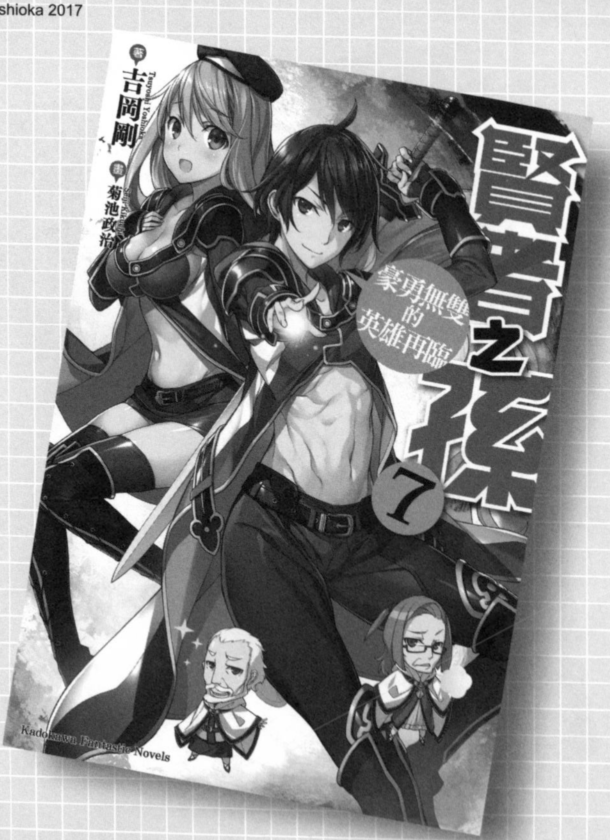

賢者之孫 1~7 待續

作者：吉岡剛　插畫：菊池政治

Kadokawa Fantastic Novels

「魔人領攻略作戰」開始！
破天荒超人氣異世界奇幻故事第七彈登場！

「魔人領攻略作戰」終於開始，終極法師團協助各國聯軍，作戰順利進行，此時發現到魔人眾的蹤跡！各國聯軍逐漸抵達魔人領中心地帶的舊帝國，為總攻擊稍作休息時，部分急於建功的軍人擅自對魔人軍團發動攻擊！西恩等人察覺到戰鬥動靜趕往現場……

各 **NT$200~220/HK$60~75**

幻獸調查員 1 待續

Kadokawa Fantastic Novels

作者：綾里惠史　插畫：lack

少女懷著「人類與幻獸共存」的夢想，
與蝙蝠、兔頭紳士一起展開旅程——

襲擊村莊卻不取人性命的飛龍用意為何？老人莫名陷入的貓妖精的審判將如何收場？村莊中獵捕少女的野獸又是何種怪物？擁有獨特的生態與超自然力量的生物——幻獸。國家設立了負責調查幻獸，有時予以驅除的專家機構。這是殘酷又溫柔的幻想幻獸故事。

NT$200/HK$60

國家圖書館出版品預行編目資料

倖存鍊金術師的城市慢活記 / のの原兎太作 ; 王怡山譯. -- 初版. -- 臺北市 : 臺灣角川, 2019.03-
冊 ; 公分
譯自 : 生き残り錬金術師は街で静かに暮らしたい
ISBN 978-957-564-818-3(第1冊 : 平裝). --
ISBN 978-957-743-090-8(第2冊 : 平裝)

861.57 108000480

Kadokawa
Fantastic
Novels

倖存鍊金術師的城市慢活記 2

（原著名：生き残り錬金術師は街で静かに暮らしたい 2）

2019年7月18日　初版第1刷發行

作　　者：のの原兎太
插　　畫：ox
譯　　者：王怡山
發 行 人：岩崎剛人
總 經 理：楊淑媄
資深總監：許嘉鴻
總 編 輯：蔡佩芬
編　　輯：陳書萍
美術設計：莊捷寧
印　　務：李明修（主任）、黎宇凡、張凱棋
發 行 所：台灣角川股份有限公司
地　　址：105台北市光復北路11巷44號5樓
電　　話：（02）2747-2433
傳　　真：（02）2747-2558
網　　址：http://www.kadokawa.com.tw
劃撥帳戶：台灣角川股份有限公司
劃撥帳號：19487412
法律顧問：有澤法律事務所
製　　版：尚騰印刷事業有限公司
ＩＳＢＮ：978-957-743-090-8